LA SYMPHONIE D'EINSTEIN

Álex Rovira et Francesc Miralles

LA SYMPHONIE D'EINSTEIN

Traduit de l'espagnol
par Maryvonne Ssossé

Titre original : *La última respuesta*

Première publication : 2009, Random House Mondadori, S.A.

La Symphonie d'Einstein

60, rue Mazarine
75006 Paris – France
Tél : 01 45 49 60 00
Fax : 01 45 49 60 01
Courriel : firstinfo@efirst.com
Internet : www.editionsfirst.fr

ISBN : 978-2-7540-1997-2
Dépôt légal : 4e trimestre 2010
Imprimé en France
chez Floch
778 avenue Gutenberg
BP 5
53101 Mayenne Cedex

Responsable éditoriale : Véronique Cardi
Correction : Jacqueline Rouzet et Josiane Attucci-Jan
Mise en page : Nord Compo
Conception couverture : Leptosome

Une fois encore, à mes parents, Gabriel et Carmen,
et à mes enfants, Laia, Pol et Mariona

A. R.

À ma mère

F. M.

PREMIÈRE PARTIE

TERRE

La Terre est l'élément du corps et de la stabilité.
Elle symbolise notre place dans le monde,
la matière qui nous procure notre nourriture et notre foyer.
Elle abrite la prospérité en devenir, si nous la travaillons.

De tous les éléments, la Terre est la plus dense
des formes d'énergie.

Elle rassemble la persévérance, l'effort, la ténacité,
l'objectivité, la fiabilité, la solidité, la patience, la prudence,
la sobriété, le principe des semailles
et des moissons qui génère la richesse.

C'est notre foyer et notre destin :
nous naissons de la Terre et nous y retournons.

Nous sommes de la poussière d'étoiles incarnée sur Terre.

Nous sommes la Terre vive, fragments d'un Univers
qui prend conscience de lui, sur Terre.

1

Cinquante minutes de gloire

> Nous sommes tous ignorants. Mais nous n'ignorons pas tous les mêmes choses.
>
> Albert EINSTEIN

Lorsque le téléphone sonna, je somnolais dans la baignoire, à la fin d'une rude journée consacrée à l'élaboration d'un texte sur la possibilité de voyager dans le temps. Après avoir rédigé une première ébauche, j'avais décidé de me détendre dans un bain chaud.

Il me restait encore deux heures avant la remise de mon travail, mais en voyant le nom d'Yvette, la productrice de l'émission, s'afficher sur l'écran de mon mobile, je sentis que les ennuis se profilaient.

Depuis deux ans, je travaillais comme auteur pour *La Red*, une des plages horaires les moins écoutées de la station, le boulot idéal pour un ermite urbain comme moi. Quand je recevais un appel de la radio, c'était invariablement pour m'annoncer un changement de thème à la dernière minute.

Dans le cas des voyages dans le temps, je les aurais presque remerciés, mais quelque chose de bien différent m'attendait à l'autre bout du fil.

— Que fais-tu ce soir ?

Il me fallut quelques secondes pour trouver une réponse sensée. La coordinatrice de *La Red* était une des femmes les plus séduisantes de ma connaissance, mais aussi une fille dure qui s'en tenait toujours au terrain professionnel. Il ne m'était jamais venu à l'esprit que je puisse avoir la moindre chance de ce côté.

Elle souhaitait donc dîner avec moi… Je finis par émerger de ma stupeur.

— Je ne fais rien. Enfin, rien de particulier. J'ai passé la journée à tenter de découvrir comment s'y prendre pour voyager dans le temps, mais je n'ai trouvé que le récit de H. G. Wells, des films fumeux et des théories encore plus nébuleuses.

— Laisse tomber les voyages temporels, pour l'instant. J'ai bien plus intéressant à te proposer.

« Nous allons dîner ensemble », ai-je pensé. Le feu aux joues, je voyais déjà un restaurant, la lueur des chandelles et, face à moi, la divine Yvette…

— Que pourrait-il y avoir de plus intéressant qu'un voyage dans le temps ? ai-je demandé, tout émoustillé.

— Le quart d'heure de gloire auquel tout le monde a droit, paraît-il. Cela dit, tu as plus de chance que les autres, ce sont cinquante minutes de célébrité qui te reviennent. Trois fois plus que le commun des mortels.

— Attends, que veux-tu dire ?

— Tu vas faire tes débuts comme intervenant, Javier. Un de nos invités de ce soir a eu un accident et personne ne peut le remplacer.

Mon moral dégringola immédiatement. Le plan romantique né de mon imagination puérile partait en fumée, escamoté par la perspective de me retrouver sur les ondes – moi que la timidité empêchait d'assister à une réunion de voisins sans sueurs froides. Pour couronner le tout, comme les textes se préparaient en amont de la diffusion, j'étais bien incapable de me souvenir du thème programmé ce soir-là.

— Mais l'émission commence dans à peine deux heures, dis-je, esquissant un simulacre de défense.

— Je sais, mais tu es pratiquement expert en tout, n'est-ce pas ?

— Absolument. Je suis un maître du couper-coller, mais intervenir en direct, c'est une autre paire de manches. Tout de même... Cinquante mille auditeurs.

— Quarante mille, rectifia Yvette. À la dernière évaluation d'audience, nous avons plongé d'un nouveau cran vers l'enfer.

— Peu importe, il en reste encore assez pour se moquer de mes minables dons d'éloquence. Tu n'as aucune autre solution ?

— Négatif. Allez, ne te fais pas prier. Ce sera super facile. Hernán assurera l'essentiel de l'interview. Tu n'auras qu'à glisser deux ou trois remarques intelligentes au cours de l'émission.

— Bon. Va pour le remplissage.

J'essayai de me souvenir du texte que j'avais rédigé la semaine précédente, mais visiblement le bain chaud avait dilué ma mémoire.

— *Einstein relativement clair*, ça te dit quelque chose, non ? précisa Yvette avec agacement. L'émission tourne autour du bouquin, l'auteur sera en direct.

— Je me souviens du type. Un vrai raseur. J'imagine mal que quelqu'un puisse comprendre la théorie de la relativité en lisant son truc. À mon avis, il n'a rien pigé au travail d'Einstein. Pas plus que moi, d'ailleurs.

— Génial ! *(De toute évidence, Yvette n'avait pas écouté un mot de ce que je venais de dire.)* Alors, on compte sur toi pour ce soir. Et pas de retard, d'accord ?

Après un long moment d'hébétude, rendu à la réalité par l'eau qui refroidissait, je finis par ramasser le mobile qui traînait sur le carrelage. Si je voulais arriver à la station à temps, il me restait moins d'une heure pour me préparer !

Je sortis de la baignoire en arrosant généreusement la salle de bains. C'était l'unique pièce aux proportions décentes de mon appartement, qui se résumait par ailleurs à un salon pour gnomes et une cuisine où il fallait entrer de profil.

Puisque, au lieu de dîner avec Yvette, je devais servir de faire-valoir à un m'as-tu-vu, j'enfilai ce qui me tomba sous la main dans l'armoire. Puis, j'imprimai le texte rédigé la semaine précédente. Pour l'essentiel, il s'agissait d'une introduction pour Hernán, l'animateur, complétée par le conducteur de l'émission et une batterie de questions destinées à l'invité : Juanjo Bonnín.

En revanche, impossible de mettre la main sur ce fichu *Einstein relativement clair*, où j'avais collé quelques Post-it assortis de commentaires. Le temps pressait et le pavé semblait s'être tout bonnement volatilisé.

J'avais renoncé à l'emporter lorsqu'il apparut sur le meuble de l'entrée, au moment où j'ouvrais la porte pour sortir.

Bien sûr ! Je l'avais posé là pour ne pas oublier de le rapporter à la radio. Après l'avoir glissé dans mon sac à dos avec le texte, je dévalai les marches quatre à quatre. Maintenant, je disposais de dix minutes pour arriver à la station avant le début du générique de *La Red,* qui avait la particularité de me taper sur les nerfs.

Je fis démarrer ma vieille Vespa et me lançai dans la nuit de Barcelone. En louvoyant entre les voitures, j'ignorais que mes cinquante minutes de gloire deviendraient un passe VIP express vers le cœur d'une terrible tempête.

2

Une mystérieuse missive

> Non seulement Dieu joue aux dés, mais
> il les jette parfois là où on ne peut les voir.
>
> Stephen HAWKING

La sottise de l'invité dépassa toutes mes attentes. S'il avait pris la tangente à chaque question que lui posait Hernán, Bonnín avait trouvé le moyen de nous asséner son *curriculum vitæ* en détail. Ensuite, il avait consommé dix précieuses minutes d'émission à parler d'une session de troisième cycle à l'université de Stanford en s'étalant avec complaisance sur sa contribution en tant que professeur invité.

De l'autre côté de la vitre, Yvette écarta le technicien du son et agita son index et son majeur comme des ciseaux imaginaires. Le geste signifiait clairement : « Coupe-lui le sifflet tout de suite. »

Jusqu'à présent, ma participation aux débats s'était limitée aux salutations initiales et à une fugace précision bibliographique. L'équateur de l'émission étant dépassé, il était temps pour moi d'endosser ma tenue de méchant du film. Je levai légèrement la main. Hernán profita de ce discret signal pour interrompre l'auteur de *Einstein relativement clair*.

— Je crois que Javier a quelque chose à nous dire à ce propos.

Bien sûr, je n'avais pas la moindre idée du « propos » en question. J'avais décroché depuis un bon moment et, sans les gesticulations d'Yvette, je serais encore loin de la discussion qui avait viré au monologue. Pour me tirer d'affaire, j'eus recours à un classique de la divulgation de la relativité.

— J'aimerais que le professeur explique à nos auditeurs la démarche d'Einstein lorsqu'il décide d'introduire le temps dans son raisonnement en le considérant comme une quatrième dimension. Sans cela, il est impossible de comprendre sa théorie.

Après m'avoir adressé un regard réprobateur – sans doute trouvait-il plus stimulant de discourir à sa guise –, Bonnín embraya sur un exposé bien huilé, probablement répété des centaines de fois devant ses étudiants.

— Einstein considérait que l'espace ne comportait pas trois, mais quatre dimensions. À la largeur, la longueur et la hauteur, il a ajouté la dimension du temps. Jusqu'alors, lorsqu'on parlait de l'espace, il était comme congelé en un instant déterminé. Cette conception empêchait d'appréhender de nombreux phénomènes. Je vais vous citer un exemple classique : si une explosion se produisait dans une galaxie à deux millions d'années-lumière de distance, il s'écoulerait deux millions d'années-lumière avant que nous le sachions, puisque la particule la plus rapide, le photon, aurait besoin de tout ce temps pour atteindre la Terre. Par conséquent, si nous ne prenions pas en compte la quatrième dimension, le temps, nous serions incapables de comprendre ce qui se passe dans l'Univers, que l'événement soit visible ou non.

— En parlant de temps, il ne nous reste que quelques minutes avant de conclure notre programme, intervint Hernán. Le dernier chapitre de votre ouvrage s'intitule « Ce qu'Einstein n'a pas dit », un titre suggestif. Pardonnez-moi de vous poser une question aussi évidente, mais qu'est-ce qu'il n'a pas dit ?

Pendant que le professeur recommençait à tourner autour du pot, j'en profitai pour ouvrir le livre au dernier chapitre que j'avais marqué d'un Post-it. Par malheur, Bonnín avait choisi de s'asseoir près de moi et il put lire ce que j'avais inscrit sur le petit papier jaune : « Bla-bla-bla ».

Je constatai avec horreur qu'il me fixait, d'abord avec incrédulité, puis avec une colère contenue. Cette annotation personnelle risquait de me coûter mon poste d'auteur, même si je ne figurais pas dans l'émission avec cette casquette.

— Il serait audacieux de ma part de résumer en quelques minutes ce que n'a pas dit Einstein, mais je suis persuadé que le journaliste présent dans ce studio a sa propre opinion sur le sujet.

Il m'avait bien coincé. Maintenant, je devais enchaîner pour ne pas passer pour un idiot devant les auditeurs. Évidemment, je n'avais pas la plus infime notion de ce que le savant avait pu laisser dans son encrier – c'était déjà assez compliqué de comprendre ce qu'il avait énoncé. J'optai néanmoins pour la fuite en avant, l'improvisation sans filet.

— Eh bien, si l'on met les recherches d'Einstein en perspective, on a l'impression qu'il manque quelque chose. En 1905, il commence à exposer la théorie de la relativité et, en 1921, il reçoit le Nobel, mais pas pour la formule qui l'a rendu célèbre.

— Parfaitement logique, m'interrompit le professeur avec autorité. Le comité d'évaluation n'avait même pas compris la théorie de la relativité. Ils ont eu peur de donner le prix à un postulat susceptible de s'avérer erroné. Cependant, comme le génie d'Einstein ne faisait aucun doute, ils lui ont accordé le Nobel pour une étude plus technique, l'explication de l'effet photoélectrique.

— Soit. Donc, entre 1905 et 1921, il a réalisé des découvertes transcendantes, alors qu'il était encore assez jeune. En comparaison, pendant les trente-quatre années suivantes, il n'a apporté que peu de nouveautés. Plutôt étrange, non ?

Pour improviser cet argumentaire, je m'étais appuyé sur la chronologie de l'ouvrage. Bonnín semblait hors de lui.

— Donc, d'après vous, cher monsieur, les statistiques Bose-Einstein et la théorie du champ unifié ne sont pas grand-chose.

— Comme leur nom l'indique, les statistiques que vous avez mentionnées ont été publiées en collaboration avec le jeune physicien indien qui les avait calculées. Quant à la théorie du champ unifié, elle n'a été qu'une chimère. Einstein n'est jamais parvenu à fusionner tous les phénomènes physiques connus en une seule théorie.

Hernán me lança un regard sévère, histoire de me faire comprendre que j'avais dépassé les bornes. Cependant, Juanjo Bonnín paraissait disposé à me mettre en valeur pendant les ultimes instants de l'émission.

— Ainsi, ce monsieur, que je n'ai pas l'honneur de connaître, soutient que le plus grand génie de la science moderne a stupidement perdu son temps durant la seconde partie de sa vie. Il a publié des calculs qui ne sont pas les siens et a cherché à formuler une unique théorie, sans y parvenir. C'est bien ça ?

— Non. Mon hypothèse est que, pendant tout ce temps, Einstein a réalisé des découvertes de première importance. Pour une raison quelconque, il a choisi de ne pas les rendre publiques.

J'essayai de couper court, sachant qu'il n'y avait aucune issue à ce débat absurde.

— Et quels seraient les motifs de cette dissimulation ? s'enquit le professeur d'un ton sarcastique. N'oublions pas qu'Einstein adorait être le centre de l'attention.

— C'est exact, mais il avait également conscience que sa formule $E = mc^2$ avait permis de réaliser la bombe atomique. Voilà une raison assez puissante pour taire de nouvelles conceptions auxquelles l'humanité n'était pas préparée. Qui sait, peut-être a-t-il emporté une ultime réponse dans sa tombe ?

De l'autre côté de la vitre, Yvette refaisait le coup des ciseaux, mais cette fois elle s'adressait à moi. Quelques secondes plus tard, le signal de la fin d'émission retentissait. De son côté, l'auteur de *Einstein relativement clair* se leva et quitta brusquement la table, offusqué par ce qui venait de se produire. Un journaliste de rien du tout lui avait volé le premier rôle qui lui revenait de droit à la fin de l'émission.

Bonnín sortit du studio d'un pas martial et Hernán s'empressa de lui courir après, non sans m'avoir lancé un menaçant : « On discutera plus tard. »

Cette malencontreuse expérience avait connu la pire des issues. Seule consolation : je n'étais pas à l'initiative de ma participation à l'émission. Mais le mal était fait, et j'avais la nette impression que j'allais bientôt recevoir la note.

J'ouvris l'antivol de la Vespa sous la morsure d'un vent trop froid pour un mois de mai. Je me préparais à enfourcher l'engin lorsque le vigile sortit de l'immeuble et me héla. Il avait quelque chose à la main.

Les problèmes n'étaient peut-être pas terminés. J'allai à sa rencontre. Avec de la chance, lui aussi avait quelques reproches à m'adresser. En fait, il se contenta de me tendre une lettre.

— Un auditeur vous a apporté ça pendant l'émission.

Surpris, je pris la mince enveloppe qui portait effectivement mon nom.

— Il a dit quelque chose ?

— À vrai dire, je ne l'ai pas vu. En revenant des toilettes, j'ai juste trouvé ça sur le comptoir de la réception.

La sonnerie du téléphone interrompit notre conversation, il rentra répondre.

« Un autre auditeur mécontent, sans doute », me dis-je en faisant démarrer la Vespa. Puis je rapprochai l'enveloppe du phare pour mieux l'éclairer. Mon nom était rédigé dans une calligraphie désuète. En la retournant pour l'ouvrir, je découvris au verso une inscription qui me mit le feu aux joues :

$$E = ac^2$$

Visiblement, quelqu'un, dont les connaissances en physique étaient déficientes – il avait confondu le *m* de masse avec un *a* –, souhaitait m'envoyer un message. Mon intervention s'était concentrée sur le dernier quart d'heure et je m'étonnais qu'il ait eu le temps de me faire parvenir cette absurdité à la radio.

Piqué par la curiosité, j'ouvris l'enveloppe à la lueur du phare en accordant une brève pensée aux voisins, sans doute dérangés par le bruit du moteur.

C'était une vieille carte postale. Je m'approchai pour mieux distinguer l'image en couleur. Une vue de Cadaqués – encore plus étrange, compte tenu des circonstances. En la retournant, je découvris, de la même cursive surannée, une adresse, une date et une heure. Un peu plus bas figurait une seule phrase, sans signature :

EFFECTIVEMENT, IL EXISTE UNE ULTIME RÉPONSE.

3

L'été du génie

On dit que le temps change les choses,
mais en réalité, toi seul peux les changer.

Andy WARHOL

Je ne quittai pas mon lit avant le samedi midi, après une nuit à revoir les premiers films de Jim Jarmusch pour tâcher d'oublier les événements de *La Red*. Les violentes rafales nocturnes semblaient avoir balayé la couverture de pollution, le ciel dégagé resplendissait au-dessus de la ville pour la première fois depuis des semaines.

Prêt à faire mon café, je débarrassais la table des livres et des journaux qui l'encombraient, lorsque l'enveloppe qu'on m'avait fait porter à la radio me tomba sous la main. Je jetai un regard condescendant sur le $E = ac^2$, puis sortis la carte postale de Cadaqués. En relisant l'adresse et la date qui figuraient au-dessus de la phrase énigmatique, je me rendis compte que le rendez-vous était fixé le lendemain, dimanche, à 13 h 30. Un auditeur lambda de l'émission avait-il la prétention de m'inviter à déjeuner dans sa maison de campagne ?

Tout en m'interrogeant, je mis la carte de côté et je m'apprêtais à jeter l'enveloppe lorsqu'un petit bout de papier, passé inaperçu, en tomba et voleta jusqu'au sol. Je le ramassai. Il s'agissait d'un billet d'autobus pour le lendemain.

SARFA/Départ (Barcelone Nord) : 10 h 30
Arrivée (Cadaqués) : 13 h 15
SARFA/Départ (Cadaqués) : 17 h
Arrivée (Barcelone Nord) : 19 h 45

Celui qui m'avait fait parvenir cette invitation quelque peu cavalière avait aussi payé le voyage – 42,30 euros aller-retour. Belle preuve de confiance en soi. D'où tirait-il la certitude que j'irais perdre tout un dimanche pour rendre visite à un parfait inconnu ?

À en juger par le délai entre les deux voyages en bus, il s'agissait sans doute d'un déjeuner, plus le temps de rigueur pour traîner à table après le repas. Mais qui était cet hôte mystérieux ?

La carte postale et le billet atterrirent au fond d'un tiroir. Puis, je disposai une capsule bleue de Vivalto dans la machine Nespresso pour me faire un grand café et j'arrosai mes tartines d'huile et d'une pincée de sel.

J'installai mon petit déjeuner frugal sur la table vide à l'exception du portable sur lequel je consultais la presse en ligne tous les matins. Cependant, ce jour-là, la mystérieuse missive retenait plus mon intérêt que les nouvelles du jour. Par curiosité, je tapai les mots « Einstein » et « Cadaqués » sur Google. J'ouvris la troisième entrée de la page de résultats qui référençait un article intitulé « L'ANCIEN GLAMOUR DE CADAQUÉS ».

Au cours des années 1920, les principaux artistes et intellectuels de l'époque débarquèrent dans ce petit village de pêcheurs de la Costa Brava. Les doyens du lieu se souviennent encore des visites de Picasso, García Lorca, Luis Buñuel ou Walt Disney, entre autres. C'était un temps où Cadaqués était synonyme de glamour et d'aventure assurée. Pour y arriver cependant, il fallait parcourir un trajet de trois heures depuis la « proche » ville de Figueras, par une route antique, infestée de malfrats. Parmi les personnages illustres ayant séjourné ici, citons Albert Einstein, qui y passa des vacances où il se consacra au violon. On prétend qu'il donna un concert public sur une place de la ville.

Connaissant le caractère du père de la relativité, l'épisode ne paraissait nullement improbable. Je souriais en imaginant Einstein avec ses cheveux ébouriffés, grattant son instrument, assis au milieu d'une foule de curieux, la plupart coiffés de bérets.

L'évocation de la scène me donna l'envie de prendre ce bus pour Cadaqués, un endroit que je n'avais pas revu depuis mon enfance. Cependant, la liste des textes à rédiger pour la semaine suivante, posée en évidence sur mon bureau, m'aida à retrouver la raison. Pas question d'honorer ce rendez-vous, point final !

Je grimpai dans le bus deux secondes avant la fermeture des portes. Le véhicule commençait déjà à remonter en grondant les rampes de la Estación del Norte lorsque je me demandai enfin ce que je fichais là. En moins de vingt-quatre heures, j'avais diamétralement changé d'opinion. L'invitation me semblait toujours aussi absurde, mais piqué par la curiosité, j'étais sur le point de me farcir presque six heures de voyage, aller-retour.

À vrai dire, un élément fort persuasif avait fait pencher la balance. L'excursion s'était avérée une excuse très commode pour échapper à une visite de ma sœur qui menaçait de débarquer chez moi ce dimanche avec ses trois enfants. Je préférais affronter l'entité invisible qui m'avait fait parvenir la mystérieuse missive plutôt que d'assister aux déprédations des trois sauvageons lâchés dans mon appartement.

Depuis mon divorce, ces visites familiales et la solitude résumaient l'essentiel de ma vie sociale.

J'ignorais qu'en embarquant à bord de cet autocar je m'apprêtais à emprunter un passage vers un monde où la course était la seule manière de garder les pieds sur terre.

Après un trajet interminable, ponctué de fréquents arrêts dans des villages déserts, le bus s'enfonça dans un territoire quasiment lunaire, parcouru par une route sinueuse. Je me repentais amèrement de m'être pris au jeu, rien ne valait un voyage aussi long et tortueux.

Par bonheur ou par malheur, nous étions arrivés à destination avec trente minutes de retard, ce qui m'empêchait de me trouver au rendez-vous à l'heure dite. Avec l'impression de disposer soudain de mon temps, je consacrai la demiheure suivante à me balader dans les ruelles bordées de petites galeries d'art. L'air marin finit par m'ouvrir l'appétit, mais je continuai à déambuler dans un décor qui ne ressemblait en rien aux souvenirs de mon enfance.

Je ne reconnus que la grosse tour surmontée d'une statue de la Liberté, conçue par Dalí, qui brandissait une torche dans chaque main d'un geste menaçant. Un vieil homme assis au pied du monument me renseigna. La rue indiquée sur la carte postale ne se trouvait pas très loin.

Tout en cherchant le numéro 29, j'éprouvai un soudain sentiment de ridicule. Que diable faisais-je là un dimanche aprèsmidi à répondre à la convocation d'un auditeur dérangé ?

« Effectivement, il existe une ultime réponse. » La phrase de la carte me revint en mémoire, juste au moment où je découvrais la porte. Elle appartenait à une construction de style rationaliste – un grand cube blanc, gainé de lierre. À droite, un nom figurait sous un bouton en aluminium. Yoshimura.

Je consultai ma montre. Presque quinze heures, plus d'une heure après l'heure du rendez-vous. Sans écouter la voix de la raison, je pressai la sonnette. La bêtise était d'avoir entrepris le voyage. Maintenant que j'étais sur place, je ne pouvais pas repartir sans apprendre ce que me voulait celui qui résidait dans la maison de lierre.

4

La fille cachée

> Que sait le poisson de l'eau dans laquelle il nage toute sa vie ?
>
> Albert EINSTEIN

Un vieux monsieur japonais à l'expression sévère m'ouvrit la porte. Il portait une simple veste d'intérieur et, à en juger par son regard inquisiteur, de toute évidence, il ne m'attendait pas.

Je commençais à craindre d'avoir été victime d'une grosse farce lorsque Yoshimura se présenta.

— Vous êtes le quatrième inconnu à sonner chez moi cet après-midi, ajouta-t-il. Doit-il y en avoir d'autres ? Je demande ça pour savoir quelle quantité d'eau mettre à chauffer. Vos amis prennent déjà le thé.

Il conclut sa phrase avec un léger sourire, comme si, dans le fond, il trouvait la situation divertissante.

Je levai la carte postale d'un air déconcerté.

— Des amis ? Mais de quoi parlez-vous ? J'ai simplement reçu…

— Je sais. Tous ceux qui sont à l'intérieur m'ont montré une carte comme la vôtre. S'agit-il d'un pari ? Ou peut-être d'une émission de télévision ?

L'histoire était encore plus extravagante que je ne l'avais imaginé. Je décidai donc de présenter des excuses au vieil homme, puis de déguerpir au plus vite. Mais le maître de maison m'invita à entrer d'un geste de la main.

— Venez prendre une tasse de thé, je vous en prie. Je n'ai rien à voir avec cette convocation, mais puisque vous et les autres êtes ici, il existe à l'évidence une explication à votre présence.

Sur ce, il repartit vers le fond de la maison, certain que je le suivrais. La porte se referma lentement derrière moi, pendant que je l'accompagnais jusqu'à un salon-bibliothèque lumineux. Une paroi vitrée ouvrait sur un jardin zen intérieur : une grande pierre entourée des ondes d'une mer de gravillons.

Ce décor insolite, d'autant plus déconcertant dans ce village traditionnel de la Côte, me parut si extraordinaire que je mis un certain temps à voir les personnes qui bavardaient à voix basse autour d'une vaste table de teck.

Mon intérêt pour la demeure n'échappa pas à Yoshimura.

— J'apprécie aussi beaucoup cette architecture, dit-il. Mais il semblerait que quelqu'un ait remarqué ma passion pour Einstein. Souhaitez-vous vous joindre à la compagnie ?

En pleine confusion, je me dirigeai vers la table comme un automate. Deux hommes à l'allure antipathique et une femme d'une trentaine d'années y étaient installés. En prenant place sur une chaise libre, je me demandai si l'un d'eux avait ourdi cette étrange rencontre.

Après m'avoir présenté, notre hôte s'excusa et s'éclipsa pour remettre de l'eau à chauffer. Pas très à l'aise, je complétai brièvement cette entrée en matière, puis je tâchai d'estimer en silence la réaction de mon estomac vide lorsqu'il recevrait le thé amer.

Le premier à me tendre la main fut un docteur en physique de l'université de Cracovie. Il semblait avoir une cinquantaine d'années et ses grosses lunettes déformaient monstrueusement ses yeux, déjà globuleux au naturel. Il caressa son menton rougeâtre, puis prit la parole dans un espagnol correct.

— Ici, mon nom est imprononçable, vous pouvez donc m'appeler par mon prénom, Pawel.

Le deuxième homme ne tarda pas à s'exprimer à son tour. Jensen était un Danois, petit et maigrelet, à l'âge indéfinissable. Ses traits enfantins contrastaient avec les rides qui sillonnaient son visage et son début de calvitie.

— Je vis à Alicante, mais je suis le rédacteur en chef de *Mysterie*, expliqua-t-il avec un fort accent scandinave. Notre revue traite de spéculation scientifique et compte plus de trente mille souscripteurs dans mon pays. Nous avons consacré notre dernière couverture aux sept énigmes d'Einstein.

Le regard dédaigneux de Pawel, qui le considérait de toute évidence comme un charlatan, figea sur mes lèvres la question que je m'apprêtais à poser à Jensen sur la nature de ces sept énigmes.

Au moment où Yoshimura revenait dans le salon avec du thé chaud et des gâteaux, ce fut le tour de la jeune femme. Une silhouette svelte se devinait sous son pull en jersey noir au col haut. Le teint pâle de son visage, encadré par une chevelure noire et drue, retenait l'attention. Ses yeux bleus scintillaient comme des étoiles dans le ciel diurne.

— Je m'appelle Sarah Brunet. Je suis française, mais je vis à Madrid depuis quatre ans. Je termine ma thèse à la Complutense. Elle est consacrée à Mileva Marić, la première épouse d'Einstein.

— Pauvre Mileva, ajouta Jensen. Toutes ces années à faire les corvées d'Einstein pour finir par se faire jeter comme une vieille chaussette. Sans ses calculs, Albert n'aurait même pas obtenu une bourse de doctorat.

— Ce que vous avancez n'a aucun fondement, intervint Pawel avec autorité. Personne n'a démontré que Mileva a participé de manière décisive à ses recherches. En fait, elle n'a même pas réussi à obtenir son diplôme à l'Institut polytechnique de Zurich, où elle a rencontré Einstein.

La jeune femme les gratifia tous les deux d'un regard glacial, puis apporta quelques précisions d'une voix suave, mais ferme.

— Elle n'a pas obtenu son diplôme parce que ce bon Albert l'avait mise enceinte. À cette époque, donner naissance à un enfant en dehors du mariage était considéré comme un scandale. C'est pour cette raison qu'elle a quitté l'Institut, mais elle a continué à étudier seule pour son propre compte.

— Et qu'est-il arrivé à son fils ?

— À sa fille, rectifia Sarah Brunet. Elle est venue au monde en 1902, un an avant le mariage de Mileva et d'Albert. On l'a baptisée Lieserl, un diminutif d'Elisa. La naissance a eu lieu en Serbie, où vivait Mileva, alors qu'Einstein travaillait à l'Office des brevets de Berne. On pense que l'enfant est morte de la scarlatine, un an plus tard.

— Pour votre thèse, il vous sera sans doute utile d'apprendre qu'il existe une version différente des faits, déclara Jensen avec une expression triomphale. Selon des sources plus actuelles, Lieserl ne serait pas morte, mais aurait été adoptée par une amie intime de Mileva, Helene Savić.

— Je connais cette hypothèse, rétorqua la jeune Française sans perdre son calme. L'enfant aurait alors pris le nom de Zorka Savić et on pense qu'elle a vécu jusqu'à 1990.

À cet instant, le docteur en physique sembla perdre patience.

— Que diable pouvez-vous trouver d'intéressant à ce genre de potins ? Nous parlons du père de la relativité et, même s'il ne le revendiquait pas, de la physique quantique.

— L'histoire de Lieserl présente un intérêt indéniable, car elle est parsemée d'énigmes, contre-attaqua Jensen.

Savez-vous qu'elle est restée totalement inconnue des biographes d'Einstein jusqu'en 1986 ?

— C'est exact, confirma Sarah. Pendant toute sa vie, Einstein a gardé le secret sur la naissance de sa fille aînée. Pour apprendre son existence, il a fallu qu'une de ses petites-filles légitimes tombe sur un dossier qui contenait une partie de la correspondance entre Albert et Mileva.

En voyant son hypothèse corroborée, le directeur de *Mysterie* parut recouvrer un regain d'énergie. Sans prendre garde aux regards réprobateurs de Pawel, il déclara d'un ton emphatique :

— J'irai même plus loin et je n'hésite pas à poser la question. Et si la fille aînée d'Einstein n'était pas morte dans les années quatre-vingt-dix ? Et si elle était encore en vie et dépositaire d'un secret que son père n'aurait jamais révélé ? N'oublions pas qu'il a remis la totalité de la dotation du Nobel à Mileva, dont il avait déjà divorcé. Pourquoi, à la fin de son existence, n'aurait-il pas offert une compensation d'une autre nature à sa fille Lieserl ? Une ultime réponse, par exemple.

Visiblement, il avait écouté l'émission. J'étais presque honteux d'entendre mes propres mots dans la bouche de ce charlatan. Pour couronner le tout, il ne quittait pas des yeux la poitrine de Mlle Brunet.

Pawel, qui avait écouté Jensen d'un air sarcastique, argumenta avec vigueur.

— Admettons que cette Lieserl qui vous intéresse tant soit vivante. Si elle est dépositaire d'un secret scientifique que lui aurait confié son père, ce qui me paraît relever de la plus haute fantaisie, je ne sais pas si, à cent huit ans, elle serait toujours en état de le révéler. Pour parler physique, encore faut-il avoir l'esprit clair, bonnes gens.

Cette pique visait non seulement le directeur de la revue, mais aussi Sarah Brunet et moi-même, qui m'étais pourtant bien gardé de m'aventurer dans la discussion.

Tout en remplissant les tasses, Yoshimura s'efforça d'apaiser les esprits.

— Savez-vous que, pendant la cérémonie japonaise du thé, les polémiques sont proscrites ? Les conversations doivent porter sur des sujets qui mènent les participants à l'harmonie. Les œuvres d'art, ou la beauté du monde à chaque saison, par exemple.

Sarah accueillit ce commentaire avec le sourire. Manifestement, la fin de cet échange la soulageait également. Je l'observais à la dérobée. Pas de doute, dans cette pièce, elle était la plus représentative de la beauté du monde.

Notre hôte reposa la théière de fonte sur la table.

— Puisque vous êtes plus détendus à présent, je vais vous raconter une jolie histoire.

5

La conque dorée

Dieu n'a pas seulement inscrit son message dans la Bible. Il l'a aussi laissé dans les arbres, les fleurs, les nuages et les étoiles.

Martin LUTHER

Yoshimura nous avait conduits vers le jardin zen, auquel on accédait par une pièce contiguë au salon. La grande roche polie évoquait la carapace d'une tortue aux mœurs insolites, qui vivrait la tête plongée dans une mer de pierraille, disposée en une spirale qui s'élargissait à chaque tour.

Le maître de maison leva les yeux vers le ciel bleu, puis montra la conque de gravillons.

— Cette forme respecte les proportions dorées. Chaque boucle de la spirale est 1,618 fois plus grande que la précédente. Ce chiffre est connu sous le nom de nombre d'or.

Sarah Brunet se baissa pour replacer une petite pierre.

— À quoi sert-il ? demanda-t-elle.

Le regard du physicien polonais s'égara fugacement sur les fesses de la jeune femme, puis il s'empressa de répondre :

— C'est un nombre qui s'utilise en algèbre depuis des milliers d'années. Les Égyptiens l'ont déduit en calculant la géométrie de la nature où ces proportions se répètent dans diverses structures. Les nervures des feuilles de certains arbres ou les spires de la conque se développent selon le principe de la proportion d'or. Par exemple, si la spirale mesure 10 millimètres au départ, eh bien, à la boucle suivante, elle mesurera 16,18 millimètres et ainsi de suite. Les Grecs ont accordé une place prépondérante à cette proportion pour concevoir leurs édifices et leurs statues.

— Bravo, s'écria Yoshimura. Je n'aurais pas pu mieux faire.

— C'est nettement plus simple que la physique quantique, répondit Pawel, ravi de monopoliser les feux de la rampe. En tout cas, je suis certain que ça a dû être un sacré travail de réaliser cette conque de gravillons.

— Pas du tout, je le confesse, avoua notre hôte en joignant les mains d'un geste modeste. Lorsque j'ai acheté la maison, le jardin y était déjà. Il m'a suffi de le débarrasser des feuilles tombées au cours des années. Elles avaient entièrement dissimulé la spirale. Imaginez ma surprise en la découvrant.

— Je m'étonne que quelqu'un de Cadaqués ait eu l'idée de créer un jardin zen, fis-je remarquer. Hormis les excentricités de Dalí dans sa maison de Port Lligat, l'architecture de ce village est très traditionnelle.

— Nous allons y venir, répondit Yoshimura. La jolie histoire que je voulais vous raconter m'est sortie de l'esprit, mais savez-vous qui a fait construire cette demeure en 1927 ? Je vous donne un indice, c'est la même personne qui a créé ce jardin de ses propres mains. Ces mains qui...

— ... sont censées avoir joué du violon sur une place du quartier, complétai-je.

— Albert Einstein ! s'exclama Jensen. Monsieur Yoshimura, je dois vous demander la permission de laisser mes garçons venir faire un reportage sur la maison et surtout sur ce jardin. Si Einstein l'a fabriqué de ses propres mains, l'endroit recèle sans doute un mystère quelconque.

— 1,618 ! lâcha Pawel avec humeur. Voilà le seul mystère que vous trouverez ici. Un code que les enfants de la Grèce antique connaissaient par cœur.

— Un instant, dit Sarah, un éclat singulier dans son regard bleu. C'est absolument extraordinaire de se retrouver dans une maison d'Einstein qui n'a pas été cataloguée par ses biographes...

— ... jusqu'à présent, rectifia notre hôte. Je termine justement un ouvrage où il est question de cette partie de sa vie. Nous ne connaissons pas grand-chose de ses activités à Cadaqués. Visiblement, il a fait construire cette maison pour se réfugier de temps à autre dans ce coin de la Méditerranée. L'entrepreneur était un de ses amis. Cet homme s'occupait de la villa, dont il était aussi le propriétaire légal pour garder le secret. À la mort d'Einstein, son fils hérita de la maison et la mit en vente quinze ans plus tard, au moment du boom touristique de la Costa Brava. Par bonheur, j'ai pu l'acquérir avant qu'un spéculateur ne la fasse détruire pour la remplacer par des appartements.

— Et comment avez-vous appris son existence ? demanda Sarah. Si elle n'était pas au nom d'Einstein, l'information n'a pas dû être facile à dénicher.

Yoshimura ébaucha un sourire timide avant de répondre.

— Les Japonais ont coutume d'être très méticuleux quand ils décident de se consacrer à une tâche. Par ailleurs, j'ai eu la chance de naître dans une famille aisée, qui m'a soutenu dans ces recherches auxquelles j'ai dédié la moitié de mon existence. Voyez-vous, j'élabore cet ouvrage sur Einstein depuis l'obtention de ma licence en histoire de la science. Il s'agira d'une biographie définitive. Quand un agent immobilier de Tokyo m'a signalé la mise sur le marché d'une « maison insolite » à Cadaqués, je n'ai pas hésité à m'en porter acquéreur. Ensuite, j'ai emménagé ici pour continuer mon étude, que j'espère achever à la fin de cette année.

— Vous êtes mon héros, déclara Jensen avec effusion. En plus du reportage photo sur la maison et le jardin d'or, j'aimerais publier, avec votre permission, une longue interview au sujet de votre travail sur le génie.

— J'ignore si mon éditeur donnera son accord, répondit Yoshimura, tout en nous invitant d'un geste à regagner le salon. Depuis deux ans, je reçois un versement mensuel à condition que les révélations de mon ouvrage ne soient pas dévoilées avant la parution.

— Des révélations ! s'exclama Jensen avec enthousiasme.

— En revanche, je peux vous raconter d'autres détails de la vie d'Einstein qui ne sont pas secrets, quoique peu connus du grand public. Par exemple, le violon que je conserve au premier étage et que je vous montrerai volontiers. Voulez-vous m'accompagner ?

Pendant que nous montions l'escalier, le Danois insistait pour amener « ses garçons » dès le jour suivant pour commencer le reportage photographique.

— J'ai peur que vous ne soyez obligé de patienter une quinzaine de jours. Je pars pour Princeton demain. Vous savez qu'Einstein a travaillé là-bas pendant les vingt dernières années de sa vie.

— Entre 1935 et 1955, précisa Sarah.

— Exactement, continua Yoshimura. Il semblerait qu'on vienne de découvrir un document qu'il avait dissimulé dans son bureau à l'université.

— Encore une révélation, murmura Jensen avec une excitation contenue.

— Cette pièce n'a peut-être aucune importance, mais le directeur du centre m'a assuré qu'il me la montrerait en exclusivité. En tout cas, si cela en vaut la peine, elle figurera dans la version définitive de mon livre.

— Mais ce sera déjà de notoriété publique, quand vous le publierez !

— Entre-temps, permettez-moi de vous parler de la conque dorée et du violon d'Einstein. Je crois que vous ne leur prêtez pas l'attention qu'ils méritent.

Avec un certain remords, la compagnie se concentra sur une modeste vitrine qui protégeait un violon au bois abîmé par l'humidité, comme s'il avait passé une partie de sa retraite exposé aux intempéries. Derrière l'instrument et son archet, on voyait une partition jaunie : *Le Streghe*, la Danse des sorcières de Paganini.

— J'ai découvert qu'en plus de Mozart il aimait jouer ce morceau, ajouta Yoshimura, satisfait du silence qui s'était installé. Le violon et cette partition sont tout ce qui reste du séjour d'Albert Einstein dans cette maison. Sans oublier le jardin, bien sûr.

La lumière de l'après-midi sembla décliner d'un seul coup pendant que nous contemplions quelques photographies anciennes de Cadaqués fixées aux murs. Je risquai un commentaire :

— En attendant la publication de ces révélations, nous avons un autre mystère à résoudre. Il nous faut savoir qui nous a envoyé ces cartes postales pour nous réunir aujourd'hui chez M. Yoshimura.

Nous nous sommes tous regardés en silence, y compris notre hôte. De toute évidence, si l'initiative venait de l'un de ceux qui se trouvaient ici, pour une obscure raison, cette personne préférait rester incognito.

6

Tuer le grand-père

En tuant le temps, on blesse l'éternité.

H. D. THOREAU

Le lundi suivant cette étrange réunion commença de la pire des manières possibles. D'abord, je me rendis compte que j'avais laissé à Cadaqués un petit calepin de moleskine dans lequel je consignais des notes depuis des années. Après l'avoir sorti de ma veste pour m'assurer de la présence du billet de retour, rangé dans un compartiment secret, j'avais oublié de le remettre dans ma poche.

En un éclair, je revis l'objet, posé sur la table du thé, pendant que nous passions dans le jardin zen. En l'absence de Yoshimura, impossible de le récupérer avant quinze jours. De plus, l'idée de savoir qu'un étranger avait le loisir de fouiner dans mes notes sur mes lectures et la vie en général m'était assez désagréable.

Mais ce n'était qu'un avant-goût.

Vers le milieu de la matinée, je reçus un courriel d'Yvette. Désormais, une partie des textes de l'émission serait confiée à un rédacteur appartenant à la station. Mes droits d'auteur se retrouvaient brusquement amputés de moitié.

Le loyer de l'appartement et les six cents euros de pension de mon ex-épouse, installée à Lanzarote, dépassaient à eux seuls le montant de ma future rétribution mensuelle.

Comment allais-je m'en sortir ? Faute d'une nouvelle source de revenus, c'était la catastrophe assurée.

Le texte à rendre aujourd'hui avait pour thème « les univers parallèles », mais j'avais du mal à me concentrer. Taraudé par l'angoisse, je m'interrogeais sur le rapport entre mes fracassants débuts sur les ondes et l'espèce de châtiment auquel j'étais soumis. En toute logique, Juanjo Bonnín avait dû se plaindre à la direction qui, en retour, avait décidé de me mettre au placard, ne serait-ce qu'à moitié.

Entre accablement et colère, je commençai à classer ma documentation. Jusqu'à ce matin, je n'avais pas mesuré l'intérêt que suscitait ce thème, mais chaque fois qu'on abordait la mécanique quantique, les auditeurs bombardaient la messagerie de questions sur les univers parallèles.

Soudain, je compris que, lorsque son propre monde paraissait épuisé, il ne restait qu'à espérer que l'on vive l'existence dont on avait rêvé dans un autre.

Était-ce ce qui m'arrivait ? Cette décision de partir à Cadaqués tendait-elle à prouver qu'en certaines occasions nous éprouvions le besoin de recourir à un univers parallèle pour redresser notre vie désorientée ?

Je parcourus un article sur les univers multiples d'Everett, mais la théorie était trop complexe pour la vulgarisation. Malgré mes connaissances de journaliste scientifique, certains passages du texte restaient abscons.

Bien embarrassé, je finis par trouver une planche de salut en me rabattant sur le traitement des univers parallèles dans les œuvres de science-fiction. Dans la majorité des histoires, les descriptions étaient fondées sur le même postulat : pour voyager dans le passé et revenir au présent, il ne faut pas se déplacer dans son univers original. Dans le cas contraire, les règles du temps sont violées et le voyageur est condamné à continuer son existence dans un univers parallèle très voisin du monde de référence, mais subtilement différent.

Cette approche permettait de contourner le fameux « paradoxe du voyage temporel ». Selon le principe de cause à effet, si quelqu'un pouvait se transporter dans le passé et assassiner son grand-père, il ne pourrait pas naître et encore moins retourner à son époque. Mais cela posait un problème : si cet individu n'était pas né, comment diable avait-il pu voyager dans le passé et devenir le meurtrier de son pépé ? Cette insoluble contradiction créait le paradoxe.

Complètement absurde.

La théorie des univers parallèles fournissait une échappatoire commode pour régler ce problème. Du moins dans les films. Le voyageur se transporte dans le passé et liquide le vieux. Puis, pour ne pas disparaître, le criminel temporel a la possibilité d'intégrer un univers parallèle dans lequel il pourrait exister indépendamment de son grand-père.

Je me fondai sur ces élucubrations pour rédiger l'introduction théorique de l'émission. Puis, je me sentis soudain las, comme si un aspirateur quantique avait absorbé mes derniers électrons d'énergie. Après m'être traîné jusqu'au lit, je ne tardai pas à sombrer dans un profond sommeil, totalement épuisé.

Pendant que je me laissais glisser dans le gouffre sans fin de l'inconscience, plusieurs scènes reprirent vie dans mon esprit : le nombre d'or, le derrière de Sarah Brunet... Le message sibyllin clôtura le cortège : « Effectivement, il existe une ultime réponse. »

Fondu au noir.

À mon réveil, il était plus de vingt heures. L'appartement était plongé dans la pénombre, ce que je détestais.

Tandis que mes yeux s'accoutumaient à la lumière déclinante du crépuscule, j'eus le sentiment grandissant que quelque chose d'important avait changé. Je ne me croyais pas transporté dans un univers parallèle. Rien de tel. En revanche, pendant que je fuyais le monde extérieur, j'étais peu à peu convaincu que la réalité avait été altérée.

Tracassé par cette impression confuse mais persistante, j'allumai la télévision. Le journal du soir débutait à peine. Les infos s'ouvrirent sur des images de grève et de manifestations devant le ministère du Travail. Puis, il fut question d'un congrès européen sur les banques toxiques et les mesures qu'il convenait de prendre à leur encontre. J'en profitai pour mettre à chauffer dans une poêle l'huile de mes œufs au plat.

Quand la statue de la Liberté de Cadaqués apparut sur l'écran avec ses deux torches, je compris qu'une terrible nouvelle s'annonçait. J'augmentai le volume du téléviseur, juste au moment où la correspondante locale prenait la parole :

> « La nouvelle de l'assassinat du professeur Yoshimura, soixante-douze ans, a été un choc pour les deux mille six cents habitants de cette ville maritime, où la victime était très appréciée. Le crime a été perpétré à l'aube dans sa résidence, où le cadavre a été retrouvé ce matin par le personnel d'entretien. La police n'a délivré aucun communiqué officiel sur l'assassinat, mais on croit savoir que quatre étrangers auraient été aperçus hier dans l'après-midi, sortant du domicile de M. Yoshimura. Les autorités travaillent à l'identification des suspects à partir des descriptions de quelques voisins. »

J'éteignis le poste. Des sueurs froides me trempaient la nuque et ruisselaient le long de mon dos.

J'envisageai la possibilité de me rendre volontairement à la police et de tout expliquer, mais je n'avais pas le cran de supporter un long interrogatoire. D'ailleurs, ma version des faits paraissait si absurde qu'elle ne trouvait même pas grâce à mes yeux. Et l'oubli de mon carnet sur la table de teck dans la maison de la victime ne m'encourageait guère à opter pour cette solution. Le fait de laisser derrière soi un objet aussi personnel cadrait bien avec le scénario d'un départ précipité après le crime. Je tentai de me souvenir si mes coordonnées ou celles de quelqu'un qui pourrait permettre de me retrouver y figuraient. Peine perdue.

Horrifié, je me mis à réfléchir aux derniers rebondissements. Il n'y avait que deux possibilités. Soit l'assassin était un des trois autres, y compris la belle Française. Soit il s'agissait d'un quatrième individu qui avait fait de nous de parfaits boucs émissaires avant de tuer Yoshimura.

Comble de malheur, j'étais le seul à avoir pris le bus pour rentrer, sous le regard d'une douzaine de gens du coin. Les autres étaient repartis discrètement en voiture.

L'odeur de l'huile brûlée me fit momentanément oublier ce qui se présentait déjà comme une évidence. J'étais dans le pétrin jusqu'au cou.

7

La proposition

> La crainte de la mort est la plus injustifiée des peurs, car un mort ne court aucun risque d'accident.
>
> Albert EINSTEIN

Je passai une nuit blanche, m'attendant à entendre la police sonner d'un instant à l'autre pour m'interroger. Croiraient-ils une histoire aussi tirée par les cheveux ?

Le vigile de la radio qui m'avait remis l'enveloppe pourrait confirmer mon témoignage. Cependant, expliquer aux autorités que je m'étais rendu chez Yoshimura sur la seule foi d'une carte postale anonyme, où figuraient une heure, une date et une adresse, aurait pour unique résultat de renforcer leurs soupçons. Non, vraiment, ce serait inutile.

Je me servis un verre bien tassé de Bushmills, issu de la plus ancienne distillerie de whisky officielle du monde, dans l'espoir de trouver une issue à ce problème aussi inédit qu'affligeant.

Les autres témoins de mon voyage avaient été le chauffeur de l'autocar et les passagers, si toutefois ils m'avaient remarqué. Mais j'avais croisé des gens à Cadaqués, en particulier le vieil homme qui m'avait indiqué la rue où vivait Yoshimura. Celui-là au moins se souviendrait de moi. En apprenant la nouvelle, il aura donné mon signalement à la police.

Une deuxième gorgée de Bushmills m'insuffla l'énergie suffisante pour retourner me coucher et attendre la suite des événements. Je gardai la bouteille à portée de main, histoire de continuer à alcooliser mon malheur. J'essayai de me distraire en lisant *Blankets*, une bande dessinée de Craig Thompson, les aventures de deux frères qui partagent leur lit et le premier amour d'un d'entre eux. Cinq cents pages illustrant un récit douloureux et déprimant.

Tout en m'enfonçant avec le couple de personnages dans les forêts glaciales de l'Amérique profonde, je ne cessais de surveiller la porte et de guetter la sonnerie du téléphone. À une heure du matin, je lus la dernière phrase : « Le ciel est l'espoir et le paradis, un souvenir », puis je fermai les yeux en souhaitant disparaître.

La sonnerie du téléphone fixe résonna sous mon crâne comme une alerte incendie. Personne n'utilisait ce numéro, excepté ma sœur et les commerciaux de téléphonie mobile. À coup sûr, les enquêteurs m'avaient identifié et m'appelaient pour commencer leur interrogatoire sans perdre de temps.

Mais, au moment où j'approchai le combiné de mon oreille, le correspondant raccrocha. Paradoxalement, j'en éprouvai un certain soulagement. Quelqu'un venait de vérifier que je me trouvais chez moi, tôt ou tard, j'allais donc recevoir de la visite. Un coup d'œil sur le réveil... Sept heures et demie du matin.

Au lieu de me remettre au lit, j'optai pour la douche. Autant être propre pour affronter ce qui m'attendait. Le jet d'eau chaude finit par m'éclaircir les idées. Il était temps d'élaborer ma défense. D'abord, je pourrais très bien ne pas être informé de l'assassinat de Yoshimura. Il suffirait de prétendre que je faisais partie de ces extrémistes qui n'allument leur télé que pour regarder des DVD de documentaires ou de films indépendants – d'ailleurs, cela avait été le cas à une certaine époque.

Après avoir manifesté la surprise de rigueur en apprenant la nouvelle, je reconnaîtrais avoir assisté à la réunion chez le Japonais et je décrirais en détail les autres participants. Cela me permettrait peut-être de ne pas me faire coller l'étiquette de suspect principal.

En séchant ma peau brûlante avec la serviette, j'eus l'impression d'être Aladin frottant sa lampe magique, car une idée jaillit soudain de mon cerveau. Les trois suspects avaient décliné leur identité, le premier réflexe de tout bon journaliste était de vérifier leur existence sur Internet. L'assassin n'aurait pas révélé son véritable nom.

Excité par cette nouvelle perspective, j'allumai mon ordinateur dans l'intention de chercher des informations sur la revue *Mysterie* et son extravagant directeur. Cependant, j'oubliai tout de mes projets d'investigation en découvrant un mail dont la lecture me coupa le souffle.

De: Princeton Quantic Institute
À: Javier Costa
Objet: Offre de collaboration

Monsieur,

Avant toute chose, je vous présente mes sincères condoléances pour la douloureuse perte de votre mentor, le Pr Yoshimura. Nous sommes conscients de l'étroite relation qui vous unissait tant dans la vie professionnelle que dans le domaine privé. La preuve en est dans le message qu'il a adressé à notre institut, dans lequel il vous délègue l'édition finale de son ouvrage, au cas où il ne pourrait y procéder lui-même. Par malheur, le cas se présente justement aujourd'hui.

La confiance que vous témoignait le professeur nous a incités à entrer en contact avec vous sans plus attendre, sachant que l'achèvement de la *Biographie définitive d'Einstein* à laquelle il a consacré sa vie est le meilleur hommage que nous puissions rendre à notre ami commun.

En qualité de coordinateur de l'ouvrage en question, financé par une petite maison d'édition, j'ai l'obligation de vous informer des conditions contractuelles afin que vous vous sentiez soutenu dans les recherches que vous devrez mener pour amener l'œuvre à sa conclusion. Comme vous le constaterez dans le document en annexe, certaines lacunes demandent à être comblées.

Pour ce faire, le mécène qui porte le projet est disposé à investir une somme supplémentaire de 75 000 dollars dont le versement sera réparti de la manière suivante : 25 000 à l'acceptation du contrat ci-joint, 25 000 à la remise de l'original complété et 25 000 à la publication. Vous n'aurez pas de droits d'auteur sur la vente du livre, car il ne sera pas commercialisé en librairie, mais votre nom sera dûment cité dans la liste des collaborateurs à la fin de l'ouvrage.

Nous espérons recevoir votre accord dès que possible, afin de poser la dernière pierre de ce projet qui apportera un nouvel éclairage à notre connaissance de la figure d'Einstein et de son héritage.

Salutations distinguées,

RAYMOND L. MÜLLER,
Chef des publications du PQI

8

L'attardé

> Voir déjà les choses dans la graine, telle est la tâche du génie.
>
> LAO-TSEU

L'insolite proposition relégua temporairement au second plan ma crainte de la police. Au lieu de m'inquiéter des absurdités et des bizarreries qui émaillaient ce courrier, j'ouvris la pièce jointe et découvris le PDF du contrat. Avant même de le lire, je lançai l'impression des trois cent quatre-vingts feuillets de la biographie qui avait mené Yoshimura à la tombe.

Ce Raymond avait rédigé son message dans un espagnol parfait, mais le contrat utilisait un lexique juridique anglais particulièrement ardu. Les sept pages en caractères minuscules précisaient de multiples manières que le signataire, un simple prestataire, n'avait aucune sorte de droit sur le texte. De même, il énumérait les innombrables sanctions encourues en cas de révélation du contenu à des tiers avant la publication de l'ouvrage, parmi lesquelles figurait le remboursement des avances perçues.

Mon cerveau se mit aussitôt en mode travail. Rompu comme je l'étais à la rédaction de resucées de textes, j'estimais pouvoir « combler les lacunes » laissées par l'auteur de la biographie sans rencontrer trop de difficultés. Les vingt-cinq mille dollars d'avance représentaient déjà un beau butin, même si une partie de la somme devrait financer d'éventuels voyages de documentation. De plus, compte tenu de la situation, un petit séjour sous d'autres cieux semblait tout à fait opportun. Et, de toute façon, j'avais besoin de cet argent.

Sans m'attarder à estimer les conséquences de ce qui ressemblait à une méprise – on me prenait tout de même pour le fidèle disciple d'un homme que je ne connaissais pas vingt-quatre heures plus tôt –, j'ajoutai mon paraphe électronique au bas de chaque page du document, puis je complétai l'envoi avec mon numéro de compte bancaire.

J'expédiai le PDF signé à son destinataire avec l'impression d'être un gamin participant à un jeu. Si j'avais su sur quel plateau se déroulait la partie, je n'aurais jamais activé la commande « envoyer ». Mais c'était déjà trop tard.

Je passai le reste de la matinée à me balader dans le centre, avec l'espoir de rendre ma vie à sa morne normalité d'antan. Cependant, quelque chose me disait que ce n'était plus possible. Depuis que je m'étais affranchi des lois de la raison, d'abord en honorant la funeste invitation à Cadaqués, puis en acceptant ce contrat léonin, j'avais le sentiment d'évoluer dans un univers parallèle dont j'ignorais les règles.

Je m'attardai longuement à la Central del Raval, une librairie où je traînais régulièrement pour humer les nouveautés. J'y fis l'acquisition d'une épaisse biographie d'Einstein, signée de Walter Isaacson, qui alla rejoindre le manuscrit inachevé de Yoshimura dans mon sac.

De plus en plus sensible à l'action de la gravité sur mon épaule chargée, je traversai les rayons dédiés aux BD et au jazz pour entrer dans la petite cafétéria de l'établissement. À cette heure de la journée, quelques rares sièges étaient occupés par des étudiants de la faculté d'histoire toute proche.

L'odeur relaxante du café frais m'incita à m'installer à une table, le temps de mettre un peu d'ordre dans mes idées. Tout en attendant qu'on me serve un « thé du moine », je me rendis compte que le prétendu éditeur de l'ouvrage de Yoshimura n'avait pas mentionné la trouvaille dans le bureau d'Einstein. L'Institut quantique se situait également à Princeton et s'occupait de la publication du livre, on pouvait donc légitimement supposer qu'ils étaient informés de cette récente découverte.

J'envisageai de poser la question à l'éditeur par courriel avant de me raviser. Le directeur du centre avait peut-être réservé à Yoshimura la primeur de ce document caché dans le bureau du génie, lui laissant le choix de l'inclure ou non dans la biographie. D'ailleurs, il n'était pas exclu que la mort du chercheur fût une conséquence directe de cette révélation. Si cette histoire regorgeait de zones d'ombre, elle comportait néanmoins une évidence – les cartes postales qui avaient convoqué les participants à la réunion de Cadaqués faisaient partie de la machination.

Je n'avais toujours pas eu l'occasion de vérifier l'identité des autres convives pour tenter de démasquer d'éventuels suspects. Cependant, pour l'heure, j'étais plus préoccupé par l'aspect le plus étonnant de cet imbroglio : l'éditeur anglais me considérait comme le plus proche collaborateur et l'ami de Yoshimura. D'où lui était venue une idée pareille ? Et comment avait-il obtenu mon adresse électronique ?

Pendant que le serveur m'apportait mon thé, je me souvins qu'à la fin de la réunion de Cadaqués nous avions tous remis une carte de visite à notre hôte. De son côté, Yoshimura n'en avait pas à disposition et s'était excusé de ne pouvoir nous rendre la politesse. En revanche, les invités s'étaient bien gardés d'échanger leurs coordonnées, comme pour confirmer que la méfiance était générale et mutuelle.

À la lueur des derniers événements, j'avais échafaudé un scénario approximatif susceptible de justifier ce qui venait de se produire. Pour une obscure raison, Yoshimura s'était senti en danger après notre départ. Poussé par la crainte, il avait choisi un des invités pour le présenter à son éditeur comme son successeur, au cas où il lui arriverait quelque chose pendant la nuit. Le mail était peut-être parti peu avant sa mort. L'explication était absurde, certes, mais je n'avais pas trouvé mieux.

Pour me distraire des questions qui tournoyaient sous mon crâne, je décidai de lire quelques pages de l'aimable vulgarisation d'Isaacson, plutôt que d'entamer le manuscrit de Yoshimura rédigé en anglais.

La première partie de l'œuvre était centrée sur l'enfance du génie à Ulm et à Munich. Albert avait eu tant de difficultés à apprendre à parler, qu'il avait été surnommé l'attardé par la servante de la famille.

Après avoir fait faillite dans le commerce des matelas en plume, le père et l'oncle d'Einstein s'étaient associés dans une entreprise qui fournissait du gaz et de l'électricité à la capitale bavaroise. En 1881, à la naissance de sa sœur Maja, les Einstein avaient expliqué à Albert que la fillette était un « merveilleux jouet avec lequel il pourrait s'amuser à partir de maintenant ». Ébahi, le gamin observa le bébé, puis demanda : « D'accord, mais où sont les roues ? »

Visiblement, pendant sa prime enfance, Albert était si renfermé et solitaire, préférant toujours jouer seul, que son institutrice l'avait surnommé « le vieux père Ennui ». Il passait des heures à s'acharner sur des casse-tête ou à édifier de gigantesques châteaux de cartes qui pouvaient compter jusqu'à quatorze niveaux.

Avant de refermer le livre, je lus un paragraphe sur sa passion pour le violon que sa mère l'avait obligé à étudier et dont il ne se sépara jamais. Il aimait en particulier interpréter des œuvres de Mozart. En se promenant dans la rue, il lui arrivait parfois d'entendre quelqu'un jouer du piano dans une maison. Si Albert avait emporté son instrument, il le sortait et se joignait à la sérénade quel que soit l'endroit.

Cet aspect impulsif de sa pratique musicale cadrait bien avec l'anecdote du concert impromptu de Cadaqués.

Dans sa jeunesse, à Berlin, lorsqu'il réfléchissait à la théorie de la relativité spéciale, chaque fois qu'il était confronté à un blocage, Einstein se réfugiait dans la musique. Peu importait l'heure, il se rendait à la cuisine et improvisait des mélodies au violon, puis s'arrêtait net en criant : « Je l'ai ! »

9

La magie invisible de l'aimant

> Lance tes rêves dans l'espace comme une comète, qui sait ce qu'ils t'apporteront : une nouvelle vie, un nouvel ami, un nouvel amour, un nouveau pays.
>
> Anaïs Nin

Les vingt-cinq mille dollars, convertis en euros, figuraient déjà dans la colonne crédit de mon relevé bancaire. Tout en contemplant avec incrédulité le montant de mes finances sur mon écran d'ordinateur, je calculai qu'il ne s'était écoulé que trois heures entre mon acceptation du contrat et le versement, qui émanait d'un compte de ma propre banque dont le titulaire apparaissait sous les initiales PQI.

L'Institut quantique de Princeton avait sans doute un fondé de pouvoir à Barcelone qui avait été chargé des démarches par téléphone. C'était l'unique explication sensée. Néanmoins, la rapidité de cette transaction rappelait fortement l'arrivée de l'enveloppe mystérieuse à la radio, un quart d'heure à peine après le début de mon intervention sur les ondes. S'agissait-il de la même personne ?

C'était peut-être aussi quelqu'un du PQI qui se trouvait à l'autre bout du fil ce matin à sept heures et demie. Je me sentais épié. De plus, j'étais maintenant coincé par ce contrat, obligé d'entreprendre une enquête aux conséquences hasardeuses.

Compte tenu de la fin de Yoshimura, il semblait dérisoire de prendre des précautions.

La vérité était que j'avais signé et que l'argent était déjà sur mon compte. Plus moyen de revenir en arrière, il fallait donc agir en conséquence et me mettre au travail.

Pour l'instant, les autorités n'avaient pas encore fait le lien entre le crime de Cadaqués et moi, je devais tirer parti de cet avantage. Et *Qui dia passa any empeny* comme le disait un proverbe catalan, « le temps passe jour après jour ». De toute évidence, ils finiraient tôt ou tard par découvrir mon existence. Mais si je laissais mon portable à Barcelone et que je me lançais sur les traces d'Einstein, ils ne pourraient pas me demander des explications avant un bon moment. Qui sait, d'ici là, ils auraient peut-être trouvé le véritable assassin.

Autre hypothèse, c'était l'assassin qui pourrait me trouver.

Au lieu d'enquêter sur les invités de Cadaqués, je consacrai le reste de mon lundi à des tâches administratives. Je voulais tout laisser en ordre avant de partir le lendemain, comme je l'avais projeté.

Après une lecture en diagonale du travail de Yoshimura, j'avais détecté plusieurs espaces en blanc dans le passage relatif aux activités d'Einstein à l'Institut polytechnique de Zurich. Le chercheur avait certainement envisagé un complément de documentation sur le sujet. Fort opportunément, un train direct partait le lendemain à 19 h 38. L'arrivée dans la ville suisse était prévue le mercredi à 10 h 37.

Malgré le confort du Talgo, le trajet s'annonçait interminable, surtout en comparaison des vols bon marché qui décollaient de Barcelone. Mais j'avais l'intuition que le train me conviendrait mieux que les aéroports. D'abord, je savais par expérience que le contrôle des passeports serait moins rigoureux à la frontière suisse, où probablement personne ne me recherchait. Ensuite, après des années à jouer les gratte-papier pour la gloire des autres, je préférais intégrer lentement cette nouvelle étape de « journalisme actif ».

J'avais assez d'argent pour vivre les prochains mois, une enquête sur un thème passionnant m'attendait et je pouvais me déplacer à ma guise tout en complétant le manuscrit. Mon anglais n'était pas flamboyant, mais je pourrais engager un correcteur britannique pour réviser le texte avant la date de remise, qui selon le contrat était fixée au 23 août.

Je consultai le calendrier : 23 mai. Trois mois devraient suffire à boucler l'essai. En travaillant sérieusement – et si j'obtenais les autres paiements –, je pourrais m'offrir ensuite une année et demie de congé sabbatique.

Cette engageante perspective acheva de réduire au silence mon instinct de conservation. Sans perdre plus de temps, je rédigeai un message destiné à Yvette pour lui annoncer que je renonçais à mon poste d'auteur de *La Red*. Avant d'envoyer le mail, je relus plusieurs fois mes explications.

Je ne veux pas que tu considères ma démission comme un geste de mauvaise humeur parce que mes revenus ont été réduits de moitié, même s'il m'a fallu « me débrouiller », comme on dit vulgairement.

J'avais l'intention de continuer l'émission jusqu'à la fin de la saison, mais une offre inopinée d'emploi à l'étranger m'a forcé à prendre cette décision sans tarder. Je pars demain. De toute manière, je suis certain que l'auteur maison et ses collaborateurs pourront suppléer sans problème à mon absence.

Je t'embrasse affectueusement (ainsi que Hernán) et merci pour tout,

JAVIER

Au crépuscule, mon portable n'avait pas sonné. Je n'avais reçu aucune réponse à mon courriel, alors qu'il était assurément arrivé à destination. Certes, c'était beaucoup mieux ainsi – les raisons de mon départ n'étaient pas très faciles à expliquer –, mais l'indifférence silencieuse qui avait accueilli ma démission me peinait.

Puisque j'avais projeté de consacrer une bonne partie du voyage en train au manuscrit, je décidai d'emporter la biographie d'Isaacson au lit. Je repris ma lecture à l'endroit où je l'avais laissée le matin : l'immersion du petit Einstein dans le monde de la science.

Albert avait été fasciné par une boussole offerte par son père. Il considérait le magnétisme comme une magie étrange de la nature dont les mystères méritaient d'être percés. À l'âge de douze ans, il s'acharnait à résoudre des problèmes arithmétiques qui dépassaient largement ses connaissances. Son oncle, l'associé de son père, lui avait donné une définition très personnelle des équations : « L'algèbre est une science divertissante : quand nous ne pouvons pas attraper l'animal que nous voulons capturer, nous l'appelons temporairement *x* et nous continuons la chasse jusqu'à le mettre dans notre gibecière. »

Albert continua sa formation d'autodidacte avec l'aide d'un étudiant en médecine que la famille invitait à dîner une fois par semaine. Le jeune homme lui prêtait des livrets de vulgarisation scientifique, que l'enfant dévorait. À seize ans, le jeune Einstein rédigea son premier essai de physique, intitulé « Étude sur l'état de l'éther dans un champ magnétique ». À cette époque, il pensait qu'une substance invisible et omniprésente, l'éther, emplissait l'Univers, servant de conducteur à la lumière et au magnétisme.

Il envoya l'article à un oncle riche de Bruxelles, susceptible d'intercéder en sa faveur et de l'aider à intégrer l'Institut polytechnique de Zurich, malgré les deux ans qui lui manquaient pour atteindre l'âge minimum requis pour l'admission. Finalement, un autre parent obtint du directeur de l'établissement l'autorisation de laisser participer le « petit génie » à l'examen d'entrée.

En octobre 1895, Einstein prit le train pour Zurich sans savoir que ce voyage changerait le cours de la science.

Le timbre strident du téléphone fixe me ramena au présent. En allant répondre, je constatai que le numéro du correspondant était masqué. Je décrochai malgré toutes les craintes qui revinrent m'assaillir. De l'autre côté du fil, une voix étrangement douce s'exprima brièvement :

— Cabaret Voltaire.

— Pardon ?

On coupa la communication.

10

Trains mélancoliques

> Quand nous aimons, nous existons dans le monde. Vivre pour les autres est la seule chose qui donne un sens à notre vie.
>
> Albert EINSTEIN

J'ai toujours considéré les trains comme une invitation à la mélancolie. Et pas seulement parce que j'ai rencontré Diana, mon épouse pendant deux ans, dans un train. La tristesse indéfinissable que j'associais au rail me saisissait déjà dans les gares.

Celle de Sants n'avait rien de romantique, mais en me mêlant à la foule silencieuse, traînant ses valises en remorque, j'avais le sentiment d'être un exilé du bonheur. Une catastrophe, doublée d'un coup de chance, pour ainsi dire, me propulsait vers la Suisse, abri illusoire qui me permettait de fuir tous les problèmes qui se pressaient à ma porte.

Dorénavant, pour moi, le mouvement était synonyme de sécurité. Du moins en étais-je convaincu.

D'un geste fluide de la main, une hôtesse du Talgo m'indiqua que mon compartiment se trouvait quelques voitures plus loin. Alors qu'il restait vingt minutes avant le départ, je hâtai le pas, sans doute aiguillonné par la crainte d'être identifié et arrêté. Puis je me mis à trottiner, saisi par l'urgence de me réfugier entre les cloisons d'aluminium de ma voiture.

Ma place se trouvait dans un espace prévu pour quatre passagers. Pendant que je m'installais dans le siège qui se transformerait en couchette cette nuit, je fis le vœu que le train soit à moitié vide et que je n'aie pas à partager mon compartiment.

À l'heure prévue, le convoi s'ébranla et mon désir se vit exaucé. Du moins, pour le moment. Le visage collé à la vitre, je contemplais avec fascination les rails qui convergeaient sous les tunnels, avant de bifurquer dans toutes les directions. Une véritable allégorie des chemins infinis de l'existence. Avec mes quarante et un ans, le schéma commençait à m'apparaître clairement : toutes ces voies ne menaient nulle part.

Quand le convoi s'arracha des entrailles de Barcelone, le soleil se cachait déjà derrière les immeubles en béton de mauvaise qualité. Après avoir épuisé les considérations philosophiques, je m'abandonnai à l'évocation de l'histoire d'amour qui avait si mal tourné.

Je me rappelais cet épisode du film de ma vie avec une grande précision.

Tout avait commencé quatre ans plus tôt, dans le train de nuit qui relie Saint-Pétersbourg à Moscou. J'avais déjà l'habitude de voyager seul et, après trois jours dans la capitale du Nord, j'avais hâte de découvrir la mégalopole russe.

Saint-Pétersbourg m'était apparue comme une ville impériale déchue, mal pourvue en bars et en visages souriants. J'avais déambulé dans le musée de l'Ermitage comme un somnambule, puis je m'étais profondément ennuyé devant un ballet, au parterre du théâtre Mariinski. Je ne vivais donc pas le meilleur moment de ma vie, et même les talons vertigineux des Russes ne me tiraient pas de ma mélancolie.

J'avais eu l'idée saugrenue de voyager en plein hiver au lieu de choisir les nuits blanches de l'été, lorsque le soleil ne se couche jamais.

Un peintre ivre m'avait assuré que je retrouverais le moral à Moscou, où la fête ne connaissait aucune limite. J'en avais assez de la ville, et il restait encore trois jours avant mon vol de retour, je décidai donc de prendre la Flèche rouge, un train qui quittait Saint-Pétersbourg à minuit et atteignait la capitale aux premières heures du matin.

Peut-être avais-je vu plus de beautés russes que mes yeux ne pouvaient en assimiler, toujours est-il que la jeune femme menue aux cheveux noirs qui dormait dans mon compartiment attira mon attention. Je m'assis en face d'elle sans me douter le moins du monde que cette philologue des Canaries, comme elle se présenterait plus tard, deviendrait ma fugace épouse.

L'idylle fut aussi foudroyante que condamnée à l'échec.

Après avoir passé deux heures à la contempler sommeillant sous l'éclat de la lune, je finis par fermer les yeux.

— Ne t'endors pas, s'il te plaît, dit-elle au même moment.

Entendre ma langue dans un train, au beau milieu de nulle part, dans la bouche de cette brune que je pensais géorgienne ou arménienne me prit au dépourvu. J'étais tiraillé entre l'irritation et la surprise.

— Pourquoi ne veux-tu pas que je dorme ? Et d'abord, comment sais-tu que je parle espagnol ?

Diana me dévisagea avec amusement avant de répondre.

— Ton manteau t'a trahi. Mon frère a le même, et je peux t'assurer qu'ils n'en vendent pas ici. Ce n'est pas très efficace contre le froid russe.

Avec son doux accent des Canaries qui me ravissait, elle m'expliqua qu'elle était en poste pour un an à l'Institut Cervantès de Moscou. Elle avait passé la fin de la semaine à

Saint-Pétersbourg pour rendre visite à une collègue de travail qui s'y était installée.

Soudain, je me rendis compte qu'elle n'avait pas répondu à ma première question et je la répétai :

— Et pourquoi devrais-je me passer de sommeil ?

— Parce que si tu t'endors, je ne pourrai pas fermer l'œil et je suis morte de fatigue. L'un de nous deux doit rester éveillé, tu sais ? Ce train est connu pour les vols nocturnes. Dès que tu tournes le dos, toutes tes affaires disparaissent.

— Ça m'étonnerait que ça arrive. Et de toute façon, c'est un peu injuste que je doive passer une nuit blanche pour que tu puisses dormir, tu ne crois pas ?

— La vie est injuste, dit-elle en regardant la vaste étendue gelée depuis le train en mouvement. Et il est bon qu'il en soit ainsi. Sinon, nous ne pourrions pas nous plaindre.

Je contemplai cette impertinente avec stupéfaction. Je lui donnais la trentaine. Manifestement, elle maîtrisait parfaitement l'art de taquiner les inconnus. Ou du moins, ceux du genre inoffensif, comme moi. Je décidai de passer à la contre-attaque :

— Que me donneras-tu si je reste éveillé jusqu'à Moscou ?

— Le privilège de me regarder dormir. Mon père dit toujours que je suis un ange quand je ferme les yeux.

— Possible, mais il fait si noir dans ce compartiment que je peux à peine distinguer ton visage. Je n'ai aucune chance d'apercevoir ce fameux ange.

— Alors, approche-toi, dit-elle en baissant la voix.

Puis elle referma les yeux.

La seule manière d'obtempérer était de m'asseoir près d'elle et je m'exécutai bien volontiers, tout disposé à jouer le jeu. Comme si elle n'attendait que ce moment, Diana se nicha sur mes cuisses et passa les bras autour de mes genoux.

Un peu désarçonné par cette marque de confiance, je me rendis compte qu'en position horizontale la lune faisait briller son visage. Tel celui d'un ange.

Je la contemplai longuement, hésitant à caresser les cheveux ondulés qui se répandaient sur moi. Mes doigts effleurèrent enfin ses boucles.

— Eh bien ! Pas trop tôt.

11

La constance de la lumière

> Équipé de ses cinq sens, l'homme explore l'Univers qui l'entoure et cette aventure s'appelle la science.
>
> Edwin P. HUBBLE

En me réveillant dans le wagon baigné par la lumière du jour, je me rendis compte que j'avais dormi avec le souvenir de Diana sommeillant sur mes genoux. La journée commença donc avec un involontaire pincement de nostalgie.

Mais une silhouette horizontale devant moi m'aida à me sortir de l'esprit mon ex-femme. Pendant que je dormais inconfortablement sur le siège, un nouveau passager avait déplié sa couchette et ronflait de bon cœur. C'était un quinquagénaire à la forte constitution. Sa coiffure classique et sa chemisette de coton blanc évoquaient un de ces commerciaux qui arpentaient l'Europe centrale en essayant d'obtenir des commandes.

Solitude absolue. Voilà ce qui émanait de cet homme dont le corps frémissait sur la couchette.

Le Talgo s'arrêta à un nœud ferroviaire entre la France et la Suisse, et les différentes polices montèrent à bord. Pendant quelques instants, je songeai avec inquiétude à Yoshimura et à mon carnet abandonné sur la scène du crime.

Lorsque le garde-frontière helvétique cria « *Passkontrolle* » et nous demanda nos passeports, j'étais persuadé que mon voyage se terminerait ici. Cependant, après avoir examiné le document à la lumière d'une lampe de poche, il me le rendit avec un « *Gute Reise*[1] » protocolaire.

Quand la porte du compartiment se referma, le supposé commercial regagna sa couchette et tenta de se rendormir en émettant des claquements de langue agaçants. Je passai outre, d'ici deux heures, nous serions à Zurich où personne ne me connaissait, ni en bien ni en mal.

Du moins, telle était ma conviction.

Avant de m'immerger dans la lecture du manuscrit que je devais compléter, le doux ballottement du train me rappela l'exemple classique du convoi en déplacement qui servait à expliquer la difficile théorie de la relativité. Einstein l'avait souvent utilisé au cours de ses conférences publiques.

Selon les lois du mouvement définies par Newton à la fin du XVIIe siècle, les vitesses de deux corps ou plus peuvent s'additionner conformément aux règles de l'arithmétique. Si un train se déplace à 25 kilomètres à l'heure et qu'un enfant lance une balle par la fenêtre du wagon dans le sens de la marche, à une vitesse de 25 kilomètres à l'heure également, la balle sortira à une vitesse de 50 kilomètres à l'heure. Autrement dit, les vitesses s'additionnent.

Cependant, cette arithmétique élémentaire ne s'applique pas à la lumière, dont la vélocité, presque 300 000 kilomètres par seconde, reste invariable. Ainsi, un rayon lumineux projeté dans un vaisseau spatial volant à 1 000 kilomètres par seconde ne voyagerait pas à 301 000 kilomètres par seconde, mais à la même vitesse que sur la terre ferme.

La constance de vitesse de la lumière amena Einstein à découvrir une série de phénomènes étranges qui s'y

1. « Bon voyage » (N.D.T.).

rapportaient. Par exemple, à mesure que sa vélocité augmente, un objet perd de la longueur et gagne de la masse. À la vitesse de la lumière, cette masse serait infinie.

J'avais rédigé un texte sur le sujet pour *La Red*, même si je n'avais pas tout compris du principe. Que pouvait bien impliquer le fait d'avoir une masse infinie ? La lumière était peut-être produite par des corps qui avaient voyagé trop vite et avaient fini par se désintégrer. Cette supposition n'était pas complètement farfelue. De fait, l'équivalence de la masse et d'une certaine quantité d'énergie, et vice versa, la célèbre formule $E = mc^2$, avait permis de mettre au point la bombe atomique.

L'élément le plus épineux était d'admettre que le temps passait plus lentement à mesure que la vitesse augmentait. Autrement dit : le temps est relatif, comme le démontrerait Einstein dans sa théorie publiée en 1905.

En revenant à $E = mc^2$, je me souvins comment avait débuté le carrousel d'événements qui m'avaient expulsé de ma routine. Tout avait commencé avec un coup de bluff, lorsque j'avais déclaré à la radio que, durant la seconde partie de sa vie, Einstein s'était consacré à l'élaboration d'une théorie secrète qu'il ne s'était pas risqué à divulguer. Cette remarquable découverte aurait pu ébranler les fondations de toutes nos connaissances, voire de notre propre nature.

Je souriais aux fantaisies de mon imagination pendant que le train longeait les petits gratte-ciel de la périphérie de Zurich, entre la Limmat et des collines verdoyantes.

Force était de reconnaître que cette affirmation avait déclenché un ressort aux conséquences imprévisibles. D'abord, l'arrivée de l'enveloppe contenant la carte postale et le billet d'autobus. Puis l'insolite réunion de Cadaqués. La mort de Yoshimura. Le contrat de vingt-cinq mille dollars. Que pouvait-il encore arriver ?

J'installai mon quartier général à l'hôtel Adler, un établissement de la Rosengasse fameux pour la cuisine traditionnelle de son restaurant.

Ma valise défaite, mon ordinateur portable branché, je décidai de prendre une douche avant de réfléchir à mes projets. J'étais en possession d'une belle somme, mais je n'avais pas l'intention de la dilapider en hôtels suisses et en *fondues*[2]. Je devais élaborer mon parcours avec sobriété afin de terminer la biographie de Yoshimura pour un coût raisonnable. S'il me restait de quoi couvrir mes besoins jusqu'à la fin de l'année, je parviendrais peut-être à me réinventer pendant ce laps de temps.

Une fois lavé, j'enfilai des vêtements propres et m'installai devant l'ordinateur, rempli d'optimisme. Le premier vide important du manuscrit correspondait au séjour d'Einstein à l'Institut polytechnique de Zurich. Il me faudrait donc avoir accès aux archives de cette école, si elle existait encore.

Avant de me lancer dans cette tâche fastidieuse – l'univers de la documentation m'avait toujours assommé –, je décidai d'effectuer les vérifications restées en suspens depuis la nouvelle du crime. Il ne me plaisait guère de revenir sur cet épisode qui se perdait déjà au loin, mais il valait mieux savoir qui avait menti.

Je commençai en entrant sur Google la combinaison du nom de Yoshimura et de celui d'Einstein au cas où je découvrirais quelque fait étrange. J'obtins plus de 17 100 résultats avec de multiples candidats. Manifestement, ce patronyme était aussi répandu au Japon que Garcia ou Lopez en Espagne, à en juger par les innombrables Yoshimura en relation avec quelque article, cours ou étude.

2. En français dans le texte.

Je n'obtiendrais rien de significatif par ce biais.

La recherche suivante, sur le docteur en physique de Cracovie, avorta avant de commencer. Je me souvins que le Polonais ne nous avait confié que son prénom, Pawel. Cela non plus ne me mènerait pas bien loin.

Avec Jensen, le Danois qui dirigeait *Mysterie*, la tâche fut plus aisée. En allant sur le site Web de la revue, je consultai le nom des rédacteurs dans l'ours. Effectivement, un certain « Klaus Jensen, Dr » y figurait. Cela suffisait-il à le barrer de la liste des suspects ?

Je survolai quelques-uns des reportages proposés sur le site. Bien sûr, je ne comprenais pas le danois, mais les images et la typographie grotesque m'incitaient à penser qu'ils publiaient un tissu d'âneries.

Il ne restait qu'une identité à vérifier, celle de la Française aux fesses rebondies, mais la lumière qui pénétrait par la baie vitrée m'indiquait qu'il était l'heure de descendre en ville. Cette nuit, j'aurais tout le temps de jouer les détectives amateurs.

Après avoir laissé échapper un soupir à la perspective du travail qui m'attendait, je cherchai sur Internet le fameux Institut polytechnique que le génie avait réussi à intégrer à sa seconde tentative.

Si j'avais vérifié à temps le nom de Sarah Brunet, les événements auraient pris un tour bien différent.

12

L'Institut polytechnique

> L'université est un lieu où les cailloux se polissent et les diamants perdent leur éclat.
>
> Robert G. INGERSOLL

L'établissement où Einstein s'était inscrit à dix-sept ans portait maintenant le nom d'École technique supérieure universitaire. Situé dans la Rämistrasse, il s'était considérablement développé depuis.

Les huit cent quarante et un élèves et les quelques professeurs de l'époque d'Einstein étaient devenus vingt mille âmes, étudiants, chercheurs et administratifs. Ses trois cent soixante-dix enseignants répartis en seize départements avaient l'orgueil d'exercer dans une institution qui avait déjà produit vingt et un prix Nobel au siècle dernier.

Tout cela était amplement traité dans le manuscrit de Yoshimura, avant d'aborder la partie purement biographique du père de la relativité.

Apparemment, ce que l'on connaissait en 1911 sous le nom d'Institut polytechnique de Zurich avait été récemment transféré dans de plus vastes locaux, grâce au magnat de l'électronique Werner von Siemens, qui paradoxalement avait contribué à la faillite de l'entreprise de fourniture électrique du père et de l'oncle d'Albert.

Le passage d'Einstein dans cet établissement, où il étudia quatre ans, fut certainement brillant, même si son professeur de mathématiques en était arrivé à le traiter de « chien paresseux ». L'éminent professeur de physique, Heinrich Weber, s'il appréciait les dons pour l'étude du jeune Albert, lui reprochait néanmoins son goût de la rébellion. « Tu es un garçon extrêmement intelligent, mais ton gros défaut, c'est que tu n'écoutes personne. »

Je traduisis à la volée la partie dédiée aux amourettes de l'étudiant étourdi, qui au cours de ses voyages oubliait jusqu'à sa valise. Cette distraction lui valait les commentaires désabusés des servantes qui murmuraient : « Ce garçon n'arrivera jamais à rien. » Mais Albert était plutôt joli garçon, ou du moins les femmes lui trouvaient du charme. Yoshimura ne s'attardait guère sur ce qui m'apparaissait, jusqu'à présent, comme l'épisode le plus intéressant :

> Le propriétaire d'Albert, qui se comportait comme un père envers lui, avait une fille. La jeune personne tomba sous le charme d'Albert, et ils vécurent une brève romance. Alors que le garçon s'éloignait d'elle, Marie Winteler – tel était le nom de l'amoureuse transie – lui écrivait des lettres enflammées. « Il n'y a pas de mots pour décrire mon bonheur depuis que ton âme adorable s'est entrelacée à la mienne. » Habitué à l'âpre rigueur des sciences, Albert se lassa rapidement d'un attachement aussi sirupeux et brisa le cœur de la demoiselle, qui finit par souffrir d'une dépression nerveuse. Elle mit longtemps à surmonter son chagrin, mais des années plus tard, elle épousa un Suisse qui dirigeait une fabrique d'horloges.
>
> Einstein ne perdit pas de temps pour restaurer sa vie amoureuse. Après Marie, une étudiante serbe croisa son chemin, la seule femme de son département. Peu attirante eu égard aux canons esthétiques de l'époque, elle jouissait d'une intelligence remarquable et se nommait Mileva Marić.

Pour accéder aux fiches des camarades de cours d'Einstein pendant les quatre ans de son cursus, j'avais dû procéder à une inscription complète. Après plusieurs heures passées à fouiller les archives de l'ancien Institut polytechnique de Zurich, je commençais à me sentir étourdi.

À en juger par la première lacune du manuscrit de Yoshimura, il n'avait pas eu l'occasion de consulter ces archives. L'emplacement de la partie manquante était annoté. Quelques questions spécifiaient ce qu'on attendait de moi :

[Qui a étudié avec A.E. ? Quelle a été leur carrière après avoir quitté l'Institut polytechnique ? L'un d'entre eux s'est-il distingué dans le domaine de la physique théorique ?]

Les questions étaient simples, mais pour y répondre et combler cette satanée lacune, il me faudrait la journée. Je commençai par noter sur mon portable tous les patronymes qui accompagnaient celui d'Albert dans les différentes disciplines, hormis celui de Mileva, qui finirait par devenir sa première épouse. Je m'abîmais les yeux à déchiffrer les lettres tracées à la plume sur les fiches quadrillées.

Ensuite, j'appliquai une méthode peu originale en collant les noms de ma liste dans la fenêtre de recherche de Google. Les résultats furent décevants, mais je parvins à découvrir que trois condisciples d'Einstein étaient devenus professeurs à l'Institut polytechnique.

Je sauvegardai des documents en allemand en rapport avec une douzaine de personnes qui semblaient liées à d'autres centres d'enseignement en Suisse.

L'un d'entre eux s'était peut-être distingué en physique théorique, mais il me faudrait un dictionnaire bilingue pour mieux comprendre les informations sur ces seize noms. Le plus important était d'avoir consigné l'identité des condisciples d'Albert. Rien ne m'empêchait de poursuivre cette recherche à l'hôtel, voire de la remettre jusqu'à la fin du voyage.

Admettons qu'un autre génie ait aidé Einstein à élaborer ses théories, ce collaborateur serait mort depuis cinquante ans. De même, l'existence d'un descendant direct de cette personne, susceptible de fournir un témoignage de première main, paraissait hautement improbable.

Décidément, compléter le livre de Yoshimura s'annonçait particulièrement rasoir. Pour l'instant, je n'y voyais qu'un risque, celui de mourir d'ennui.

La perspective des longues heures de travail qui se profilaient les jours suivants m'arracha un bâillement. Malgré l'inconfort du lieu – les chaises étaient soudées aux bureaux –, je fermai les yeux un instant.

Comme si mes paupières closes avaient activé un ressort secret de ma mémoire auditive, la voix extrêmement douce et délicate qui m'avait parlé au téléphone dans mon appartement résonna sous mon crâne. Avant de raccrocher, elle avait dit : « Cabaret Voltaire ».

En entrant ce nom dans le moteur de recherche, je sentis un frisson d'excitation courir le long de mon échine, il s'agissait d'un lieu qui existait, ou avait existé, à Zurich.

Un des résultats proposés m'en apprit plus :

> Fondé en 1916 par Hugo Ball, le Cabaret Voltaire fut un club de Zurich où se réunissaient des artistes à l'esprit provocateur. On pense que le mouvement Dada est né dans cet endroit, au premier étage d'un théâtre à la programmation sérieuse. Le lieu était aussi fréquenté par des artistes d'un courant issu du dadaïsme : le surréalisme.
>
> Après avoir connu une décadence qui se prolongea presque tout au long du XXe siècle, le local fut « okupé » en 2002 par les néodadaïstes, conduits par Mark Divo. Le mouvement Dada

ressuscita pendant trois mois au Cabaret Voltaire qui vécut un nouvel âge d'or. Des milliers de Zurichois participèrent à cette expérience où se sont multipliées *performances*[3] quotidiennes, projections et vêpres poétiques. La police expulsa les « okupants » en mars de la même année, lorsque l'édifice fut converti en un musée dédié au Dada.

En fermant cette page de référence, j'eus l'intuition que cette piste risquait de m'entraîner bien au-delà de ces mornes listes d'étudiants.

3. En français dans le texte.

13

Cabaret Voltaire

> Si l'on ne va pas contre la raison,
> on n'arrive généralement à rien.
>
> Albert EINSTEIN

Las de suivre les traces d'étudiants du siècle dernier, dont la plupart avaient dû finir ingénieurs, je décidai de quitter la gigantesque École technique pour aller voir ce fameux Cabaret Voltaire ou ce qui en restait.

Puisque la femme au téléphone s'était donné la peine de me signaler cet endroit, ce n'était certainement pas en vain. Qui sait, elle m'attendait peut-être là-bas ? Dans le pire des cas, il y avait sans doute quelque chose au musée du Mouvement Dada que je devais voir.

Pendant que je cherchais le numéro 1 de la Spiegelgasse – la ruelle du miroir –, j'eus l'intuition que ma mystérieuse correspondante ne faisait qu'une avec la personne qui m'avait envoyé la carte postale de Cadaqués. Je voyais une indéniable relation entre cette voix mélodieuse et la calligraphie de l'enveloppe.

Mais qui était-elle et que me voulait-elle ? Les réponses m'attendaient-elles dans le vieux club ?

Je trouvai sans peine une façade rose qui portait l'inscription « cabaret voltaire » en minuscules. La porte était ouverte.

Je passai la tête à l'intérieur avec un peu de méfiance, même s'il s'agissait d'un des lieux les plus fréquentés de la ville. Une vaste toile recouvrait presque tout le sol du rez-de-chaussée. Un étrange engin métallique suivait un parcours brusque et erratique sur la surface du tissu.

Intrigué, je me décidai à entrer. La porte se referma derrière moi dans un léger grincement.

Avant d'aller plus loin, j'examinai la pièce. Seule une adolescente aux cheveux bleus mâchait du chewing-gum derrière un éventaire où l'on proposait des affiches et des tee-shirts.

Je m'approchai du petit engin. Il s'agissait d'une espèce de robot roulant, d'une dizaine de centimètres de hauteur, équipé d'un pistolet à peinture de faible diamètre. Au cours de ses déplacements aléatoires sur la toile, il éjectait des jets noirs qui formaient une composition abstraite, dans l'esprit des Jackson Pollock que j'avais vus au MoMA de New York.

Cette curieuse *performance* artistique m'avait presque fait oublier l'objet de ma visite au Cabaret Voltaire, mais revenant à mes projets initiaux, je décidai de m'adresser à l'unique être animé présent dans la pièce, hormis le robot peintre.

Mon arrivée ne sembla pas ravir la vendeuse de souvenirs. Elle avait moins de dix-huit ans et un gros casque Oboe était plaqué sur ses oreilles. Le volume était si fort que le morceau de hip-hop filtrait à travers la mousse des coussinets.

Je restai planté là un bon moment avant qu'elle ne retire ses écouteurs en me jetant un regard insolent.

— Qu'est-ce que tu veux ? me demanda-t-elle directement en anglais.

— Je ne cherche pas un souvenir. J'aimerais simplement te poser une ou deux questions.

— Disons plutôt une, répondit-elle de mauvaise grâce. Tu me fais perdre le fil de la chanson.

Puis, elle attendit que je parle en tiraillant une de ses tresses.

— Une dame m'a appelé, il y a quelques jours. Au ton de sa voix, elle avait l'air d'une femme âgée. Elle a mentionné cet endroit, et j'ai pensé qu'elle travaillait peut-être ici... Ou du moins qu'elle fréquentait régulièrement le Cabaret Voltaire.

L'adolescente forma une bulle de gomme bleue, comme ses cheveux, et la fit exploser.

— Et c'est quoi ta putain de question ?

Cette gamine paraissait avoir été choisie uniquement pour provoquer le chaland, mais je décidai de m'en tenir au scénario que je m'étais fixé.

— Je voudrais savoir si dans ce musée, cette galerie, enfin cet endroit, il y a une femme comme celle dont je t'ai parlé.

— Eh bien, non.

Là-dessus, elle remit son casque et augmenta le volume.

Je contins mon envie de lui flanquer une claque et m'intéressai de nouveau au robot peintre. Son travail s'était intensifié, comme si sa programmation était entrée dans une phase décisive, il accélérait soudain vers l'avant ou l'arrière, lâchait une charge d'encre noire, puis virait brusquement.

Déconcerté, je m'apprêtais à quitter le Cabaret Voltaire lorsque je repérai un escalier qui conduisait à un niveau supérieur aménagé en mezzanine. Il s'agissait d'un bar minuscule, équipé de deux fauteuils, d'une machine à café et d'un distributeur de canettes de bière.

Soudain assoiffé, je décidai de m'offrir une boisson, histoire de me rafraîchir avant de repartir.

Pour cinq francs suisses, j'obtins une Heineken glacée. Je m'installai sur un des fauteuils pour la déguster. De là, je dominais le décor déprimant : le robot peintre se démenant sur sa toile et la non moins robotique ado aux couettes bleues.

— Et merde, me dis-je en prenant une bonne lampée de bière.

Une immense affiche du *Manifeste dada* de Tristan Tzara trônait entre les deux machines.

> La magie d'un mot – DADA – qui a mis les journalistes devant la porte d'un monde imprévisible n'a pour nous aucune importance.
>
> Pour lancer un manifeste, il faut vouloir : A.B.C., foudroyer contre 1, 2, 3, s'énerver et aiguiser les ailes pour conquérir et répandre de petits et de grands a, b, c, signer, crier, jurer, arranger la prose sous une forme d'évidence absolue, irréfutable, prouver son non-plus-ultra et soutenir que la nouveauté ressemble à la vie comme la dernière apparition d'une cocotte prouve l'essentiel de Dieu.

Le texte – pur bla-bla – continuait sur une centaine de lignes pleines de sottises du même tonneau, dont j'abandonnai rapidement la lecture. Le silence était soudain tombé sur la vaste pièce. Le moteur du robot s'était arrêté. Soit les piles étaient déchargées, soit il avait terminé son œuvre.

Je vidai la canette d'un trait et jetai un coup d'œil distrait à la toile. Ce que j'y vis me frappa comme une bombe visuelle :

VENDREDI

MIDI

BERNE

ROSENGARTEN

Étant donné que trois des quatre mots tracés par le robot étaient en espagnol, il paraissait clair que le message m'était adressé.

Je descendis l'escalier en survolant quasiment les marches et je me plantai devant les quatre substantifs qui ressortaient nettement au milieu de la mer de taches noires. Puis je me dirigeai d'un pas énergique vers la fille aux cheveux bleus, plus indolente que jamais derrière son éventaire.

— Qui l'a programmé ? demandai-je d'une voix forte.

L'adolescente enleva son casque et se contenta de froncer les sourcils.

— Le robot peintre, insistai-je. Qui l'a programmé ?

Elle me jeta un regard moqueur.

— Dieu miséricordieux.

14

Le Jardin des roses

Il n'y a qu'un seul bonheur
dans la vie : aimer et être aimé.

George SAND

Je passai une nuit horrible à tenter de donner un sens aux derniers événements. Le matelas de l'hôtel Adler était moelleux, mais le message du Cabaret Voltaire m'avait précipité dans le plus grand des inconforts.

Au moment où le soleil se manifesta au-dessus de la ville helvétique, je n'avais toujours pas fermé l'œil. Je sautai pourtant du lit, décidé à me rendre à la gare sans tarder. Je ne savais pas grand-chose du Rosengarten – le Jardin des roses – de Berne, mais de toute évidence, quelqu'un m'attendait là-bas à midi.

En descendant l'escalier de l'hôtel, je caressais l'espoir que ce message serait le dernier. Il était temps que l'auteur de cette machination se dévoile. Avant le départ du train, je pris quelques minutes pour acheter un petit guide de Berne, il fallait bien localiser le vénérable jardin.

Une fois à bord, je commençai à feuilleter tranquillement le mince volume, histoire de me faire une idée sur la capitale, malgré la brièveté du trajet. Son nom venait du mot *Bären* qui signifiait « ours » en allemand. Apparemment, des ours vivaient dans la cité, depuis des siècles, dont trois spécimens à l'intérieur d'une fosse en plein centre-ville.

Je sautai la partie historique pour aller directement aux attractions, sans m'arrêter à la tour de l'Horloge avec son carrousel de quatre minutes qui se déclenchait toutes les heures.

Parmi les musées, je remarquai celui des Beaux-Arts et un autre, consacré à Einstein. Juste au moment où je commençais la lecture de l'article, le train s'ébranla.

Inauguré en 2007, le musée Einstein est situé sur la Helvetiaplatz. On y présente des objets personnels du scientifique qui a vécu à Berne, où il était employé à l'Office des brevets, au début du XXe siècle. L'exposition est complétée par des documents, des expériences et un parcours virtuel fascinant dans le cosmos qui explique les théories révolutionnaires d'Einstein. Par ailleurs, on peut également voir la maison qu'il a occupée à Berne, au numéro 49 de la Kramgasse.

Difficile d'échapper à cette visite, certains objets pouvaient jeter un éclairage nouveau sur les angles morts de la biographie d'Einstein. J'avais arrêté ma lecture au moment où il venait de faire la connaissance de Mileva.

Avant de me replonger dans l'épais manuscrit de Yoshimura, je trouvai dans le guide un texte encadré qui parlait du Jardin des roses. Il s'agissait visiblement d'un parc situé au sommet d'une petite colline où poussaient plus de deux cent vingt variétés différentes de roses. Dans le style maniéré des guides touristiques, l'article ajoutait qu'« avec un peu de chance, on peut croiser des pics verts au cours de la montée ».

Pendant que le train traversait une vallée parsemée de petits villages de carte postale, je me laissai aller un instant à l'illusion de faire un voyage d'agrément. Comme un de ces personnages non conventionnels qui se déplaçaient seuls pour vivre des expériences esthétiques absolues, mais terminaient la nuit dans un bar à hôtesses quelconque.

J'ouvris le manuscrit au chapitre dédié à Mileva Marić.

La première épouse d'Einstein était née en 1875 à Titel, dans la province serbe de Voïvodie, qui comptait une importante minorité hongroise.

Génie des mathématiques dès l'enfance, elle fut admise aux cours de physique du Collège royal de Zagreb, matière réservée d'ordinaire aux garçons. Après avoir suivi un semestre de médecine à l'université de Zurich, elle fut la première femme à étudier les mathématiques à l'Institut polytechnique, où elle fit la connaissance d'Einstein.

Elle venait d'avoir vingt et un ans, trois ans et demi de plus que le jeune Albert. Une dislocation congénitale de la hanche la faisait boiter.

Ils s'étaient rencontrés en 1896, alors qu'ils étaient tous les deux en première année, mais leur amour mit un an à éclore. Mileva avait pris peur en se rendant compte de ses sentiments pour le jeune Allemand. De surcroît, Albert avait quitté l'Institut polytechnique pendant un an pour assister aux cours de l'université de Heidelberg en auditeur libre. Mais une correspondance régulière renforça l'amour de la jeune femme.

En 1898, Einstein termina ses examens et sortit premier de sa promotion, suivi de près par son ami Marcel Grossmann, qui l'aida à trouver du travail à l'Office des brevets de Berne, quelques années plus tard. Après avoir achevé sa thèse en 1900, Albert passa sa maîtrise et, malgré l'opposition radicale de sa famille, officialisa sa relation avec Mileva.

Au bout d'un an, elle tomba enceinte. Comme ils n'étaient pas mariés, ils gardèrent le secret sur la naissance de Lieserl, qui fut donnée en adoption. À la suite de cet « accident »,

Mileva dut abandonner l'Institut polytechnique sans terminer son cursus.

Le mariage d'Albert et de Mileva eut lieu en 1903. À ce moment, Einstein était déjà employé à l'Office des brevets de Berne en qualité d'expert technique de troisième classe. Le travail n'était pas très prenant, et il pouvait consacrer des heures à ébaucher les articles qui le rendraient mondialement célèbre.

Il était à peine onze heures lorsque j'arrivai à destination. En ce vendredi, l'atmosphère était agréablement animée. Après avoir demandé où se trouvait le Rosengarten, je m'engageai dans ce qui ressemblait à la rue principale de la vieille ville.

Ma priorité était d'arriver au lieu de rendez-vous pour saisir au collet celui qui me manipulait, je ne m'arrêtai donc dans aucune des anciennes brasseries.

Pour la même raison, je ne prêtai pas attention à la fosse aux ours, arpentée par un animal taciturne.

Juste après, j'entrepris l'ascension de la colline du Jardin des roses, même si je doutais de trouver qui que ce soit là-haut. Tout au plus, je découvrirais un nouveau signe de piste qui me ferait rebondir ailleurs. Et ainsi jusqu'à plus soif.

Résigné, j'entrai dans la roseraie, et il me fallut quelques instants pour comprendre que j'étais effectivement attendu. Une femme svelte m'observait, bras croisés sur une robe rouge vaporeuse.

Aveuglé par le soleil qui ruisselait sur les rosiers, je dus arriver à deux mètres de la dame en rouge pour la distinguer nettement. J'avais rendez-vous avec Sarah Brunet !

15

Nouvelle rencontre

L'information, c'est le pouvoir.

Maxime de journaliste

— Que diable faites-vous ici ? demanda-t-elle avec indignation. Vous me suivez ?

Pendant un instant, je voulus lui répliquer que c'était moi qui me sentais persécuté et tiraillé de toutes parts, mais elle était trop furieuse pour entendre raison. Je choisis de feindre l'indifférence.

— Une vieille dame m'a invité à visiter le Cabaret Voltaire de Zurich. Et là-bas, j'ai reçu l'ordre de venir dans cette roseraie. Maintenant, je sais que ça valait le coup de me réveiller de bonne heure. Et vous ? Qui vous a guidée jusqu'ici ?

— Ça ne vous regarde pas. Mais nous pouvons réparer cette malheureuse coïncidence de manière pacifique. Je vous prie de continuer votre chemin comme si vous ne m'aviez pas vue. J'ai un rendez-vous.

Vexé, je m'apprêtais à faire demi-tour en plantant Sarah Brunet au milieu des épines quand un petit bonhomme en costume et cravate vint à ma rencontre. Son allure athlétique contrastait avec ses cheveux blancs et sa courte taille. Comme pour faire la preuve de sa vigueur, il me serra la main avec force en se présentant.

— Je me nomme Jakob Suter, annonça-t-il dans un espagnol littéraire. Où sont les deux autres ?

Il avait posé cette question après avoir salué la Française d'un geste courtois de la main.

— De quoi parlez-vous ? rétorqua celle-ci avec irritation. À l'office de tourisme, ils m'ont promis un guide personnel. Je n'ai pas payé cent quarante francs suisses pour une visite de groupe.

Jakob sortit une petite pipe de la poche de sa veste et l'alluma paisiblement avant de répondre en souriant :

— On m'a dit que vous étiez quatre. Saviez-vous que je suis la plus grande autorité de Berne en ce qui concerne Einstein ? Vous avez de la chance. Je connais le moindre recoin par lequel est passé le fou échevelé.

Voyant que Sarah ne semblait pas déterminée à se calmer, je décidai qu'il était temps d'intervenir.

— Savez-vous si les deux autres personnes parlent aussi l'espagnol ?

— Bien sûr. Sinon, on ne vous aurait pas mis dans le même groupe. Sûr et certain. Mais où sont-ils passés ? D'après mon programme de la journée, je dois retrouver ici une dame et trois messieurs.

Sarah et moi échangeâmes notre premier regard complice depuis notre rencontre inopinée. Nous savions parfaitement qui étaient les « deux messieurs » qui manquaient à l'appel : Pawel et Jensen. La main occulte qui nous avait réunis à Cadaqués nous entraînait maintenant dans une visite privée de la Berne d'Einstein.

Dans ce cas, si le guide était un véritable spécialiste, il pourrait s'avérer d'un grand secours pour combler les lacunes du manuscrit de Yoshimura sur ce chapitre. Certes, la présence de la belle Française était insolite, mais en aucun cas désagréable.

Elle ne semblait pas partager mon opinion, car lorsque Jakob Suter se mit en marche en nous faisant signe de le suivre, elle se pencha à mon oreille.

— Je refuse de continuer à participer à cette farce. C'est ridicule ! Et je me fiche de récupérer mon avance. En fin de compte, je ne suis pas là pour l'argent.

J'avais du mal à en croire mes oreilles. À chaque pas, cette mission prenait un tour de plus en plus absurde. J'allai droit au but :

— D'abord, tutoyons-nous, si tu le veux bien. Excuse-moi de te demander ça, Sarah, mais il faut commencer à débroussailler ce labyrinthe. As-tu été chargée de compléter une biographie d'Einstein, dont l'auteur est un certain Yoshimura, paix à son âme ?

Pour toute réponse, la jeune femme pinça les lèvres en une moue boudeuse. De toute évidence, elle n'était pas prête à me faciliter les choses.

À la fosse aux ours, Jakob Suter leva la main pour nous arrêter. Je craignais déjà une fastidieuse explication sur l'emblème de Berne, mais telle n'était pas son intention.

— Attendez-moi ici cinq minutes. Je vais à l'office de tourisme pour voir si ceux qui manquent ne seraient pas là-bas. Ils ont payé, et je ne peux pas les laisser dans la nature. Deux, c'est deux, et quatre, c'est quatre.

Sur ce, d'un nouveau geste de la main, il nous demanda de l'attendre. Puis il se dirigea d'un pas vif vers la rue principale.

Sarah m'adressa un regard accablé. À l'arrivée de Jensen et de Pawel, l'atmosphère serait irrespirable. Pour faire baisser la tension, je lui indiquai un petit café non loin de là.

— Je tombe de sommeil. Ça te dirait un expresso en attendant le retour du guide ?

Sarah se raidit comme si ma proposition était absurde. Puis, elle finit par hausser les épaules d'un air résigné et accepta.

Je commandai un café que je chargeai d'assez de sucre pour irriguer mon cerveau et combattre l'épuisement soudain qui s'était emparé de moi. Sarah ne prit rien, se limitant à me fixer de ses yeux bleus comme si j'étais un énergumène.

Dans une dernière tentative pour rompre la glace, j'eus recours à une fable que j'avais utilisée avec succès pour un texte de *La Red*.

— Je vais te raconter une histoire pleine de sens, vu les circonstances. Ça t'intéresse ?

— Tu vas me la dire, de toute façon. Alors, ne te gêne pas.

— Un jeune couple était sous la douche, quand soudain, on frappe à la porte. Après un long débat pour savoir qui irait ouvrir, la femme finit par quitter la salle de bains très contrariée. Elle s'enveloppe dans une serviette et va répondre à la porte, toute dégoulinante. C'est le voisin du sixième et il lui dit : « Je te donne mille euros si tu laisses tomber la serviette et que tu te montres toute nue. »

Sarah abandonna son air impénétrable et me contempla avec curiosité, comme si elle essayait de définir à quelle classe d'idiot je pouvais appartenir.

— Devant cette offre aussi étrange que tentante, la femme ne savait quel parti prendre, continuai-je. « Allons, mille euros, juste pour laisser tomber la serviette », insista l'homme en lui montrant deux billets de cinq cents tout neufs. Elle commença à hésiter et lui demanda : « Juste la serviette ? Rien d'autre ? » « Rien d'autre. Laisse tomber la serviette et tu as mille euros », assura-t-il. La femme finit par accepter, après tout c'était une manière facile de gagner mille euros. Ainsi, lentement, elle détacha la serviette et la laissa tomber, dévoilant son corps dénudé au voisin qui la contempla à sa guise. Puis, comme promis, il lui remit la somme convenue et s'en alla. La femme, encore étonnée de ce qui venait de se produire, ramassa la serviette et rejoignit son partenaire sous la douche. Il lui demanda qui était à la porte. « C'était… le voisin du sixième », répondit-elle d'un ton évasif. « Formidable ! Il t'a rendu les mille euros que je lui avais prêtés ? »

Sarah ébaucha un sourire condescendant. Avant d'ajouter la conclusion, je jetai un regard en coulisse à sa silhouette sous la robe rouge. J'aurais bien aimé être le type du sixième, si elle était la voisine de la douche.

— Cette fable illustre les risques de ne pas partager toutes les informations avec les partenaires. C'est pour cela que je suis convaincu que nous devrions mettre en commun…

Un hurlement résonna dans la ruelle, me coupant le souffle. Deux voix hystériques s'y joignirent, criant quelque chose comme « *Hilfe ! Hilfe*[4] *!* ».

Je sortis du café en courant, sans vérifier que ma belle compagne me suivait. Une douzaine de personnes se penchaient au-dessus de la fosse aux ours, d'où émanaient des grondements irrités.

Avant de comprendre ce qui s'était passé, je regardai à mon tour. La dépouille ensanglantée de Jakob Suter gisait au fond, la tête séparée de son corps lacéré.

4. « Au secours ! Au secours ! » (N.D.T.)

16

Échapper à l'ours

> La vie est très périlleuse. Non à cause des personnes qui font le mal, mais à cause de ceux qui s'asseyent pour regarder ce qui se passe.
>
> Albert EINSTEIN

La police avait sécurisé le périmètre de la fosse, alors que les premières équipes de télé tentaient d'obtenir des images du « malheureux accident ».

D'après le compte-rendu succinct de notre chauffeur de taxi d'origine indienne, telle était la version des faits que l'on entendait à la radio. Nous allions à l'hôtel Marthahaus, où Sarah était descendue. Je n'avais que ma valise et un sac de questions sans réponses. En tout cas, nous étions tous les deux d'accord qu'il valait mieux disparaître de la circulation pendant quelques heures.

Sarah regarda le chauffeur à la dérobée, puis lissa sa robe rouge sur ses genoux.

— Tu crois vraiment qu'il est tombé en essayant de nourrir un ours ?

— À mon avis, il a été poussé à un moment où il n'y avait pas de touristes dans le coin, dis-je très sérieusement. Cela dit, le muret est un peu trop haut pour qu'une simple bourrade suffise à faire basculer quelqu'un. Il aurait fallu...

— Une paire de « messieurs » pour envoyer Jakob Suter dans la fosse aux ours. Maintenant nous savons pourquoi ils ne se sont pas montrés au Rosengarten. Ils avaient plus important à faire.

— Tu penses à Jensen et Pawel ?

Notre situation se compliquant de plus en plus, j'étais soulagé que Sarah se soit décidée à parler, même si elle ne m'avait pas encore révélé son rôle dans ce jeu meurtrier.

— Ce sont des candidats possibles, étant donné qu'ils étaient chez Yoshimura le jour du crime. Mais toi aussi tu étais là-bas, ajoutai-je. Donc, tu es aussi suspecte que Jensen et Pawel.

— En tout cas, je n'ai rien à voir avec la mort du guide, puisque j'étais au café avec toi.

— Ça ne prouve rien. La majorité des assassins exécutent les ordres de tierces personnes, dis-je, histoire de continuer le jeu. Ce ne serait pas convenable qu'une dame comme toi se salisse les mains en jetant un pauvre homme aux ours.

— Ce ne serait pas non plus très malin de ma part, rétorqua-t-elle avec un sourire ironique. Surtout quand on pense que j'ai payé cent quarante francs suisses pour qu'il me montre la Berne d'Einstein et que, maintenant, je dois me débrouiller toute seule.

— Tu n'es pas seule, nous pouvons...

— ... attendre que la tempête se calme dans des chambres séparées. Ensuite, chacun suivra son chemin.

Elle avait repris l'attitude distante de notre premier contact au Rosengarten.

— Tu pourrais au moins me dire qui t'a demandé de venir au Jardin des roses, insistai-je.

Sa réponse se résuma à un silence éloquent.

Le taxi s'arrêta devant la porte du Marthahaus. L'établissement évoquait plus une pension de famille d'un certain niveau qu'un hôtel. Pendant que je laissais Sarah régler la course, je me souvins de ce qu'elle avait dit chez Yoshimura. Elle finissait de rédiger sa thèse sur Mileva Marić.

Cela justifiait tout à fait un séjour en Suisse, où la première épouse d'Einstein avait résidé pendant ses études. En revanche, sa présence chez le Japonais et notre rencontre au Rosengarten ce midi confirmaient que quelqu'un tirait les ficelles en coulisse. La partie avait déjà commencé, même si nous ignorions les règles du jeu.

Dans le hall de l'hôtel, elle prit sa clé et monta vers sa chambre. À chaque marche, ses hanches tendaient la soie rouge qui les emprisonnait.

Sarah avait dû deviner que je la contemplais, fasciné, du bas de l'escalier, car elle me regarda d'en haut.

— Plus tard, nous pourrions peut-être « partager nos informations », pour m'éviter la mésaventure de la douche et de la serviette.

Sur ce, elle me salua en souriant et disparut.

J'avais payé une somme excessive pour une chambre individuelle, sise au dernier étage de la Marthahaus. Pendant que le soir descendait sur Berne, je regardais la télé, allongé sur le lit, trop fatigué pour réfléchir clairement aux récents événements.

Je m'arrêtai sur une émission en anglais consacrée aux méthodes de survie. On y apprenait comment réagir si l'on tombait nez à nez avec un ours en pleine nature. Mais ils n'abordèrent pas le cas où l'on se retrouvait balancé dans une fosse à ours en plein centre-ville.

L'expert de service conseillait de ne manifester ni trop d'assurance, ni trop de panique, car le fauve interpréterait les deux attitudes comme une menace pour son intégrité. De même, il ne fallait pas courir, car l'animal nous pourchasserait à une vitesse double de celle de l'être humain, et encore moins crier. Le mieux était d'adopter une attitude détachée – comme si c'était facile devant une bête d'une demi-tonne – et de ne pas le regarder directement dans les yeux.

Ça, et prier tous les saints.

Si l'ours se dressait sur ses pattes arrière, il ne fallait pas y voir un signe d'agressivité, continua le spécialiste. Cette posture était fréquente chez ces animaux, elle leur permettait de mieux voir, entendre et sentir leur environnement.

Assis sur un rocher, l'expert montra du bout d'un bâton une grande trace dans la terre, puis expliqua que les réactions des ours étaient imprévisibles. Ils pouvaient interpréter n'importe quel geste humain, même amical, comme une menace.

Pour finir, il rappela qu'il s'agissait d'un animal assez puissant pour briser l'échine d'une vache ou arracher la tête d'un homme d'un coup de griffe.

À ce moment du reportage, j'éteignis la télévision, incapable d'effacer de mon esprit ce que j'avais vu deux heures plus tôt dans la fosse du Rosengarten. La vision du corps déchiqueté de Suter m'avait impressionné sur le moment, puis je n'avais ressenti aucune émotion spéciale. Mais la scène me revint brusquement, et cette vive évocation me retourna l'estomac. Une nausée fulgurante me jeta hors du lit.

Je me glissai de nouveau entre les draps, couvert d'une pellicule de sueur froide. En fermant les yeux, je revis l'image du guide dans son costume, sourire aux lèvres, sa pipe à la main. L'ours la lui avait arrachée d'un revers de patte.

Yoshimura. Jakob Suter. Je pouvais être le prochain sur la liste.

17

Des timbres usagés

> Chaque lettre est une attente
> enfermée dans une enveloppe.
>
> Shana ALEXANDER

Je fus réveillé par deux petits coups frappés à la porte. Il me fallut un bon moment pour comprendre où je me trouvais. Je m'étais assoupi à la lumière du jour et, en ouvrant les yeux dans le noir, je ne savais plus si j'étais à Zurich, à Berne ou dans la fosse aux ours.

— Tu es là ?

Je reconnus la voix douce et distinguée de Sarah. L'odeur acide du vomi imprégnait encore l'atmosphère de la chambre. Je voulais absolument éviter la honte qu'elle s'en rende compte.

— Je suis nu, m'empressai-je de répondre. Je sors dans une minute.

— Rejoins-moi en bas. J'ai quelque chose à te montrer.

Je pris une douche rafraîchissante de trente secondes avant d'enfiler ma dernière tenue de rechange propre. Si j'arrivais à rester plus d'une journée dans la même ville, je me promis de mettre mes vêtements au nettoyage.

Cinq minutes plus tard, j'étais dans le hall de l'hôtel. Dans sa courte robe blanche, Sarah m'attendait, une mince enveloppe marron à la main qu'elle me tendit sans plus d'explications.

Le pli était identique à celui de la funeste carte postale à l'origine de cette folie.

— Le groom vient de me la remettre. D'après lui, c'est un coursier qui l'a apportée. Et le plus curieux, c'est que ça nous est adressé à tous les deux.

J'approchai l'enveloppe d'un lampadaire pour étudier la calligraphie ancienne que je connaissais déjà. Le mystérieux correspondant avait inscrit mon nom complet sur la ligne supérieure et « Sarah Brunet » juste en dessous.

J'éprouvai une satisfaction insolite à nous voir réunis de cette manière, même si ce détail aurait plutôt dû m'inquiéter. Manifestement, la personne qui tenait les rênes de ce jeu savait à tout moment où et avec qui je me trouvais. S'il s'agissait de l'individu qui avait liquidé Yoshimura et le guide, il lui suffirait de choisir le moment le plus adéquat pour valider mon visa à destination de l'autre monde.

— Tu ne veux pas voir ce qu'il y a à l'intérieur ? demanda Sarah.

Je lui jetai un regard oblique. Cette ardeur soudaine à « partager l'information » éveillait mes soupçons.

Le contenu de l'enveloppe me parut de prime abord très décevant : vingt timbres usagés de cinquante lires italiennes. Tous semblables, ils reproduisaient une peinture de la Renaissance représentant Ève au paradis et portaient des cachets de Florence.

Si cet envoi indiquait vraiment une piste, ce ne pouvait être que la ville des Médicis.

— Einstein a aussi séjourné à Florence ? demandai-je.

— J'ai cru comprendre que sa famille s'était installée à Milan en 1895 pour affaires. À cette époque, Albert s'en allait pour de longues randonnées à pied dans le nord de l'Italie.

Je lui rendis l'enveloppe avec les timbres.

— Ça voudrait dire que nous devons partir à Florence.

— Nous ? répéta Sarah.

— Chacun pour soi, bien sûr, précisai-je, d'un ton goguenard.

— Cela dit, je n'ai rien lu à propos d'une maison où Einstein aurait vécu à Florence, ni sur un lieu quelconque qui aurait un intérêt spécial pour sa biographie.

— Ah, donc tu travailles aussi sur le manuscrit de Yoshimura ! Alors, cet éditeur se méfierait au point de payer deux fois pour le même boulot ? Il doit avoir peur qu'un de nous deux n'y arrive pas... S'il n'a pas demandé la même chose à tous ceux qui étaient présents à Cadaqués.

À l'intensité du regard bleu de Sarah, je sus que mon hypothèse n'était pas si extravagante.

— Ou alors il craint qu'on ne s'attaque à eux et il tient à ce qu'il y en ait un qui survive jusqu'à la fin.

Je ne m'attendais pas à cette réponse, mais cela signifiait qu'elle était tout autant dans la panade que moi. Cette idée de fin me rappela mon intervention fatidique à la radio et le message succinct de la carte postale : « Effectivement, il existe une ultime réponse. »

— On devrait se caler l'estomac tant qu'on est encore en vie. Je peux t'inviter à dîner ?

La Albertus Pfanne – la poêle d'Albert – fleurait bon de prometteuses saveurs, difficiles à digérer. Deux œufs frits couronnant un fouillis de viandes et de patates attendaient la première estocade de ma fourchette.

Mon invitée avait commandé une grande salade, dont elle écartait maintenant les tomates. Une bouteille de merlot du Tessin complétait le festin inespéré. Dans ce restaurant, à la lumière des chandelles, la tragédie de la fosse aux ours semblait aussi lointaine qu'une étoile qui se désintègre dans l'espace et le temps.

Avec le deuxième verre de vin, je décidai d'en savoir un peu plus sur la vie de ma séduisante amie. À cet instant précis, la commande de l'éditeur anglais était devenue le cadet de mes soucis.

— Pour quelle raison t'es-tu intéressée à Mileva ? C'était sans doute un personnage fascinant, mais de là à lui dédier une thèse de doctorat, ça me semble excessif. Elle vaut vraiment le coup ?

— Elle vaut le coup et bien plus, affirma-t-elle avec conviction. Albert n'a pas été l'Alpha et l'Oméga de son existence. Elle a été en contact avec de nombreux autres personnages essentiels de son époque. Elle a été l'amie de Nikola Tesla, par exemple.

Pendant que Sarah se servait un troisième verre de vin – je ne m'attendais pas à la voir boire comme un cosaque –, j'essayai de localiser ce Tesla dans mes archives mentales. Je croyais me souvenir d'avoir écrit quelque chose sur lui à mes débuts à la radio. C'était un inventeur contemporain d'Edison, ou quelque chose du genre.

Je n'étais parti que depuis trois jours, mais j'avais l'impression d'être à des années-lumière de Barcelone. Pour la première fois depuis longtemps, je me sentais libre d'aller et venir à ma guise. Le jeu dans lequel j'étais engagé semblait dévorer ses participants, mais ici et maintenant, seule Sarah Brunet m'intéressait.

Quand elle commanda au serveur une seconde bouteille de vin, je compris que, cette nuit, quelque chose pourrait se passer entre nous.

À mesure que les verres défilaient, son langage devenait de plus en plus grossier, comme si sa véritable essence apparaissait sous la carapace formelle, mais je m'en fichais. Au contraire, son regard ivre, dont l'éclat bleu ressortait sur sa peau pâle, la rendait encore plus irrésistible.

Sarah revint des toilettes en zigzaguant légèrement, et je me dis que je n'aurais pas dû terminer la seconde bouteille de merlot. Elle m'offrit le bras.

— Nous rentrons à l'hôtel ?

18

L'homme qui inventa le XX*e siècle*

L'avenir pour lequel j'ai tant travaillé m'appartient.

Nikola TESLA

Le court trajet pour rentrer à l'hôtel fut un festival de fous rires et de faux pas. Quand Sarah ne trébuchait pas sur les pavés, je devais la guider pour lui éviter de bousculer un promeneur nocturne. À croire qu'elle n'avait jamais été ivre de sa vie avant ce soir.

Quand nous arrivâmes à la Marthahaus, j'avais aussi la tête qui tournait, comme si l'air alpin avait achevé de l'embrumer. Tant d'oxygène pur avait sans doute un effet néfaste pour le rat des villes que j'étais.

L'ascenseur était en cours de réparation, et je compris tout de suite que Sarah ne réussirait pas à grimper l'escalier sans se fracasser le crâne. Dans le rôle du séducteur à l'ancienne, je la pris dans mes bras sans même lui demander la permission. À en juger par le gloussement qu'elle laissa échapper, cela ne l'avait pas gênée.

Dans mon état, l'ascension du deuxième étage présenta quelques difficultés techniques, mais je parvins finalement jusqu'à sa porte sans nous flanquer par terre.

Comme si se voir près de son nid l'avait revigorée, Sarah sauta de mes bras et se réceptionna avec un équilibre relatif. En allumant le plafonnier, je fus surpris de découvrir une brassée de vêtements éparpillés çà et là, y compris sur le sol. Aussitôt sur mes gardes, je me dis que quelqu'un était entré dans la chambre en notre absence.

— Qu'est-ce qui t'arrive ? demanda-t-elle en remarquant ma tension.

— Il y a un tas de vêtements par terre.

— En voilà un commentaire stupide ! Qu'est-ce que ça a de bizarre ? J'ai eu un peu de mal à trouver une tenue, c'est tout.

Là-dessus, elle s'assit sur le lit double et se déchaussa, envoyant promener ses escarpins d'un geste habile.

J'hésitai entre la saisir tendrement et l'embrasser ou bien m'installer près d'elle et lui laisser l'initiative. Finalement, j'optai pour la deuxième solution. Sarah ouvrit alors le tiroir de la table de chevet et sortit deux pages de revue agrafées.

— Tiens, j'aimerais que tu lises cet article, dit-elle. C'est sur Tesla.

— Il faut que tu saches qu'à trois heures du matin et avec un litre de vin dans le corps, je me fiche de Tesla comme de ma première tétine.

Comme si j'étais un gamin rebelle qu'il fallait canaliser, elle me lança un regard sévère, puis plia l'article en quatre et le fourra de force dans la poche de mon pantalon.

— Tesla, c'est hors de question, protestai-je, histoire de prolonger notre petit jeu.

Sarah éclata de rire. Puis elle me posa la main sur l'épaule.

— Tu veux coucher ici ? murmura-t-elle.

Je la fixai d'un air hébété, mais avant que j'aie eu le temps de rassembler mes esprits, elle ajouta :

— Eh bien, remettons ça à une autre fois, parce que je suis morte de fatigue. Alors, j'aimerais rester seule, maintenant.

Démoralisé par l'humiliation infligée par Sarah, je me laissai tomber sur le lit de ma chambre, accablé par mon piètre comportement.

À l'excitation et la nausée provoquées par l'alcool avait succédé un état limbique, aux frontières de la veille. Après m'être tourné dans tous les sens, je perdis l'espoir de m'endormir et je me rabattis sur les émissions télé du petit matin. Mais les chaînes ne diffusaient que du téléachat ou des films en cours auxquels je n'avais pas le courage de m'intéresser.

Finalement, je ramassai par terre l'article en anglais que m'avait remis Sarah et que je m'étais retenu de déchirer en mille morceaux.

C'était un résumé banal de la vie et des miracles de Nikola Tesla, Serbe, né en Croatie une nuit de tempête électrique, comme un présage de ce qui serait la passion de sa vie.

Dans un monde éclairé par des chandelles, cet ingénieur infatigable élabora très tôt un transformateur électrique dont la conception se rapprochait de celle des appareils d'aujourd'hui. Tout au long de sa vie, il fit breveter plusieurs autres inventions, entre autres un système de transmission sans fil de l'électricité qui précédait d'un siècle la technologie actuelle.

En plus d'inventer le radiotransmetteur qui apporta la célébrité à Marconi, il fut en concurrence avec Edison dans ce qu'on appela la « guerre des courants ». Tesla s'efforçait de démontrer la supériorité du courant alternatif face au courant continu que soutenait Edison. À la suite de ses recherches sur le magnétisme, on donna son nom à l'unité de mesure du champ magnétique dans le Système international des unités.

Après avoir conçu la première centrale hydraulique, au moment où Einstein obtenait ses diplômes à Zurich, Tesla se lança dans des projets chaque fois plus insolites. Il s'installa à Colorado Springs pour mener des expériences sur les ondes terrestres et cosmiques. Là, il commença à affirmer qu'il recevait sur sa radio des signaux de la vie sur Mars, dont les habitants avaient vécu sur la Terre auparavant. Dans le même ordre d'idées, il se proposait d'éclairer à l'électricité le désert du Sahara pour permettre aux habitants des autres planètes de contempler la Terre.

Il consacra ses derniers jours au projet d'une arme surnommée « rayon de la mort », une impulsion magnétique capable – selon son inventeur – de détruire une flotte de dix mille avions située à quatre cents kilomètres de distance. Le principe évoquait le « rayon de particules » qui, en théorie, aurait été développé pendant la guerre froide. Ses archives furent confisquées par le gouvernement américain. Il est couramment admis que plusieurs projets de Tesla n'ont jamais été rendus publics.

En terminant la lecture, je compris pourquoi son auteur s'était autant étendu sur l'aspect le plus rêveur et le plus spéculatif de Nikola Tesla. Il suffisait de regarder la signature du texte. Klaus Jensen.

L'article avait été publié dans la version Web d'une revue américaine. Je trouvais inquiétant que Sarah soit allée chercher ce reportage et me l'ait imprimé. J'avais à présent de bonnes raisons de penser que la jeune Française et le directeur de *Mysterie* avaient fait connaissance avant leur rencontre dans la maison de Cadaqués.

Mais j'étais encore loin de mesurer le rôle que jouait Jensen dans cette machination.

19

Le rébus

> Nous ne pouvons résoudre un problème en réfléchissant de la même manière que lorsque nous l'avons posé.
>
> Albert EINSTEIN

Il était presque midi quand je descendis déjeuner, la tête complètement embrumée. La chimie capricieuse de l'alcool m'avait tenu éveillé jusqu'à six heures du matin. Après avoir lu le discutable article de Jensen, publié dans une revue anglaise à petit budget, j'avais encore eu du mal à trouver le sommeil. Quant à ma gueule de bois, elle avait paisiblement suivi son cours.

La salle à manger de la Marthahaus était plutôt fréquentée ce samedi midi-là. Près d'une des vitrines, Sarah Brunet, fraîche comme une rose, était plongée dans la lecture de *L'Express*.

Elle m'adressa un bref signe de tête, sans quitter sa page des yeux, ce que j'interprétai d'abord comme une marque d'embarras après la pagaille de la nuit précédente. Cependant, lorsqu'elle termina l'article, elle posa la revue sur la table et je ne distinguai aucune rougeur sur ses joues.

Cette femme me déconcertait. La séduction de son élégance froide se mariait mal avec le fouillis de vêtements dans sa chambre et les excès de la veille. Existait-il une Sarah conservatrice de jour, dotée d'un avatar nocturne complètement opposé ?

Il ne m'en fallait pas plus, et je souhaitais vivement que notre aventure nous offre encore l'occasion de jouer les noctambules. Entre autres avantages, ça signifierait aussi que nous étions encore en vie.

— Tu as lu le truc sur Tesla ?

— Oui. Mais je nourris quelques réserves quant à l'équilibre mental de son auteur.

Je portai la tasse de café à mes lèvres.

— Tout ce qui est dit est vrai, répondit-elle avec sérieux. Même si Jensen a délibérément passé sous silence quelques faits révélateurs.

— Mais encore… ?

— Il a omis de faire état d'une hypothèse provocatrice souvent citée quand on parle de Tesla. Je le soupçonne d'avoir voulu éviter que quelqu'un d'autre explore cette piste. C'est pour cette raison que je tenais à ce que tu lises ce texte. Le plus important est ce qu'il n'y dit pas.

— Tu ne pourrais pas t'exprimer plus clairement ? J'ai une gueule de bois de tous les diables et je n'ai pas assez d'énergie pour deviner ce que le Danois cinglé n'a pas dit dans son article.

Machinalement, Sarah tapota un coin de l'enveloppe fantôme sur la table, les timbres affranchis à Florence avant l'instauration de l'euro tombèrent sur la nappe blanche. Pendant qu'elle poursuivait ses explications, j'alignai les vingt timbres de cinquante lires en file indienne. Une jolie procession d'Ève.

— Jensen n'a pas mentionné la formule $E = mc^2$, ni la relation de Tesla avec la première épouse d'Einstein.

— Là, c'est moi qui suis perdu. Pourquoi un article sur Tesla devrait-il faire référence à la formule de l'énergie ?

— Parce qu'on pense que la plus célèbre formule de tous les temps a été développée par Mileva Marić, qui l'a donnée à son mari pour l'aider à atteindre la célébrité.

— N'importe quoi ! rétorquai-je en adoptant la posture intransigeante de Pawel. Comment une femme qui n'a pas terminé ses études supérieures a-t-elle pu tomber sur la formule de la bombe atomique ?

— Avec l'aide de son ami Nikola Tesla, bien sûr. À cette époque, personne n'en savait autant que lui sur l'énergie et son comportement. Mais il n'aurait pas été étrange qu'il apporte les connaissances et que Mileva, qui était mathématicienne, soit arrivée à la conclusion que l'énergie était égale à la masse par la vitesse de la lumière au carré. De fait, Tesla avait déjà réalisé des expériences avec l'électromagnétisme avant qu'Einstein n'écrive sur la question. C'est pour cela que certains affirment que la théorie de la relativité est issue du travail commun de Nikola et Mileva.

Une partie de mon cerveau sommeillait encore, je n'avais pas la force de discuter. D'autre part, je ne tenais pas à contrarier Sarah alors que nous étions en pleine phase de rapprochement.

— Il est possible qu'Einstein ait emprunté de nombreuses idées à d'autres scientifiques, dis-je. Sa capacité de synthèse en aurait sans doute fait un divulgateur exceptionnel. On a l'habitude de lui associer certaines théories, comme celle de la contraction de l'espace et du temps, alors que Lorentz, le premier prix Nobel hollandais, l'avait énoncée avant.

La conversation s'arrêta là, mais j'étais fier d'avoir retrouvé ce fait dont j'avais parlé dans un texte assez récent. Le parfum suave de Sarah m'enivrait. J'aurais aimé passer les doigts dans ses cheveux, l'embrasser dans le cou, mais je savais qu'à la lumière du jour elle me repousserait.

Pour me distraire de cette femme vers laquelle m'entraînait une force centripète, j'examinai de nouveau les vingt timbres d'Ève. Leur valeur additionnée représentait mille lires, environ soixante centimes d'euro. Qu'avait-on pu expédier avec chacun de ces timbres ?

Un déclic soudain se produisit dans mon esprit, et je compris le message, ou plutôt le rébus. J'étais sur le point de crier « *Eurêka !* » ou un anachronisme similaire, mais finalement, je baissai la voix pour que Sarah soit la seule informée de ma découverte.

— Je pense connaître le nom de la personne qui nous a fait parvenir cette enveloppe. C'est celle qui a organisé la réunion de Cadaqués. Ce rébus est une manière de continuer à nous attirer vers son secret.

La jeune femme abandonna de nouveau sa lecture pour me jeter un regard interrogateur.

— Je vais te le déchiffrer. Pour commencer, calcule la valeur totale des timbres.

— Mille.

Il lui avait fallu à peine deux secondes pour répondre.

— Et quel personnage biblique représentent-ils ?

— Ève.

— Maintenant, il ne te reste qu'à réunir les deux mots.

Sarah retint de justesse un cri d'émotion.

— Mileva...

— C'est sans doute elle qui a expédié ces lettres, affirmai-je d'un ton triomphant.

— Un instant... Ta conclusion est fort brillante, mais c'est complètement absurde. Puis-je te rappeler que ta correspondante est morte en 1948 ?

Je pris une profonde inspiration pour ne pas bredouiller à cause de l'émotion. Il me restait encore à exposer la partie la plus audacieuse de ma thèse.

— Nous savons que Mileva a eu une fille. Une fille cachée, qui plus est.

— Bien sûr, Lieserl, qui, si elle était toujours en vie aujourd'hui, aurait cent huit ans, comme l'a dit Pawel.

— Maintenant, imaginons que la fille non reconnue du génie ait reçu en héritage un formidable secret, qu'elle aurait transmis ensuite à sa propre fille. À l'époque, il était très courant de donner aux enfants le nom d'un des grands-parents. Donc, la fille de Lieserl s'appellerait…

Sous le choc de la révélation, Sarah porta la main à sa gorge avant de répondre.

— Mileva.

DEUXIÈME PARTIE

AIR

L'Air est l'élément qui symbolise l'esprit,
l'inspiration et l'imagination.

C'est l'énergie de la pensée, de la réflexion, du langage,
de la communication et de l'intelligence.

Il s'agit du deuxième élément le moins dense après le Feu.

Son peu de matérialité en fait le directeur du monde
des idées. C'est l'élément des philosophes, des chercheurs
et des génies qui vivent immergés dans les abstractions.

L'Air nous apporte la vie, et à travers lui se transmet
la parole qui abrite les concepts. Il occupe un vide apparent,
fourmillant d'idées, de mots et d'aspirations.

Il contient le souvenir de la vie du passé
et les espoirs de la vie future.

20

Un train pour Budapest

> Rien n'est plus mystérieux que ce que nous voyons avec clarté.
>
> Robert FROST

Nous avions décidé de nous rendre en Serbie par un train qui partait le soir même. Si ma déduction – approuvée par Sarah – était juste, il était fort possible que la fille de Lieserl, dépositaire du secret d'Einstein, ait continué à vivre dans la patrie de sa mère.

Une fois dans le pays balkanique, nous ne pourrions lancer nos filets que dans deux endroits : Belgrade, la capitale, et Novi Sad, la ville où étudia Mileva Marić, la grand-mère de la personne que nous cherchions et qui souhaitait apparemment aussi nous voir.

Avant le départ, je profitai de mon dernier jour à Berne pour visiter quelques édifices en rapport avec Einstein. J'avais tout de même une biographie à compléter. L'Office des brevets où il avait occupé son premier emploi se situait dans la

Genfergasse, mais en 1907, l'endroit était devenu une poste avant d'être détruit.

Du monde dans lequel Albert Einstein avait élaboré ses premières théories de fond, il ne restait que le café Bollwerk, ainsi que l'appartement du 49 Kramgasse, qu'il avait partagé avec Mileva.

Je passai l'après-midi à prendre des photos et des notes sur des détails qui n'étaient pas mentionnés dans la biographie de Yoshimura. Ensuite, je retrouvai Sarah qui s'était livrée à quelques recherches de son côté.

Nous traversions la gare pour embarquer dans le train de Budapest, d'où nous partirions pour la Serbie, lorsqu'elle se pencha vers moi.

— Je sais déjà où on nous attend à Belgrade, me glissa-t-elle à l'oreille.

— Vraiment ? dis-je, sceptique.

— Eh bien, ce n'était pas très difficile à découvrir. Je crois que la chasse est terminée.

Sur ce, elle sortit un iPhone de sa poche et sélectionna le dernier message reçu. Je m'arrêtai pour le lire avec, en guise de bande-son, les annonces au haut-parleur et la rumeur des trains qui circulaient.

Le texto était aussi succinct que la carte postale, l'appel téléphonique ou le message tracé par le robot peintre du Cabaret Voltaire. Un expéditeur anonyme l'avait envoyé à 12 h 24.

[Belgrade. Hôtel Royal. Cafétéria. Lundi. 21 h 30]

— Qu'en penses-tu ? demanda-t-elle en me scrutant de son regard bleu.

— Que la vieille dame nous invite à dîner. Nous devrions chercher l'adresse de cet hôtel au nom ringard.

Sarah me prit par le bras et m'entraîna de nouveau vers la voie 2, d'où le train devait partir dans dix minutes. Pendant que nous nous faufilions dans la foule des passagers avec leurs valises et leurs journaux, elle continua ses explications :

— C'est fait, ça n'a posé aucun problème. C'est au numéro 56 de la rue Kralja Petra, au centre de Belgrade. Nous descendrons sur place, au cas où le rendez-vous se prolongerait. Ils ont déjà notre réservation.

— Je vois que tu ne perds pas de temps.

Je ne pus m'empêcher de me demander si elle avait réservé une ou deux chambres.

Nous étions déjà à nos places lorsque le contrôleur nous apprit qu'il nous faudrait changer deux fois de train avant de prendre le Wiener Walzer, l'express de nuit qui reliait Vienne à la capitale hongroise.

Une fois à la porte du convoi moderne frappé du sigle OBB, la compagnie ferroviaire autrichienne, un employé efficace nous escorta à travers les wagons bleus jusqu'au petit compartiment qui nous était réservé. Nous disposions de deux couchettes, d'une table pliante et d'un minuscule cabinet de toilette privé.

Tout en m'interrogeant sur ce qui nous attendait à l'Hôtel Royal, je me disais que partager une nuit avec Sarah dans cette espèce de capsule spatiale était de bon augure. Néanmoins, elle se chargea de réduire mes espoirs à néant en un temps record.

— Ça t'ennuie de passer dans les toilettes pendant que je me change ? demanda-t-elle en verrouillant la porte du compartiment.

— Pas du tout, dis-je, de mauvaise grâce.

En m'asseyant sur le couvercle des W-C, je vis le reflet de mon visage émacié dans le miroir et je faillis me faire peur. C'était contraire à la loi de la relativité. D'après Einstein, le temps ne devait-il pas passer plus lentement pour les voyageurs ? J'avais la sensation d'avoir vieilli de plusieurs années d'un seul coup.

Le train démarra avec une légère secousse.

Pour pallier ma déception de voir disparaître la perspective d'une nuit romantique, je m'interrogeai sur le déroulement de la soirée, dans le silence hermétique du petit cabinet. Pourquoi pas une pyjama-partie avec une bouteille de champagne achetée au wagon-restaurant ?

J'écartai cette fantaisie de mon esprit pour revenir à la réalité. Les vibrations augmentaient, le train prenait de la vitesse. L'exiguïté du petit local me semblait étouffante.

Je consultai ma montre. J'avais déjà passé dix minutes dans cette cellule à l'odeur de désinfectant. Légèrement crispé, je me levai et m'approchai de la porte.

— Tu en as pour longtemps ?

Silence.

De deux choses l'une : ou l'insonorisation de ces toilettes valait celle d'un studio d'enregistrement, ou…

Je sentais les roues du Wiener Walzer accélérer sous mes pieds. Un soupçon soudain me poussa à ouvrir la porte. Toutes mes craintes se virent confirmées : Sarah Brunet avait disparu.

21

Lorelei

> On peut prévoir le mouvement des corps célestes, mais pas la folie du monde.
>
> Isaac NEWTON

Ma première réaction fut d'asséner un coup de poing sur la porte de la cabine, qui fit trembler tout le compartiment. Pour une raison obscure, la belle Française avait choisi de me planter dans l'express de Budapest et avait quitté le train quelques secondes avant le départ.

Jolie feinte.

J'aurais dû soupçonner un truc de ce genre quand elle m'avait demandé de m'enfermer dans le cabinet de toilette. En règle générale, c'était l'inverse, celui qui se changeait se mettait dans l'autre pièce, aussi exiguë soit-elle. J'étais tombé dans le piège comme un parfait pigeon.

Un examen rapide du compartiment confirma que sa valise rouge avait disparu, il ne restait que ma Samsonite éraflée. Je fus tenté d'évacuer ma colère en tapant dedans à coups de pied, mais je finis par opter pour le bar. Il me fallait bien un whisky, ou deux, pour analyser les derniers rebondissements et décider de la marche à suivre.

Le wagon-restaurant se trouvait à l'extrémité du convoi. Il était déjà onze heures du soir, toutes les tables étaient occupées par des couples âgés qui dînaient en discutant à voix basse. Ici et là, une silhouette solitaire devant sa dose d'alcool.

Pour apaiser ma frustration, j'allais directement au bar, où un garçon pâle comme un vampire répondit « *Bitte schön*[5] » à ma commande de double whisky.

J'obtins un verre frappé du logo de la BBC, dans lequel le barman somnolent vida deux mignonnettes de Chivas. Puis il me fit comprendre que je ne pouvais pas rester sur place, car je bloquais la sortie des plats pour le dîner.

Déprimé par la perspective de boire mon verre dans la coquille désertée de mon compartiment, je payai l'addition sans laisser de pourboire, avant de traverser de nouveau le wagon-restaurant avec ma consommation. Juste au moment où je posais la main sur la poignée de la porte, un sifflement aigu m'arrêta.

Je ne parvenais pas à croire que quelqu'un ait osé m'appeler comme si j'étais un chien. Je me retournai, furieux, prêt à flanquer mon verre de whisky au visage de l'impudent et je découvris une adolescente à l'air dérangé.

Le pire était que je la connaissais.

— Qu'est-ce que tu peux bien faire ici ? me lança-t-elle dans un anglais parfait.

Je fixai avec stupéfaction la gamine aux couettes bleues. Elle portait un tee-shirt Joy Division et me souriait avec insolence.

Dans des circonstances ordinaires, je n'aurais pas daigné répondre, mais je me sentais si perdu dans ce train de nuit que n'importe quelle option me semblait préférable à la solitude.

---

5. « S'il vous plaît » (N.D.T.).

— C'est libre ? demandai-je en montrant la chaise de l'autre côté de la table.

Elle souffla une bulle de chewing-gum bleu avant de répondre avec suffisance :

— Manifestement, non. Elle est fixée à la table, donc, elle ne connaît pas la liberté.

— Très spirituel.

— Mais, si tu veux t'asseoir à ma table, je suis ouverte à la négociation, bien sûr. Qu'est-ce que tu bois ?

— Un double whisky.

— Eh bien, j'en veux un comme ça.

Avant de répondre, je l'étudiai avec attention. Elle pouvait tout aussi bien être une mineure en fugue qu'une universitaire maigrichonne qui aimait s'habiller en gamine détraquée. Autant lui poser directement la question.

— Quel âge as-tu ?

— Je suis assez vieille pour faire ce que je veux.

En me voyant debout, prêt à la laisser en tête à tête avec son insolence, la fille aux cheveux bleus décida de lever un peu le pied sur la pédale de la crispation.

— Ne sois pas aussi susceptible, mon vieux ! Bon, je le demande correctement. Veux-tu m'inviter à boire un verre comme le tien ?

J'inspirai profondément avant de lui donner mon whisky et de retourner au bar. Pendant que je réitérais ma commande auprès du barman au visage cadavérique, le train s'arrêta. Quelques secondes plus tard, deux agents de la police des frontières entrèrent dans le wagon et commencèrent à vérifier les papiers.

L'image de la gamine, son verre de whisky à la main, me donna envie de disparaître instantanément. Un des policiers se dirigea vers elle et lui demanda son passeport. « Ça y est, il va y avoir un scandale, ils vont m'obliger à descendre du train et m'arrêter pour détournement de mineure », me dis-je.

L'homme étudia le document avec attention, regardant à plusieurs reprises vers la propriétaire, qui avalait son verre à petites gorgées. Elle avait sans doute l'âge requis, puisqu'il lui remit ses papiers sans la moindre question.

Après m'être identifié – à mon grand soulagement, je ne figurais pas encore sur les listes d'Interpol –, je retournai m'asseoir en face de mon insolite compagne de table. Elle semblait prise d'une soudaine bonne humeur.

— Je m'appelle Lorelei. Lore, pour les amis. Et toi ?

— Javier.

— Tchin-tchin, dit-elle d'un ton moqueur en entrechoquant nos verres.

— Qu'est-ce qui t'amène à Budapest ? lui demandai-je, un peu plus détendu après une deuxième gorgée. Tu ne travailles pas au musée le lundi matin ?

Elle secoua la tête tout en reprenant une rasade de whisky. Je pensais qu'elle me retournerait ma question et voudrait connaître l'objet de mon voyage. Mais elle se contenta de me toiser en mastiquant son chewing-gum. J'insistai :

— Allez, dis-moi ce que tu vas faire à Budapest.

— Des affaires.

— Quel genre ?

— Qu'est-ce que ça peut te foutre ?

Du coin de l'œil, je saisis l'expression réprobatrice d'un couple d'âge mûr. Je compris qu'il était temps de laisser tomber cette conversation absurde et de m'en aller. Je pris rapidement congé et repartis vers mon compartiment.

J'étais déjà à ma porte lorsque j'entendis des pas vifs et légers derrière moi. En me retournant, je découvris la fille aux couettes bleues, qui me scrutait d'un œil fixe.

Je fus pris d'une panique inexplicable. Il émanait de cette Lorelei une aura sinistre.

— Écoute, mec, tu ne vas quand même pas me lâcher comme une vieille serpillière ? Tu es mon seul ami dans ce train. On prend un autre whisky ?

— Pas question ! File te coucher tout de suite.

— Je n'ai pas envie de dormir.

— Ce n'est pas mon problème, répondis-je, les nerfs à vif.

— Oh, que si ! Parce que si tu me laisses tomber, je me mets à hurler et je réveille tout le wagon. Je dirai que tu m'as pelotée et que tu m'as offert de l'argent pour que je couche avec toi.

— Je n'ai pas l'intention de retourner au bar, m'obstinai-je.

— Alors, fais-moi visiter ton compartiment. Ouvre cette fichue porte ou je hurle.

Lorelei avait dû lire l'inquiétude sur mon visage, car elle baissa la voix et me glissa d'un ton mielleux :

— Allez, je rentre juste un petit moment et puis je file, promis. Je veux te proposer quelque chose, mon vieux. Tu n'es pas obligé d'accepter, mais laisse-moi au moins t'en parler. Tu feras ton choix après. Ensuite, je te fiche la paix, quoi que tu aies décidé. D'accord ?

Je la sentais parfaitement capable de mettre sa menace à exécution, et je m'empressai d'ouvrir la porte du compartiment. Une fois à l'intérieur, elle referma le verrou, alluma les lampes et me regarda d'un air rien moins que rassurant.

— Maintenant, écoute-moi bien. Je suis grave dans la merde et tu vas devoir me donner un coup de main.

Une voix émanant de la couchette inférieure me glaça le sang.

— Javier ? T'es dingue ou quoi ?

Inexplicablement, Sarah était dans son lit et m'observait avec perplexité, le drap remonté jusqu'au menton. Puis elle contempla la fille aux cheveux bleus d'un air halluciné. Lorelei lui jeta un regard haineux, puis se tourna vers moi.

— Ça va te coûter cher.

Puis elle quitta le compartiment en claquant la porte.

22

Démonstration de force

> Il existe deux choses infinies : l'Univers et la bêtise humaine. Et pour l'Univers, je n'en suis pas certain.
>
> Albert EINSTEIN

J'eus besoin d'un bon moment pour expliquer à Sarah la chaîne de petits événements qui avaient abouti à l'apparition de la gamine du Cabaret Voltaire dans le compartiment.

— Je croyais que tu m'avais abandonné dans le train, dis-je. Pourquoi es-tu partie en me laissant tout seul dans le cabinet de toilette ?

— Juste quand tu venais d'y entrer, j'ai reçu un appel sur mon mobile, mais je captais mal. Alors, je suis sortie et j'ai pris la communication entre deux wagons.

— Je n'ai rien entendu, répondis-je avec méfiance.

— Mon appareil était en mode vibreur et en plus il était rangé dans mon sac, c'est pour ça que tu ne t'en es pas rendu compte.

— Mais je ne t'ai pas non plus entendue répondre...

Elle remonta le drap en m'adressant un regard nerveux. J'avais touché juste. Elle ne me disait pas la vérité, ou du moins pas entièrement. Mais elle s'arrangea pour détourner la conversation.

— Tu veux bien éteindre la lumière, s'il te plaît ? Ça me gêne que tu me regardes alors que je suis nue sous le drap.

J'avais envie de lui demander pourquoi elle était nue, si justement elle m'avait prié de m'enfermer dans les toilettes pour « se changer », mais je choisis d'obtempérer. J'éteignis et je sautai sur ma couchette d'un bond. Étendu tout habillé sur le lit, je repris l'interrogatoire :

— Je ne t'ai pas entendue répondre au téléphone. Comment savais-tu que la réception était mauvaise ?

Un silence tendu suivit ma question. La respiration précipitée de Sarah semblait emplir l'obscurité. Elle finit par reprendre la parole.

— Tu as raison, ça n'avait rien à voir avec la qualité du réseau. Au moment où le téléphone a vibré, je suis sortie sans bruit pour que tu ne m'entendes pas parler. Je pensais te laisser seul juste une minute, mais la conversation s'est prolongée, et quand je suis revenue, tu n'étais plus là.

J'avais envie de la questionner sur l'identité de son correspondant, mais ça aurait tourné au harcèlement, je préférai donc attaquer par le flanc :

— Quand je suis sorti du cabinet, je n'ai rien vu dans le compartiment. Même pas ta valise.

— Je l'avais rangée sous le lit. Le train était encore en gare et les vols juste avant le départ sont très courants. Y compris en Suisse.

Ça se tenait. Mais je savais que j'aurais beau l'interroger, je ne réussirais pas à découvrir ce qu'elle avait fait durant sa disparition. Impossible de lui faire confiance. Je comprenais de moins en moins les réactions de celle qui était ma compagne de voyage depuis un jour et demi.

— Je t'ai attendu, dit-elle soudain, me tirant de mes réflexions.

Cette affirmation produisit sur moi un effet assez agréable pour que j'oublie son insolite disparition et l'appel téléphonique. Je me laissai emporter par la hardiesse due au whisky.

— Puisque je suis enfin là, à toi de décider si tu m'invites dans ta couchette ou si tu préfères me rejoindre dans la mienne. La vie est trop courte pour dormir dans des lits séparés.

— Ce n'est pas le moment. En tout cas, pas pour moi, je me suis ennuyée à t'attendre. Tu n'avais qu'à ne pas perdre ton temps avec cette pintade. Ce sera pour une autre fois. Bonne nuit.

J'avais été blessé par ces paroles, mais aussi submergé par la honte la plus absolue. Soudain, je me voyais par ses yeux : un satellite à la dérive prêt à se laisser saisir par le champ gravitationnel de toute planète ou tout planétoïde passant à sa portée. C'était ainsi que les choses s'étaient déroulées à Barcelone, et je continuais à faire preuve de la même soumission depuis que j'avais retrouvé Sarah.

Pendant que le train roulait vers Budapest, je me promis que, dorénavant, je me consacrerais exclusivement au travail qui m'avait été commandé. Une fois que je saurais qui tirait les ficelles et pourquoi, je noterais ce qui avait de l'intérêt pour le livre, et je mettrais fin à ce voyage de documentation aussitôt que possible.

Terminer la biographie d'Einstein, puis regagner mon triste enclos. Mon itinéraire semblait tout tracé. Cependant, ce plan simple était contrarié par une intuition qui m'avait saisi depuis mon embarquement dans ce train, une sensation de fatalité qui se précisait à mesure que le Wiener Walzer avalait des kilomètres de rail.

J'avais le pressentiment que le temps des rires et du champagne était bel et bien révolu. Un épisode moins plaisant m'attendait en Serbie. Jusqu'à présent, j'avais vécu une aventure extravagante auprès d'une femme extraordinaire. Même la mort de deux hommes n'avait pas terni l'excitation de ce jeu qui consistait à rassembler les morceaux de la vie d'Einstein.

Mais nous abordions maintenant une étape complètement différente.

Tandis que je réfléchissais à tout cela, j'entendis dans le couloir des pas légers et reconnaissables qui s'arrêtèrent près de la porte.

Lore.

La panique irrationnelle – après tout, ce n'était qu'une gamine – qui m'avait pétrifié lorsqu'elle m'avait rattrapé après la scène du bar revint en force. Au-delà de son aspect extravagant, il y avait quelque chose de terrible chez cette fille, même si je n'arrivais pas à en définir la nature.

J'attendis dans le noir qu'elle donne un coup de pied dans la porte ou lance une nouvelle menace, mais elle se limita à rester là.

Un long moment.

Puis elle tambourina du bout de ses doigts fins sur le battant et s'en alla.

Je restai aux aguets jusqu'à être certain qu'elle soit vraiment partie. Puis je respirai profondément. Les secousses du train et l'alcool avaient fini par faire monter une nausée qui menaçait de me retourner l'estomac.

Quand les premiers haut-le-cœur se manifestèrent, je m'empressai de descendre de la couchette. Sarah semblait dormir profondément.

Après m'être enfermé dans le cabinet de toilette, je me rafraîchis le visage à l'eau froide. Lorsque je regardai de nouveau dans le miroir, le monde fut violemment ébranlé dans un hurlement aigu et assourdissant.

Il fallut que ma tête s'écrase contre la vitre réfléchissante, qui se rompit en mille morceaux, pour que je comprenne que le train s'était brutalement arrêté. Quelqu'un avait actionné le signal d'alarme. Un incendie s'était peut-être déclaré dans un des wagons, et je n'aurais pas la force de me sauver.

Ce fut ma dernière pensée. Affalé sur le sol du petit réduit, je sentis le sang couler, emportant ma conscience.

Quand je revins à moi, les premières lueurs du jour pénétraient dans la cabine. J'étais allongé sur la couchette. Visiblement, le train avait repris sa route.

Sans les élancements sous mon crâne et ce délicieux parfum qui dominait les effets de la douleur et de la confusion, j'aurais pu croire que cette nuit faisait partie d'un cauchemar.

Sarah était tout proche de moi. Son visage resplendissant était penché sur le mien, je ressentis une forte brûlure à la nuque.

— C'est le désinfectant, me murmura-t-elle tout en épongeant doucement la plaie. Tu aurais pu te faire vraiment mal, mais tu t'en es tiré avec quelques coupures superficielles.

Je fermai les yeux, m'imaginant dans la peau d'Indiana Jones, soigné par la belle de service. À la fin, mon infirmière effleura mon front d'un doux baiser.

Avant d'être peu à peu aspiré dans l'abîme du sommeil, j'eus le temps de poser une dernière question :

— Il y a eu un incendie ?

La voix de Sarah émana de la couchette inférieure. Elle s'était donc recouchée.

— Pas du tout. C'est juste un cinglé qui a tiré le signal d'alarme. Il a dû descendre du train avant que le contrôleur ne vérifie tous les compartiments. Nous sommes restés une heure à l'arrêt.

Je soupirai. Pas très difficile d'imaginer qui pouvait être responsable de cette pagaille. Quelque chose me disait que le cas se représenterait sous peu. Ça n'était sans doute qu'un préambule, une démonstration de force avant le véritable assaut.

23

La Serbie

> Si nous sommes capables d'imaginer le bonheur infini, nous devrions pouvoir comprendre l'infini de l'espace, qui est quelque chose de beaucoup plus simple.
>
> Mileva MARIĆ

Nous arrivâmes à Budapest sous un crachin qui donnait à la ville un aspect lugubre et peu engageant.

Quand j'ouvris les yeux pour la seconde fois, Sarah était assise près de la fenêtre du compartiment, un café à la main. Elle portait un fin pull-over marron sur une minijupe noire et des chaussures à talons. Je cessai de contempler ses jambes, lorsque la promesse que je m'étais faite la nuit précédente juste avant l'acte de sabotage me revint à l'esprit.

Soudain, je me souvins du miroir cassé. Selon la superstition, en plus des éraflures à la tête, j'avais aussi gagné sept ans de malheur. C'était un substitut temporaire à la fin tragique du Japonais et du guide de Berne.

Loin de mes réflexions lugubres, Sarah passa la main dans sa soyeuse chevelure noire.

— C'est le jour J.

À la gare de Budapest Keleti, on nous apprit que nous ne pourrions pas atteindre Belgrade en train le jour même. Un obscur fonctionnaire derrière son guichet nous informa qu'il nous faudrait attendre le départ du Pannonia Express, à six heures le lendemain matin.

— Impossible, dit Sarah. Nous devons être là-bas ce soir.

L'homme haussa les épaules, les yeux fixés sur la poitrine de Sarah.

— Alors, minibus.

Une heure plus tard, nous étions tassés dans un monospace avec dix autres passagers chargés de sacs de provisions, de bouteilles et de paquets divers.

Serrés comme des sardines, nous partagions la banquette du fond avec un vieil homme corpulent qui dormait, la bouche monstrueusement ouverte. J'occupais la place du milieu et Sarah était assise près de la fenêtre de gauche. Les valises posées à nos pieds nous obligeaient à voyager genoux relevés pour tenir dans cet espace réduit. Huit heures de trajet nous attendaient.

Fin de la période glamour.

Pendant que le minibus quittait laborieusement la périphérie de Budapest au milieu des multiples poids lourds qui plombaient la circulation à cette heure, je me mis à lire la partie de la biographie de Yoshimura consacrée à Lieserl – rebaptisée Zorka, selon une autre source –, la fille non reconnue d'Einstein et de Mileva Marić. Les informations étaient vagues et en tout point insuffisantes. L'auteur lui-même l'admettait, si l'on en jugeait par la liste des questions auxquelles il me revenait maintenant de répondre.

[Pour quelle raison Einstein n'a-t-il jamais voulu connaître sa propre fille ?

Quel fut le destin de Lieserl ? A-t-elle su qui était son véritable père ? Ont-ils eu un contact quelconque ?]

Si la fille de Lieserl nous attendait à l'Hôtel Royal, confirmant notre hypothèse, ces questions pourraient enfin trouver leur résolution. Cette perspective m'emplissait d'un enthousiasme qui compensait l'inconfort du voyage et la torture d'avoir près de moi une femme qui me plaisait plus que ce que j'étais disposé à admettre.

Sarah avait beau être une participante de premier plan dans ce marathon, elle ne semblait guère s'intéresser au texte que je soulignais au crayon. Son regard cristallin était posé sur les premiers champs qui s'étendaient à la sortie de la capitale hongroise. Je me concentrai sur ma lecture.

> Grâce à la médiation de son ami Marcel Grossmann, Einstein sut qu'il était sur le point d'obtenir un poste convoité à l'Office des brevets de Berne. En attendant, il avait dû devenir le professeur particulier de l'enfant d'une riche famille britannique. Cette activité l'obligeait à vivre dans un village, loin de son monde et des bras de Mileva.
>
> La grossesse de l'étudiante serbe commençait à se remarquer et il fallut prendre des décisions drastiques pour préserver le bonheur promis au couple. Si l'on savait qu'Einstein attendait un enfant illégitime, il perdrait toute chance d'obtenir l'emploi auquel il aspirait, sans compter le scandale que la nouvelle déclencherait dans sa propre famille.
>
> Puisque les circonstances obligeaient Mileva à abandonner ses études, ils décidèrent qu'elle se réfugierait à Novi Sad, qui faisait partie à l'époque de l'Empire austro-hongrois. Une fois qu'Albert aurait obtenu son poste, ils pourraient se marier et régulariser ainsi la situation familiale. Cependant les démarches se prolongèrent et Lieserl finit par naître ; son père ne daigna pas faire le voyage pour la voir.

La suite de cet épisode était encore plus inexplicable. Si Albert n'avait jamais manifesté le désir de rencontrer sa fille,

Mileva n'avait vu aucun inconvénient à la confier à une de ses amies, Helene Kaufler Savić, qui adopta la fillette. Aucun document ne témoignait de contacts ultérieurs entre les deux femmes.

Lorsqu'elle finit par épouser Albert, un an plus tard, la question de l'enfant était de l'histoire ancienne. Par la suite, le couple avait eu deux fils légitimes, Hans et Edouard, ce dernier atteint de schizophrénie. Mais personne ne paraissait s'intéresser à Lieserl, l'oubliée.

Après le passage de la frontière, le minibus avait commencé à cahoter sur des routes en mauvais état qui traversaient les immenses champs de Serbie. Je me sentais à nouveau faible, nauséeux et je dus cesser ma lecture. Sarah m'adressa soudain un sourire de sympathie, expression que je ne lui connaissais pas.

Tout en contemplant l'éclat de ses yeux d'un bleu profond, je me disais que je ne savais rien d'elle. Depuis notre rencontre au Rosengarten, nous passions nos journées ensemble. Mais, tout comme Lieserl, Sarah restait un mystère pour moi.

Je décidai de l'interroger directement :

— Pourquoi as-tu choisi Mileva Marić comme sujet de thèse ?

Avant de répondre, elle se pinça la lèvre inférieure, pulpeuse et bien dessinée.

— Je dois être attirée par les perdantes.

— Tu ne me fais pas l'effet d'une perdante. Tu m'as plutôt l'air d'une fille de bonne famille qui a toujours obtenu les meilleurs résultats. Je me trompe ?

Elle m'adressa un sourire pour seule réponse.

— Un truc m'échappe, repris-je. Même si ça pourrait te servir pour ta thèse, pourquoi perds-tu du temps et de l'énergie dans cette enquête ? En ce qui me concerne, cette commande est un vrai ballon d'oxygène, mais dans ton cas...

— Je n'ai rien de mieux à faire, m'interrompit-elle.

Cette réponse me déconcerta. Je ne comprenais pas comment un voyage dans un minibus cahotant à travers des champs de pommes de terre de l'Est pouvait représenter l'activité la plus attractive pour une intellectuelle de premier ordre.

— Je regrette de ne rien savoir sur toi.

— Ça vaut mieux.

Elle me prit la main et se retourna vers les terres cultivées, s'étendant à perte de vue. Je m'y accrochai doucement comme un naufragé à une planche de salut.

24

Hôtel Royal

Quand tu te confrontes à une nouvelle emprise, attends-toi toujours à l'inattendu.

Helen THOMAS

Belgrade se révéla plus belle que je ne l'avais imaginé. Dans le crépuscule qui se fondait au ciel de la fin mai, je fus impressionné par les grandes avenues et les parcs qui défilaient de l'autre côté des vitres du minibus. Au terminus, nous étions les derniers passagers.

Les dimensions des édifices et des promenades indiquaient que la cité avait été conçue pour être la capitale d'un pays très puissant, la Yougoslavie, dotée naguère de la cinquième armée du monde.

Après avoir salué le chauffeur, nous prîmes une rue piétonne qui, selon le plan, devait traverser la Kralja Petra. Je fus étonné du grand nombre de librairies et de l'animation qui régnait dans les bars et les restaurants en ce lundi soir. La foule cosmopolite était majoritairement jeune, comme si la ville se réinventait après des décennies de conflits politiques et armés.

Pendant que nous traînions nos bagages à travers la multitude, une horloge sonna neuf heures. Nous arriverions au rendez-vous avec dix minutes de retard, comme l'exigeaient les règles de la courtoisie.

Sarah me montra la plaque en cyrillique de la rue de l'hôtel.

— Je dois avouer que je suis nerveuse. Nous sommes sur le point de faire la connaissance d'une personne qu'aucun spécialiste d'Einstein n'a jamais pu rencontrer.

— J'espère que cette personne nous expliquera pourquoi elle nous a fait venir jusqu'ici avec son petit jeu du chat et de la souris, protestai-je. J'aimerais bien résoudre l'énigme de Lieserl pour partir enfin aux États-Unis. Les dernières pièces du puzzle nous attendent peut-être dans le bureau de Princeton.

J'avais employé à dessein la première personne du pluriel, exprimant à mots couverts l'espoir que Sarah m'accompagne. Elle s'en tira encore une fois avec un sourire, pendant que nous arrivions dans la rue de l'hôtel. Près de l'entrée, un snack-bar plein d'hommes, cigarette aux lèvres, attira mon attention.

Le hall rappelait un décor des films des années soixante-dix. Aluminium, fauteuils tendus de velours et escaliers qui s'enroulaient comme des serpentins.

Pendant que Sarah communiquait à la réceptionniste le numéro de la réservation, je jetai un coup d'œil aux clients de la cafétéria, où nous étions censés avoir rendez-vous. Une famille à l'air rustique accaparait plusieurs tables, les autres étaient occupées par des hommes moustachus qui bavardaient, bière en main, sans doute après leur journée de travail.

Personne ne paraissait correspondre au profil de la petite-fille d'Einstein, ni par l'âge, ni par l'aspect.

— Elle n'est pas là, dis-je à Sarah, qui revenait après avoir terminé les formalités à la réception. Tu as la clé de ma chambre ? Je suis épuisé.

— Il n'y a qu'une clé pour nous deux, mais avant nous devrions nous assurer d'avoir vraiment raté le rendez-vous. Nous sommes à l'endroit voulu et à l'heure qu'indiquait le texto.

— Vérifie toi-même, dis-je en lui cédant le passage.

Pendant qu'elle déambulait à travers les tables, un fourmillement d'excitation parcourut ma colonne vertébrale en pensant que nous allions partager la même chambre. Puis je la suivis jusqu'au bar de la cafétéria en me reprochant d'avoir si vite renoncé à mes sages résolutions de la nuit précédente.

— Elle est sans doute en retard. Que dirais-tu d'un cocktail ? proposa Sarah.

— À mon avis, nous ne verrons personne, commentai-je avec défaitisme, avant de commander une vodka tonic.

Sarah m'accompagna et nous trinquâmes dans le décor psychédélique du bar.

J'examinai encore une fois la clientèle. Rien de nouveau.

Puis, j'avisai un escalier qui descendait de la cafétéria vers un deuxième niveau plus exigu. L'accès était barré par une chaîne, mais pendant quelques secondes, l'éclat rougeoyant d'une cigarette tira une silhouette solitaire de la pénombre.

— Elle est là, dis-je en montrant le salon fermé à Sarah.

Sans demander l'autorisation, nous emportâmes nos boissons au sous-sol. Après avoir replacé la chaîne, nous descendîmes d'un pas solennel, avec un rien de circonspection.

La silhouette continuait à fumer.

À notre approche, la personne alluma son briquet pour nous permettre de distinguer son visage.

Jensen.

Le directeur de *Mysterie* ouvrit tout grands ses petits bras courts dans un geste théâtral, accompagné d'un éclat de rire qui ne l'était pas moins. Je dus me retenir pour ne pas lui tordre le cou. Indigné, j'étais déterminé à éclaircir cette plaisanterie au plus vite.

— C'est vous qui avez envoyé le texto ?

— Qui voulez-vous que ce soit ? répondit-il avec allégresse. J'ai dû faire des pieds et des mains pour obtenir que la Complutense accepte de me communiquer le numéro de son étudiante de doctorat.

La lèvre inférieure de la susdite frémissait de rage. Il valait mieux que je me charge de l'interrogatoire.

— Que savez-vous de la carte postale, de l'appel téléphonique et du message du Cabaret Voltaire ? C'est vous aussi qui êtes derrière tout ça ?

— J'en sais autant que vous. Ou peut-être un peu plus, étant donné que je suis arrivé ici avant vous. Je me suis aperçu que vous étiez sur mes talons, mais j'étais certain que vous n'alliez pas me voler l'exclusivité, voilà pourquoi j'ai décidé de partager le scoop avec mes amis.

— Vous avez intérêt à vous expliquer, lança Sarah, s'efforçant de contenir sa colère.

Le Danois la dévora du regard avant de s'exécuter.

— L'ultime réponse d'Einstein, bien sûr. Mes petits gars ont travaillé vite et bien. Grâce à leurs efforts, et à un argent judicieusement investi, cette nuit nous saurons ce qu'Albert a tramé en cachette durant la seconde partie de sa vie. Je compte annoncer la nouvelle ce soir, à 22 h 30, dans ma suite. Vous êtes invités à la fête.

— C'est louche, commenta Sarah. Si cette découverte dont vous parlez est authentique, pourquoi iriez-vous la partager ?

Jensen tortilla son petit corps avec satisfaction.

— Parce que j'aurai besoin d'ambassadeurs à partir de maintenant. Mais il s'agit de mon exclusivité, que ça soit bien clair. Quand la nouvelle sera publiée, seul mon nom sera cité.

Il éteignit la cigarette dans son verre, puis signifia la fin de l'entrevue d'un claquement des doigts. À en juger par l'expression de son visage de vieil enfant, il se considérait de toute évidence comme l'homme le plus puissant du monde.

D'ici une heure, nous saurions s'il avait de bonnes raisons.

25

Le chauffeur d'Einstein

Pour avoir vraiment compris quelque chose,
il faut pouvoir l'expliquer à sa grand-mère.

Albert EINSTEIN

La réapparition de Jensen m'avait plongé dans une telle confusion que j'avais oublié que Sarah Brunet et moi allions partager la même chambre. De son côté, elle ouvrit la porte avec le plus parfait naturel.

La chambre comprenait une petite salle de bains et la fenêtre donnait sur la Kralja Petra, étonnamment encombrée à cette heure de la nuit. Quant au décor, il était assorti à celui du hall.

Il n'y avait qu'un lit double.

— Il ne restait pas d'autre chambre de libre, mais je peux demander qu'on monte un lit d'appoint pour enfant, si tu penses que ce sera plus confortable, proposa Sarah d'un ton détaché.

De toute évidence, mon embarras lui semblait tout à fait réjouissant. Puis, elle m'adressa un clin d'œil et passa dans la salle de bains.

Sans savoir sur quel pied danser, je regardai avec fascination sa valise ouverte sur le lit. Sur le dessus, une petite robe bleue attendait le moment de revêtir sa propriétaire.

Pour oublier mon trouble, je m'allongeai sur le lit avec le manuscrit, adoptant le rôle du mari blasé, pour qui sa femme a acquis le don d'invisibilité. Pendant que l'eau chaude coulait de l'autre côté de la cloison, je décidai de m'attaquer à un chapitre de la partie centrale du texte – la jeunesse du génie commençait à me lasser.

Dans l'introduction à l'étape américaine de la vie du physicien, Yoshimura avait rassemblé quelques anecdotes marquantes. Par exemple, selon la rumeur, à l'arrivée d'Einstein à Princeton, avec ses cheveux ébouriffés, il aurait été pris pour un électricien et on lui aurait demandé de réparer une douille défectueuse. Cédant à son caractère farceur, Albert attendit d'avoir achevé sa tâche pour révéler sa véritable identité, à la grande honte du personnel du centre.

Citant un journaliste appelé Wallias, Yoshimura rapportait la curieuse relation entre le génie et son chauffeur américain :

> À une certaine époque, Einstein n'était pas encore célèbre, mais ses théories commençaient à circuler dans le monde. Il était de plus en plus sollicité pour des conférences. Cependant, son apparence physique n'était pas très connue et peu de gens savaient à quoi il ressemblait.
>
> Durant un de ces voyages, le chauffeur d'Einstein lui confia qu'il avait assisté si souvent à ses conférences cette année-là qu'il connaissait de mémoire toutes ses théories. Le père de la relativité y vit l'occasion d'organiser une plaisanterie divertissante et proposa à l'homme d'échanger leurs rôles dans la petite ville qui était la destination du jour. À lui de donner la conférence, puisqu'il la connaissait sur le bout des doigts. De son côté, le savant jouerait les chauffeurs.
>
> Ainsi fut fait. Tout se passa à merveille. Personne ne se rendit compte de la supercherie et le public crut avoir affaire à un génie absolu. Le véritable Einstein s'amusa bien en assistant au déroulement du canular.
>
> À un moment donné, une personne de l'auditoire posa une question dont l'orateur ignorait la réponse. Mais le faux

conférencier ne se démonta pas et répliqua : « Cette question est tellement simple que même mon chauffeur pourrait y répondre... Et c'est d'ailleurs ce qu'il va faire. »

Malgré la déformation due au temps, l'anecdote était savoureuse. Tant d'histoires circulaient sur Albert Einstein que, même s'il n'avait pas découvert la relativité, il aurait probablement été célèbre pour autre chose.

À cet instant, la porte de la salle de douche s'ouvrit. Sarah en sortit, enroulée dans un drap de bain, manifestement indifférente à ma présence. Toutefois, au moment d'enlever la serviette, elle me lança un regard moqueur.

— Tu n'as pas l'intention de te laver ? Ce serait impoli d'assister à la fête de Jensen avec l'odeur de la sueur du voyage.

— J'attendais que tu sortes, me défendis-je.

Au sourire qu'elle m'adressa pendant que je sautai du lit pour gagner la douche, je compris qu'elle appréciait ce petit jeu. En d'autres termes, elle tentait d'augmenter la tension du désir jusqu'à ses extrêmes limites. Mais j'étais décidé à ne pas tomber dans le piège.

Tout en savonnant avec précaution mon crâne égratigné, il me vint une idée singulière. Finalement, au milieu de cet imbroglio, notre survie était suspendue à la bonne volonté de la personne qui contrôlait nos mouvements. Mais son identité et le moment où elle choisirait de se montrer me paraissaient de plus en plus nébuleux.

Toutes ces pensées cessèrent brusquement de tourbillonner dans ma tête. À travers le rideau de douche translucide, je vis Sarah entrer dans la salle de bains sans frapper, comme si j'étais invisible. Exactement ce qu'il fallait pour restaurer ma confiance en moi. Gainée dans sa robe bleue éblouissante qui s'ajustait à son corps comme un gant, elle se coiffa paisiblement devant le miroir pendant que je m'ébouillantais dans le plus simple appareil, faute d'avoir trouvé le moyen de régler la température.

Lorsqu'elle eut terminé, elle me glissa un regard à la dérobée à travers le rideau. Puis elle esquissa un sourire suave avant de sortir une brosse à rimmel de son étui et de se faire les cils.

Agacé, j'allongeai le bras et saisis une serviette, pour aller choisir une tenue parmi les plus présentables de mes vêtements.

J'étais tendu en songeant à ce qui nous attendait sur la terrasse de l'hôtel. D'ici un quart d'heure, nous assisterions à un événement difficile à oublier, même si certains seraient incapables de s'en souvenir, parce que, sous peu, ils perdraient plus que la mémoire.

26

L'année miraculeuse

Tes aspirations sont tes possibilités.

Samuel JOHNSON

La suite de Jensen occupait tout le dernier étage de l'Hôtel Royal et communiquait avec la terrasse par un escalier qui partait du vaste salon. Un serveur en uniforme à l'ancienne proposait boissons et canapés à une douzaine d'invités qui bavardaient par petits groupes. Vu leur empressement à honorer le buffet, il devait s'agir de journalistes appelés à la dernière minute pour assister à la représentation.

Je me demandais si tout cela valait la peine.

— Cette histoire a l'air plus sérieuse que je ne le pensais, me chuchota Sarah. Regarde Jensen...

En effet, notre hôte traversait la salle et se dirigeait vers nous avec un sourire triomphal, saluant ses invités au passage. Son costume blanc immaculé assorti d'un nœud papillon grenat lui donnait une allure surannée.

Il me serra la main et baisa celle de Sarah.

— Ravi que vous vous soyez joints à la fête. Ce lundi soir marquera une date cruciale dans l'histoire de la science.

Je jetai un coup d'œil incrédule à Jensen.

— Mileva va venir ? demandai-je à brûle-pourpoint.

— Il est tout à fait possible qu'une Mileva soit présente ce soir, c'est un prénom assez répandu à Belgrade, vous savez, dit-il en parcourant les groupes d'invités du regard. Tiens, il manque encore quelques représentants des médias.

— Vous avez convoqué la presse ?

— Disons plutôt que j'ai convié quelques journalistes locaux et les principaux correspondants internationaux. Ils seront nos ambassadeurs en cette nuit historique. Vous aussi, chers amis, vous pourrez répandre la nouvelle à partir de demain.

Jensen s'exprimait comme un messie, mais n'avait pas répondu à ma question. Je ne savais toujours pas si la petite-fille d'Einstein avait été retrouvée et si nous disposions d'un moyen quelconque d'entrer en contact avec elle.

Comme s'il avait lu dans mes pensées, Jensen passa les bras autour de ma taille et de celle de Sarah d'un geste cérémonieux et étudié.

— À minuit, la boîte de Pandore s'ouvrira. Rien ne sera plus comme avant.

— Pawel sera là ? me risquai-je à demander.

Notre hôte m'adressa un regard offensé, comme si la simple évocation du physicien polonais pouvait ternir la fête.

— Il n'a pas été invité. La portée de ce que nous sommes sur le point d'apprendre échappera à un esprit aussi mécanique que le sien. Pire, il serait capable d'orchestrer une campagne pour nous discréditer.

Sarah me glissa un coup d'œil malicieux. En employant la première personne du pluriel, le directeur de *Mysterie* nous incluait d'office dans son cercle d'initiés et je compris qu'elle trouvait la manœuvre pathétique.

— En attendant le grand moment, égayons la cérémonie avec le documentaire *L'Épouse d'Einstein*, que notre distinguée érudite doit déjà connaître, proposa Jensen en adressant un clin d'œil à Sarah. Prenez place, je vous prie.

Aussitôt, il nous conduisit d'un pas assuré vers une extrémité du salon où un vidéoprojecteur, un écran et deux rangées de chaises pliantes étaient installés.

Pris de fatigue, je choisis un siège au bout du deuxième rang pendant que Sarah restait debout derrière moi. À l'apparition des premières images, une demi-douzaine de spectateurs nous rejoignirent de mauvaise grâce, leur verre à la main.

Le film était en anglais et commença par un court-métrage consacré à l'« Académie Olympia », un cercle d'amis qui se réunissait à Berne pour discuter physique et philosophie, à l'initiative d'Einstein. J'avais déjà lu quelques informations sur ce groupe dans le manuscrit de Yoshimura, l'histoire de sa constitution fut une découverte pour moi.

En 1901, Albert avait apparemment fait passer une annonce pour proposer des cours particuliers de mathématiques et de physique, tout en attendant son emploi à l'Office des brevets. Un étudiant en philosophie, Maurice Solovine, le sollicita, mais l'accord ne se concrétisa pas, et Einstein ne fut jamais son professeur, probablement parce que l'aspirant philosophe manquait d'argent. Cependant, les deux hommes devinrent amis et furent bientôt rejoints par le mathématicien Conrad Habicht. Tous les trois fondèrent une société informelle où ils débattaient de leurs lectures. Karl Pearson, les essais philosophiques de David Hume ou encore *Don Quichotte*. Le départ de Habicht et de Solovine, qui quittèrent Berne, respectivement en 1904 et 1905, scella la dissolution de l'« Académie Olympia ».

Ensuite, le documentaire se concentrait sur 1905, baptisée l'« année miraculeuse d'Einstein », lequel avait déjà publié dans la revue *Annalen der Physik* trois articles qui bouleverseraient l'histoire de la science. Chacun d'eux ouvrit une nouvelle branche dans le domaine de la physique. La théorie du mouvement brownien, la théorie de la lumière à partir du photon et la théorie de la relativité.

Ce qui n'avait pas été découvert pendant des siècles de recherche fut apparemment une promenade de santé pour un obscur fonctionnaire de l'Office des brevets.

Le documentaire, qui se prétendait polémique, soutenait que Mileva avait activement participé à la rédaction de ces trois articles, puisqu'ils étaient signés « Einstein-Mariti », la forme hongroise de Marić. La majorité des études n'accordait à ce fait qu'une importance relative. En effet, en Suisse, il était encore d'usage aujourd'hui d'ajouter le nom de son épouse après le sien.

Ce reportage, accentuant l'action soporifique des trois verres de vin que je m'étais envoyés derrière la cravate, m'arracha un gigantesque bâillement. C'est à cet instant que je me rendis compte que j'étais le seul spectateur encore présent devant l'écran. Un murmure de voix me ramena à la fête.

Pendant la projection de *L'Épouse d'Einstein*, la suite du Danois s'était peuplée d'invités qui assiégeaient le serveur pour se faire remplir leurs verres. Pendant que je cherchais Sarah du regard, je vis que le groupe de journalistes de Belgrade s'était panaché d'hommes et de femmes d'âge mûr, sans doute des enseignants. Deux jeunes gens maussades d'allure nordique déambulaient dans la salle avec une caméra et un trépied.

Probablement les « petits gars » de Jensen, obligés d'abandonner le vaisseau mère pour couvrir le moment de gloire de leur chef. Depuis l'escalier, ils alertèrent le maître de maison en l'appelant dans une langue inintelligible.

L'homme en costume blanc joignit les mains et éleva la voix pour se faire entendre de la vingtaine d'assistants.

— Il est presque minuit, l'heure de monter à la terrasse pour prendre connaissance de la révélation.

L'alcool et plusieurs flirts naissants avaient imprégné le symposium d'un esprit ludique qui ne s'accordait guère avec les intentions de notre hôte. Mais, à l'appel, les invités montèrent docilement l'escalier à la file.

Je suivis le cortège, persuadé que Sarah nous avait certainement précédés sur la terrasse, mais elle n'y était pas non plus. Cette comédie grotesque avait vraisemblablement fini par l'ennuyer, et elle avait regagné la chambre.

Agacé par cette seconde disparition, je pris un des sièges disposés en cercle autour d'une estrade. L'écran et le vidéoprojecteur y avaient été rapidement transférés grâce aux diligents efforts scandinaves.

Pendant que je m'armais de patience, je levai les yeux vers le firmament au-dessus de Belgrade. Les étoiles feraient office de projecteurs dans un drame au dénouement inattendu.

27

La nouvelle formule

> Le bien et le mal sont deux possibilités de la science. Le destin de l'humanité dépendra de la cargaison des fusées – télescope astronomique ou bombe à hydrogène ?
>
> Sir Bernard LOVELL

La fugue de Sarah n'était pas la seule fausse note de la soirée. J'en eus la certitude en voyant Jensen monter sur l'estrade, l'expression amère. La petite-fille d'Einstein ne s'était peut-être pas montrée dans la nuit étoilée.

Le Danois balaya d'un regard las la vingtaine de personnes qui formait son public. Derrière lui, une unique formule s'affichait sur l'écran :

$$E = mc^2$$

Il prit la parole d'une voix forte.

— En affirmant que l'énergie équivaut à la masse par le carré de la vitesse de la lumière, Einstein a produit la formule la plus célèbre de tous les temps. Ce fut une découverte géniale ! La matière et l'énergie sont des formes distinctes de la même chose. En simplifiant beaucoup, cela signifie que la matière peut se transformer en énergie et l'énergie en matière.

Une soudaine toux grasse fit perdre le fil à Jensen. Avant de reprendre son discours, il jeta un regard irrité à un de ses garçons, assis loin du cercle central.

— Dans un kilo d'eau, il y a cent onze grammes d'atomes d'hydrogène. Cela semble peu, mais si nous pouvions les convertir en énergie, nous provoquerions une hécatombe, justement parce que nous multiplierions cette masse par les trois cents millions de mètres que parcourt la lumière en une seconde au carré.

Jensen utilisa une télécommande pour projeter une nouvelle image sur l'écran. Au-dessus d'une bouteille d'un litre d'eau présentée à l'horizontale figurait le calcul suivant :

$$E = mc^2 = 0{,}111 \times 300\,000\,000 \times 300\,000\,000 = \\ 10\,000\,000\,000\,000\,000 \textit{ joules}$$

— Avec un seul litre d'eau, nous obtiendrions une explosion de dix mille milliards de joules. Plus qu'il n'en faut pour raser toute cette région. Malheureusement pour nous, il n'est pas si facile de convertir la matière en énergie. Pour que cela se produise, elle doit être détruite par une quantité équivalente d'antimatière. Nous la trouvons dans les minéraux radioactifs, mais ceci est une autre histoire.

En arrivant à ce point, je me risquai à intervenir :

— Alors, qu'en est-il de cette fameuse révélation ?

Certains journalistes m'adressèrent un regard de sympathie. Ils n'étaient sans doute pas enchantés d'avoir abandonné la suite et son buffet pour assister à un cours de physique élémentaire. S'il n'y avait rien d'intéressant, le mieux était de retourner à la fête.

— L'ombre, voilà la révélation.

Il avait prononcé ces paroles d'un ton lugubre. Sous la clarté de la lune, son visage avait pris une teinte livide. Le silence se fit attentif.

— On a beaucoup parlé de ses articles de 1905 et de son Nobel de 1921. C'est le côté ensoleillé d'Albert Einstein. Mais comme vous le savez, toute médaille a son revers, et c'est cet aspect que nous allons aborder. Puisqu'il a été en activité jusqu'en 1955, à quoi a-t-il consacré les trente-quatre années restantes ? Voilà sa part d'ombre. Nous savons tous qu'il n'a pas seulement donné les clés de l'énergie nucléaire, mais aussi qu'il a écrit une lettre à Roosevelt, l'encourageant à développer la bombe atomique avant l'Allemagne et le Japon. Cette missive, qu'il a ensuite considérée comme « la décision la plus nuisible de sa vie », le poussa à garder le plus parfait secret sur ses dernières recherches. À la fin de sa vie, Einstein a fait une autre découverte fondamentale, qu'il a préféré cacher jusqu'à ce que l'humanité soit prête à en faire bon usage.

À ce moment, un des journalistes qui maniaient le mieux l'anglais leva la main pour intervenir.

— Monsieur Jensen, si Einstein a effectivement entrepris des recherches secrètes qui n'ont pas été révélées, nous ne pourrons jamais le savoir. Pour quelle raison avez-vous organisé cette réunion ?

On entendit quelqu'un vomir dans la suite, ce qui aurait pu gâcher l'apothéose de la déclaration du Danois, mais il était complètement concentré sur son discours.

— Vous êtes ici parce que le moment est venu, juste quand l'humanité en a le plus besoin. Je suis en mesure de révéler ce soir, en exclusivité, que quelques jours avant sa mort, Einstein a légué son « ultime réponse » à une femme serbe, sa fille aînée. À la fin de sa vie, Lieserl Einstein, rendons-lui son identité, a remis à son tour le secret à sa propre enfant, prénommée Mileva en souvenir de sa grand-mère biologique.

Cette déclaration me mortifia, il me déplaisait de partager les conclusions de ce type. En revanche, elle fut accueillie par un murmure sonore parmi les journalistes serbes. Une femme qui portait des lunettes à la monture démodée prit la parole d'une voix criarde.

— Dans ce cas, pouvez-vous nous révéler l'endroit où vit cette Mileva, petite-fille d'Einstein, et nous annoncer à quel moment elle sera prête à divulguer son héritage ?

Jensen semblait désorienté, et j'attribuai le tremblement intense qui l'agitait à l'émotion, mais il parvint malgré tout à reprendre la parole.

— Tout ce que je peux dire, pour l'instant, est qu'elle nous a remis un aperçu de l'ultime réponse de son grand-père. En fait, il s'agit de la conclusion. La formule que vous allez découvrir est de la main d'Albert Einstein lui-même, trois graphologues différents en ont apporté la confirmation.

Une nouvelle image apparut sur l'écran :

$$E = ac^2$$

— Maintenant, tout comme moi, vous vous demandez ce que signifie ce *a* qui remplace le *m* de masse. *(Jensen dut s'interrompre pour se racler la gorge, il semblait pris de nausées.)* Tout ce que je peux dire, c'est que dans quelques jours, nous saurons tout de cette dernière formule. Nous disposerons même d'un original annoté par Einstein en personne. De plus, selon toute probabilité, lorsque je dévoilerai l'« ultime réponse », Mme Mileva sera auprès de moi pour m'appuyer. Jusque-là, je peux vous assurer que ce *a* incarne une force plus puissante que la bombe à hydrogène. C'est quelque chose qui peut détruire...

Jensen ne parvint pas à terminer sa phrase... Ses jambes se dérobèrent brutalement, et il s'écroula, comme frappé par la foudre.

Une minute plus tard, il était mort.

28

L'Encyclopédie des morts

> J'ignore quelles armes seront utilisées pour la Troisième Guerre mondiale, si elle a lieu. Mais je sais que la Quatrième se réglera à coups de bâtons et de massues.
>
> Albert EINSTEIN

Au milieu du chaos provoqué par la mort de Jensen, je conclus qu'il avait sans doute été empoisonné durant le cocktail précédant la révélation. D'ailleurs, il n'était pas la seule victime. Ses employés de *Mysterie* gisaient inanimés dans la suite.

Pendant que les sirènes des ambulances et de la police retentissaient au loin, je dévalai l'escalier jusqu'à notre chambre pour informer Sarah des récents événements. À première vue, quelqu'un s'était infiltré dans la fête pour empoisonner les boissons des trois Danois. Ils étaient les seuls à avoir accès à la documentation secrète, dont l'essentiel restait encore à venir, voire à connaître le lieu où se trouvait Mileva.

Quelqu'un ne voulait pas que l'ultime réponse d'Einstein soit rendue publique et était prêt à tout pour empêcher sa révélation.

Les bottes des policiers faisaient déjà trembler l'escalier lorsque j'entrai dans la chambre et refermai la porte. Les circonstances me remettaient dans le collimateur des autorités.

Avant cette fête à l'issue tragique, des témoins nous avaient vus, Sarah et moi, avoir une discussion avec Jensen dans un coin écarté près du bar. Le commissaire chargé de l'enquête voudrait certainement nous interroger sur cette réunion en petit comité.

Sarah n'était pas dans la chambre, j'allai donc frapper à la porte de la salle de bains.

Pas de réponse.

En revenant vers le lit double, qui n'était pas défait, je me rendis compte que sa valise aussi avait disparu. Elle avait encore filé, mais en laissant cette fois un mot sur la table de chevet.

Cher Javier,

Navrée d'être partie de cette manière, mais je n'avais pas le choix. Pendant que tu regardais le documentaire, une personne qui n'avait pas été invitée est arrivée. J'ignore ce qui s'est passé depuis, mais j'ai compris que Mileva était en danger et je dois l'avertir tout de suite. Nous aussi, nous devons nous mettre à l'abri.

Après avoir lu ce mot, détruis-le. Ensuite, rends-toi immédiatement dans la ville où Lieserl a vécu. Tu sais où ça se trouve.

Ne t'inquiète pas, je te rejoindrai.

Bien à toi,
Sarah

Mon passeport se trouvait sous le message, elle avait donc réglé la note.

Avec peu d'espoir de sortir sans être intercepté au passage, je bouclai ma valise et quittai la chambre à toute allure.

Un brouhaha sonore provenait de l'étage supérieur, je m'empressai de descendre l'escalier avant que la police ne commence à ratisser l'hôtel en quête de suspects.

Dans le hall, un des Danois était sur le point d'être évacué sur une civière. Je me glissai dans le cortège et lui pris la main, ce qui me permit de franchir les portes sans encombre.

Un des brancardiers finit par me crier de m'écarter. Je me fondis dans la foule des curieux amassés devant l'hôtel, puis je m'éloignai en traînant ma valise. Il était trop tôt pour que la police ait découvert l'identité des participants à la réunion, mais je craignais malgré tout d'entendre, d'un instant à l'autre, une voix m'intimer l'ordre de ne pas bouger.

J'avais une autre raison de quitter Belgrade au plus tôt, l'assassin ne devait pas se trouver très loin. Et je pouvais très bien être sa prochaine victime.

Au milieu de la nuit, je déambulais dans une Belgrade moins paisible qu'à mon arrivée, traînant mon bagage le long d'une avenue bordée d'édifices ministériels détruits, témoignage des bombardements de 1999, quand l'OTAN châtia la ville pour mettre fin à la guerre du Kosovo. Les impacts des obus perforaient toujours le béton, cicatrices à ciel ouvert d'un conflit presque aussi vieux que l'humanité. Difficile de savoir si ces ruines étaient encore là en guise de dénonciation ou faute de budget disponible.

Je m'offris un instant de répit sur un banc face à la Sava. Des barcasses transformées en bars et restaurants à l'air libre flottaient sur la rivière. Il était deux heures du matin, mais quelques ponts éclairés révélaient la présence de clients qui s'attardaient, profitant de l'été précoce.

Je tentai de chasser de mon esprit la main qui avait éliminé les Danois. Avant tout, je devais choisir un mode de transport adéquat pour rejoindre Novi Sad, la ville de Lieserl, où Sarah avait promis de me retrouver.

Le train semblait la plus simple des options, seulement cela m'obligerait à attendre le lever du jour. Je pourrais aussi me renseigner pour savoir si un de ces minibus assurait le trajet, mais en ce moment, je ne tenais guère à attirer l'attention sur ma condition d'étranger.

En avisant une rangée de faibles lumières au pied de l'embarcadère, je me dis qu'un taxi pouvait s'avérer un bon moyen de quitter la ville, discrètement et sans délai.

Je comptai l'argent que contenait mon portefeuille. Si j'avais assez peu de dinars serbes, un billet de cent euros suffirait peut-être à convaincre un des chauffeurs de me conduire en pleine nuit jusqu'à la capitale de la Voïvodine.

Je me remis en route et je traversai le pont mélancolique en pensant aux lectures de mes années d'études. Le succès de Milan Kundera m'avait incité à m'intéresser à la littérature des pays de l'Est.

J'avais lu *Un pont sur la Drina*, un roman classique qui racontait l'histoire des Balkans, ainsi que l'inquiétante *Encyclopédie des morts*, une série de contes signés d'un certain Danilo Kiš. Celui qui donnait son titre au recueil m'avait particulièrement impressionné : en Suisse, une femme visitait la bibliothèque d'une mystérieuse organisation dont l'objectif était de compiler la vie de tous les êtres humains qui avaient vécu dans le monde, à l'exception des célébrités. Dans cette encyclopédie titanesque, elle parvenait à trouver la partie consacrée à son père récemment décédé, les rues où il avait habité, l'identité de ses maîtresses, les bars où il s'enivrait, les voyages qu'il avait entrepris...

J'ignorais pourquoi ce récit m'avait si profondément touché. Peut-être m'avait-il permis de prendre conscience que chaque vie mise en perspective ressemblait à un amoncellement de circonstances hasardeuses sans beaucoup de sens.

Remâchant ces pensées, je me dirigeai vers le premier taxi de la file, où une ombre corpulente et solitaire fumait dans l'habitacle. Je cognai doucement contre la vitre avec une pièce et un regard luisant se tourna vers moi. Il appartenait à un quinquagénaire barbu.

— *Gde idemo ?*

Je compris qu'il m'avait pris pour un autochtone, ce qui me convenait parfaitement, et me demandait ma destination.

— Novi Sad, dis-je, sans révéler que j'étais étranger.

Le chauffeur de taxi lâcha un long sifflement de surprise. Puis il m'ouvrit la porte.

— *Hadje !*

29

Une fille de province

Dieu est plus près de ceux qui ont le cœur brisé.

Proverbe juif

Le chauffeur s'appelait Dimitri et s'exprimait dans un anglais correct. En tout cas, il comprit que je lui proposais cent euros pour couvrir les quatre-vingts kilomètres de trajet et accepta à condition que je lui en donne autant pour le retour.

Heureux de cette course dans une autre province une nuit de lundi, il entama la conversation après les derniers faubourgs de Belgrade.

— Qu'est-ce qui vous amène ici, mon ami ?

— Une femme, dis-je sans mentir tout à fait. Elle m'a donné rendez-vous à Belgrade, mais elle a perdu patience et maintenant, la voilà à Novi Sad, chez sa mère.

Dimitri claqua la langue en secouant la tête.

— Ah, les belles-mères !

Puis, il s'adressa quelques phrases en serbe et rit de sa propre plaisanterie, alors que le vieux taxi traversait les premiers champs sous la nuit étoilée. De tout ce monologue, je n'avais saisi qu'un mot, « Voïvodine », la province autonome vers laquelle nous nous dirigions.

— Toutes les filles de province sont pareilles, reprit-il. Elles ne pensent qu'à retrouver les jupons de leur mère. Et celles de Voïvodine encore plus que les autres.

— Vous connaissez Novi Sad ?

— *Igen.* Ça veut dire oui en hongrois. Il y a pas mal de gens qui parlent cette langue par là-bas. Mais on entend aussi du slovaque, du roumain, du russe... Et que sais-je encore... Il y a beaucoup de gens différents à Novi Sad. Parfois, on y parle aussi le serbe, ou au moins on le chante. Vous aimez Đorđe Balašević ?

Là, j'étais coincé. Puisque le taxi pensait que j'avais une fiancée du pays, il s'attendait sans doute à ce que je connaisse les vedettes locales.

En voyant que je ne répondais pas, il alluma une cigarette avant de fouiller dans la boîte à gants parmi un tas de CD. Après avoir examiné du coin de l'œil plusieurs pochettes, il en choisit une où figurait la photo d'un homme au visage affable, à la barbe courte, vêtu d'un justaucorps, comme les violonistes traditionnels hongrois.

Il introduisit le CD dans le lecteur.

— C'est lui, c'est Balašević, un auteur-interprète de Voïvodine. De son temps, c'était l'artiste le plus célèbre de Yougoslavie. Et il l'est toujours.

Des accords de guitare résonnèrent, emplissant l'habitacle de nostalgie. D'une voix douce et profonde, le chanteur entonna une belle mélodie à laquelle je ne comprenais pas un mot :

Rekli si mi da je dosla iz provincije
strpzvsi u kofer snove i ambicije ?

— *Provincijalka,* dit Dimitri, me tirant de ma torpeur. Ça veut dire fille de province. Vous voulez savoir ce que ça raconte ?

Je choisis de me taire. Avant d'entamer la traduction, le chauffeur termina sa cigarette, puis l'écrasa dans le cendrier déjà plein – la voiture empestait le tabac.

— « On m'a dit qu'elle venait de province, sa valise pleine de rêves et d'ambitions... »

Puis il s'interrompit, comme si ces paroles avaient déclenché une réaction intime indésirable. Il éteignit le lecteur CD et poursuivit le trajet en silence.

Au fil des champs infinis qui se déroulaient sous la lune, je finis aussi par être saisi de mélancolie. Les souvenirs de l'arrivée de Diana à Barcelone me revinrent soudain à l'esprit, alors que, ces temps-ci, j'avais l'impression que la Catalogne était à l'autre bout de la galaxie.

Après notre romance moscovite, elle avait passé un mois dans son village de Lanzarote – elle aussi était une fille de province – avant de me rejoindre.

Nos retrouvailles avaient été chargées d'émotion. Après une étreinte interminable à l'aéroport, nous nous étions contemplés avec fascination dans le taxi qui traversait la nuit barcelonaise sans parvenir à croire ce qui nous arrivait. Avec sa main glissée dans la mienne, l'univers était un endroit moins froid et désolé.

Nous étions restés ainsi, en silence, nos regards comme unis par un mystérieux courant d'éther amoureux.

En arrivant à l'étage, elle avait posé sa valise dans l'entrée, puis je l'avais soulevée et emmenée dans la chambre. En prévision de sa visite, j'avais lavé les draps que je n'avais pas changés depuis un mois. La pièce était éclairée par des chandelles, Diana trouva cela charmant. En fond sonore, *Five leaves left*, l'album de Nick Drake, un pionnier du folk alternatif que j'écoutais depuis des semaines. À vrai dire, sa chanson « Way to blue » s'était transformée en une espèce d'hymne personnel à la solitude.

Quelques instants plus tard, nous étions à moitié nus et elle me demanda : « Tu pourrais changer le disque ? »

Ça me sembla de mauvais augure. « Tu n'aimes pas Nick Drake ? » Légèrement contrarié, je pris la télécommande.

Allongée sur le lit, uniquement vêtue de son soutien-gorge, Diana fixait le plafond. « Il me déprime. Ce genre de musique fait ressortir mon plus mauvais côté. »

Plus tard, nous avions fait l'amour, mais dans mon for intérieur, je savais qu'un fil subtil qui nous unissait venait de se rompre. Nous ne partagions peut-être pas autant de choses que nous l'imaginions, m'étais-je dit en la serrant dans mes bras, au paroxysme du plaisir.

Quand je me réveillai le lendemain matin, mes craintes se virent confirmées, la radio était réglée sur une station de salsa. J'ai toujours détesté la musique fondée sur le rythme et les paroles répétitives. Mon goût me portait vers les mélodies tristes, les types ténébreux qui racontent leurs flirts avec le suicide ou les filles languides qui cherchaient des réponses dans le ciel en ouvrant de grands yeux.

La vie n'avait jamais été une salle de bal.

À cet instant, si j'avais fait part de ces divergences à quelqu'un, on m'aurait pris pour un maniaque ou pour un cinglé, mais je savais au plus profond de moi que nous écoutions la bande originale du premier chapitre de notre rupture.

Une manœuvre imprévue de Dimitri m'arracha à mes réflexions. D'un habile coup de volant, il quitta la route et freina brusquement sur un espace dégagé. L'odeur de caoutchouc brûlé se mêla étrangement à celle de l'herbe fraîche emportée par la brise.

Je craignis d'abord d'être tombé dans un piège, m'attendant à ce qu'il me braque avec une arme et exige que je lui remette mon argent et mes cartes de crédit. Mais c'était peut-être encore pire.

— Nous sommes suivis. Ça fait déjà un bon moment.

En regardant derrière nous, je vis deux phares reculer lentement dans l'atmosphère brumeuse, puis disparaître de notre champ de vision.

30

L'énigme de la lumière et du miroir

> Une nouvelle vérité scientifique ne triomphe jamais en convainquant les opposants et en faisant voir la lumière, mais plutôt parce que ses opposants finissent par mourir, et qu'il naît une nouvelle génération à qui cette vérité est familière.
>
> Max PLANCK

— Je vous laisse où ?

Le taxi roulait dans le centre-ville de Novi Sad, immaculé et ordonné comme une ville autrichienne. Il était un peu plus de quatre heures du matin, mais on voyait déjà quelques travailleurs aux arrêts de bus, prêts à rejoindre leurs usines à fabriquer des heures perdues.

J'étais sur mes gardes depuis que Dimitri m'avait signalé que nous étions suivis. Je réfléchis donc avant de lui répondre.

— Laissez-moi près d'un hôtel pas trop cher. Je ne veux pas réveiller ma copine aussi tôt.

L'homme hocha la tête.

— Quelqu'un m'a parlé de l'hôtel Duga.

Il ne spécifia pas si c'était en bien ou en mal, mais j'acceptai la suggestion. N'importe quel endroit serait bon pour m'étendre quelques heures avant de partir traîner en ville, dans l'espoir que Sarah me retrouve. Si toutefois elle n'avait pas quitté le pays.

Alors que nous descendions lentement la rue Cirilo et Metodio, où se trouvait l'hôtel, un soupçon m'assaillit soudain. Et si c'était Sarah qui avait empoisonné les Danois de *Mysterie* ? Elle était partie juste au bon moment, pendant que les invités prenaient leur cocktail, puis avait disparu sans laisser de trace, hormis ce mot qui m'avait expédié à Novi Sad.

Après avoir payé Dimitri, je récupérai ma valise. C'était peut-être la culpabilité qui motivait l'étrange attitude de Sarah, même si ça ne cadrait pas avec la mort du guide de Berne, puisque nous étions ensemble à ce moment-là. En revanche, rien ne l'empêchait de participer à l'assassinat de Yoshimura.

Devant la porte de l'hôtel, je me persuadai que j'avais assez d'informations à ma disposition pour tenter d'établir une hypothèse cohérente, si toutefois c'était chose possible à quatre heures et demie du matin. En tout cas, si la Française s'était chargée de Jensen et de ses acolytes, il valait mieux qu'elle disparaisse pour toujours.

Dans cet état d'esprit confus, je gagnai la réception, installée dans un réduit aux parois de briques blanches qui évoquaient des sanitaires.

Un réceptionniste somnolent à l'énorme double menton m'informa que je pourrais avoir une chambre pour l'équivalent de quarante-cinq euros. J'acceptai le marché et effectuai les formalités. À cinq heures du matin, je refermai enfin la porte de ce qui ressemblait à une chambre d'étudiant. Deux lits minuscules, séparés par une petite table avec un pouf de chaque côté. D'innombrables parties de cartes avaient dû s'y dérouler.

Je fermai la porte à clé et je m'allongeai, trop tourmenté par les doutes pour dormir. Comme si je n'étais pas assez sur les nerfs, la lumière commença doucement à décliner, alors que je travaillais sur l'essai de Yoshimura. Plus précisément, sur une lacune théorique qu'il me fallait combler dans le premier article d'Einstein.

La grande nouveauté de cet article fut l'hypothèse selon laquelle la lumière se déplaçait en paquets, ce qui signifiait qu'elle était quantifiée. Einstein avait appelé ces paquets les *quanta*, rebaptisés plus tard photons. Grâce aux avancées que permit sa théorie, on développa des inventions comme le téléviseur ou la cellule photoélectrique, des dispositifs qui transformaient l'énergie lumineuse (photons) en énergie électrique (électrons), le principe de fonctionnement des panneaux solaires.

À ce point de ma lecture, la petite lampe de la table de chevet s'éteignit définitivement, me plongeant dans l'obscurité. Au cours de mon insomnie, je me souvins qu'une note à la fin du chapitre me demandait d'éclaircir l'« énigme de la lumière et du miroir ».

Encore un classique des livres de vulgarisation consacrés à Einstein. Il s'agissait d'établir ce qui se passerait si, en voyageant à la vitesse de la lumière, nous tentions de nous regarder dans un miroir. Étant donné que nous ne pouvions dépasser la vitesse de la lumière, le miroir nous renverrait-il notre image ?

D'après les informations que j'avais rassemblées, il s'agissait d'une question piège, étant donné qu'aucune masse ne pouvait atteindre la vélocité de la lumière. Par conséquent, il fallait partir d'une situation dans laquelle l'astronaute se déplaçait à une vitesse légèrement inférieure à celle de la lumière. Ainsi, les photons auraient le temps d'atteindre le miroir à 300 000 kilomètres par seconde pour lui renvoyer son image.

Je ne me souvenais pas de l'instant où je m'étais endormi. À en juger par la clarté qui se reflétait sur les murs de la chambre, le soleil devait être près du zénith.

Mes yeux se refermaient déjà, me ramenant dans les catacombes du sommeil, où personne n'est responsable de ses problèmes, quand je pris conscience d'une légère pression sur le haut de mon estomac. Encore somnolent, je tentai d'écarter cette gêne et la paume de ma main entra en contact avec un petit objet anguleux.

Je le rattrapai du bout des doigts, juste avant qu'il ne tombe, tout en me redressant.

Je ne pouvais pas en croire mes yeux.

Je contemplai longuement le petit carnet de moleskine avant de me risquer à l'ouvrir. C'était bien celui que j'avais oublié à Cadaqués. Mais comment était-il arrivé jusqu'ici ?

J'explorai la chambre du regard. Tout était comme je l'avais laissé la veille. Tout, à l'exception de ce calepin qui s'était matérialisé sur mon ventre.

Je libérai la couverture noire de son élastique pour confirmer ce que je savais déjà : c'était bien mon écriture qui remplissait les pages.

31

Cinq questions

Tôt ou tard, la théorie est
assassine pour l'expérience.

Albert EINSTEIN

Après être resté un quart d'heure perplexe dans le lit, j'avais fini par me lever et par faire ma valise pour quitter l'hôtel Duga aussi vite que possible. Je ne tenais guère à m'attarder dans un endroit où des morceaux de mon passé se matérialisaient, encore moins lorsqu'ils étaient rattachés à un crime.

Cependant, la réponse au mystère du carnet se trouvait de l'autre côté de la porte. Et elle avait un nom et un prénom : Sarah Brunet.

En ouvrant, je tombai nez à nez avec un fantôme en chair et en os : la disparue de Belgrade avait fini par me retrouver et respecter sa promesse à une vitesse quantique.

Elle portait un tailleur écru fort élégant et paraissait tout à fait détendue.

— Où vas-tu avec cette valise ? me demanda-t-elle avec un sourire moqueur.

— Loin d'ici.

— L'hôtel ne te plaît pas ?

— C'est ce qui se passe qui ne me plaît pas, dis-je en posant mon bagage avant de commencer l'interrogatoire.

Pourquoi as-tu quitté la suite de Jensen sans me prévenir ? Qui était l'intrus que tu as repéré à la fête ? Pourquoi n'as-tu rien fait pour empêcher…

— Trop de questions d'un coup. Je peux t'inviter à déjeuner ? Tu as besoin de reprendre des forces, je connais un bon restaurant. Si j'étais toi, je laisserais cette valise ici pour l'instant. Nous devrons peut-être passer une nuit de plus à Novi Sad.

Elle fit un signe de tête vers l'ascenseur et m'offrit le bras. J'acceptai, même si j'étais furieux pour des raisons plus ou moins avouées.

— Où es-tu descendue ? lui demandai-je dans la cabine.

— J'ai pris une chambre voisine de la tienne, au cas où il faudrait encore nous enfuir.

J'étais curieux de savoir où elle avait passé la nuit, si c'était elle qui avait suivi mon taxi depuis Belgrade, mais je réservais la batterie de questions pour après le repas. Je devais au moins reconnaître qu'elle avait raison sur un point : j'étais mort de faim.

Le Gusan était une brasserie installée dans un des locaux les plus anciens de Novi Sad. Le bâtiment original était une prison, mais depuis, il avait abrité des studios d'artistes et de photographes, ainsi que le Korzo, le tout premier cinéma de la ville. De nos jours, c'était une taverne très fréquentée, spécialisée dans la viande grillée, et où la bière coulait à flots.

Après avoir nettoyé mon assiette, je m'apprêtais à siroter ma troisième chope de bière en interrogeant mon élégante convive, qui semblait vêtue comme pour une réception. Cependant, elle jugea bon de m'adresser un avertissement avec le sourire :

— Pour aujourd'hui, je t'accorde seulement cinq questions. Comme tu peux l'imaginer, on a du boulot.

Je pris une profonde inspiration avant de commencer.

— Ceci n'est pas une question, mais une supposition, et j'espère que tu me diras si j'ai raison. D'après ce qui s'est passé ce matin, j'imagine que tu as récupéré le calepin que j'avais oublié chez Yoshimura et que tu l'as gardé depuis. Après avoir fouiné à ton aise dans mes notes personnelles, tu as décidé de me le rendre pendant que je dormais pour me flanquer une bonne trouille. Je me trompe ?

— C'est exact, dit-elle en passant ses longs doigts dans sa frange noire. Bon, deuxième question...

— Pourquoi as-tu gardé mon carnet si longtemps ?

— J'aime bien savoir avec qui je travaille. Ce calepin est un fidèle reflet de ce que tu es. Maintenant, je sais que je peux te faire confiance, Javier. Nous irons ensemble au bout de cette histoire.

Un serveur déposa deux verres de *rajika*, l'eau-de-vie locale, sur la table. C'était délicieusement froid. Je pris une petite gorgée de liqueur, oubliant un instant ce qui s'était passé pendant le symposium de Jensen.

— Le problème, c'est que je ne sais pas si je peux me fier à toi. J'ignore qui tu es, pour qui tu travailles et ce que tu attends de moi.

— Ça fait trois questions, précisa-t-elle en approchant le petit verre de ses lèvres pulpeuses. Juste ce qu'il te reste.

— Dans ce cas, je n'en poserai qu'une. Pour qui travailles-tu ?

— Pour mon compte. Je ne suis pas une salariée comme toi. J'ai également reçu une proposition de Princeton, mais je n'ai pas signé le contrat. La biographie de Yoshimura ne m'intéresse pas, pas plus que celle d'un autre, d'ailleurs. J'ai mes propres raisons.

J'étais tenté de lui demander quelles étaient ces fameuses raisons, mais des questions d'ordre plus pratique me préoccupaient davantage.

— Comment as-tu su que j'étais descendu au Duga ? Tu m'as suivi ? Tu étais dans cette voiture qui a fait marche arrière sur la route ?

Sarah vida la moitié de son verre de *rajika* avant de répondre.

— Je vais compter toutes ces questions comme une seule, parce que c'est la quatrième. Je ne t'ai suivi à aucun moment, mais ça n'a pas été très compliqué de te retrouver. Il n'y a pas tant d'hôtels que ça à Novi Sad. Il m'a suffi d'une heure au téléphone pour te localiser. Je me suis fait passer pour ta femme, c'est comme ça qu'ils m'ont donné la clé de ta chambre.

— Et le réceptionniste n'a pas trouvé curieux qu'une épouse prenne une chambre à côté de celle de son mari ?

— Ce sera ta cinquième question.

— Je m'en fiche. De toute façon, je n'attendais pas grand-chose de cet interrogatoire.

— Allez, ne fais pas ta mauvaise tête et demande quelque chose qui vaille la peine.

Puis, elle trinqua avec moi et vida son verre d'un trait. Elle semblait être dans le même état d'esprit qu'en cette déjà lointaine nuit de Berne. Une fois de plus, je mesurais à quel point je connaissais peu celle à qui je m'étais associé. L'idée était modérément appréciable.

— La cinquième question va concerner le travail, annonçai-je. Que diable sommes-nous venus faire à Novi Sad ? Hormis boire et manger au Gusan, bien sûr.

Sarah me caressa doucement la main, le regard brillant d'enthousiasme.

— Nous devons rencontrer une demi-sœur de Lieserl. Elle est centenaire et de santé plutôt fragile, mais j'ai réussi à obtenir un rendez-vous pour ce soir. Son fils parle anglais, il sera avec elle, nous n'aurons donc pas besoin de traducteur.

— Et Mileva ?

— Justement, j'espère que sa tante nous conduira à elle.

32

La relativité du succès

Un expert est une personne qui a commis toutes les erreurs possibles dans un domaine déterminé.

Niels BOHR

Il restait encore quatre heures avant l'entrevue avec Tea Kaufler, la demi-sœur centenaire de Lieserl. Après mon bref interrogatoire, tout ce que j'avais réussi à tirer de Sarah était qu'elle avait promis au fils une compensation financière pour le dérangement causé par notre visite. Nous devions nous rendre au domicile de la vieille dame à huit heures et demie.

En sortant du restaurant, mon associée dans cette aventure déraisonnable adopta de nouveau une attitude froide et distante. Comme si elle préparait mentalement l'assaut qui aurait lieu cette nuit.

Entre le manque de sommeil et l'excès d'alcool, j'étais trop fatigué pour m'inquiéter des humeurs d'autrui et je décidai de passer la soirée à ma manière dans le centre de Novi Sad. Au rayon anglais d'une librairie, j'avais acheté un exemplaire de l'édition de poche d'*Une histoire de tout, ou presque...*[6], un célèbre essai de vulgarisation rédigé par un journaliste anglais.

---

6. *A Short History of Nearly Everything*, Bill Bryson, trad. Françoise Bouillot, Payot, 2007.

Je souhaitais relire le chapitre intitulé « L'Univers d'Einstein », où figuraient plusieurs anecdotes qu'on ne trouvait pas dans d'autres livres. La plus amusante faisait référence à la manière dont Einstein devint mondialement célèbre. Il s'agissait d'un événement équivoque qui s'était déroulé en 1919, deux ans avant qu'il ne reçoive son premier prix Nobel.

Tout aurait commencé quand la rédaction du *New York Times* avait décidé de faire un reportage sur Einstein. On lui envoya un correspondant disponible, un certain Henry Crouch, chargé de la rubrique golf du magazine. L'homme n'avait pas la moindre notion scientifique et comprit tout de travers. Parmi les erreurs les plus criantes, il avait écrit qu'Einstein avait rencontré un éditeur assez audacieux pour publier un ouvrage que « seuls douze hommes dans le monde pouvaient comprendre ». Bien sûr, il n'y avait ni livre, ni éditeur, ni un tel cercle de génies, mais l'idée enchanta les lecteurs. La difficulté est toujours séduisante.

L'imagination populaire réduisit ces douze esprits privilégiés à trois, en comptant Einstein. L'un d'eux était l'astronome britannique Arthur Eddington. Quand on lui demanda son avis sur la question, il prit le temps de la réflexion avant de répondre : « J'essayais de trouver qui pouvait bien être la troisième personne. »

Un éclair bleu me tira de ma lecture. Comme si une caméra de sécurité avait capté un signal d'alerte depuis la périphérie de mon champ de vision. La couleur artificiellement intense me fit lever les yeux.

C'est alors que je la vis.

Elle marchait d'un pas rapide et se perdait déjà dans la foule des passants, mais ces couettes bleues ne laissaient aucune place au doute. Lorelei était là, attentive à tous mes faits et gestes. Je ne savais pas qui l'envoyait, ni quel rôle elle jouait dans cette machination. Elle était sans doute dans la mystérieuse voiture qui m'avait suivi cette nuit sur la route de Novi Sad.

Je laissai le montant de l'addition sur la table pour lui courir après, bousculant les passants. Je voyais ses jambes gainées d'un fuseau vert enfoncé dans des rangers avaler le trottoir pendant qu'elle écartait tous ceux qui se trouvaient sur son passage.

Tandis que je rattrapais de justesse un vieil homme que j'avais poussé un peu vivement et qui me maudit en serbe, Lore avait déjà atteint la chaussée et hélé un taxi. Elle s'engouffra dans la voiture. J'arrivai juste à temps pour la voir démarrer, le visage de sa passagère collé à la vitre arrière.

Avant que le véhicule ne se fonde dans la circulation, elle leva la main pour mimer un pistolet et fit mine de tirer deux fois dans ma direction, tout en me regardant fixement. Nul doute sur la signification de son geste. « Bang, bang. Je vais te tuer… Et le moment venu, j'aurai un vrai pistolet. »

Cette nouvelle rencontre avec Lorelei la situait définitivement dans le clan ennemi. Celle qui par deux fois avait croisé mon chemin et qui m'était apparue jusqu'ici comme une adolescente excentrique était manifestement notre poursuivante.

Même si j'ignorais l'identité de son commanditaire et ce qu'elle se proposait de faire, je me souvenais qu'elle n'avait pas hésité à stopper un train en circulation. Elle était vraiment prête à tout.

Deux heures avant notre rendez-vous, j'entrai dans un cybercafé pour tâcher de trouver quelques informations sur ce petit monstre aux couettes bleues. Il était peu probable qu'elle m'ait donné son vrai nom, mais je fis tout de même une vérification de routine en entrant « Lorelei + Zurich + "Cabaret Voltaire" ».

Le résultat fut aussi extravagant que le personnage. Pour une étrange raison, l'algorithme de Google me conduisit vers un club de Los Angeles appelé Part Time Punks, « punks à temps partiel ». La liste des morceaux interprétés dans la salle depuis sa création figurait sur la gauche de la page d'accueil. Je dus descendre en bas de cette énumération pour arriver au 13 janvier de l'année précédente. Cette nuit-là, un groupe de Virginie baptisé Lorelei avait joué un morceau intitulé *Inside the Crime Lab*, « Dans le labo du crime », ce qui n'avait rien de précisément rassurant.

En tout cas, ça ne m'apprenait pas grand-chose, hormis les intentions de celle qui avait choisi ce surnom.

33

La nuit de Tea

> Je ne suis terrorisé ni par mon ignorance, ni par mon errance sans but dans l'univers mystérieux car telle est la réalité.
>
> Richard FEYNMAN

La demi-sœur de Lieserl vivait dans les environs de Novi Sad, au bout d'un bosquet solitaire près d'un étang à sec.

Apparemment, Tea avait été la dernière fille biologique d'Helene Kaufler Savić, la femme qui avait adopté Lieserl avant le mariage de Mileva et Einstein. Ce qui était arrivé par la suite était un mystère que j'espérais résoudre cette nuit.

Un homme d'âge mûr aux cheveux châtains et à l'air farouche nous ouvrit la porte. Après s'être présenté sous le nom de Milos, il nous salua et nous tendit sa grosse main d'agriculteur. Il s'exprimait dans un anglais compréhensible.

— Ma mère vous attend dans le salon. Ne la bousculez pas trop, elle n'a pas eu une très bonne journée.

Avant de quitter l'entrée, Sarah lui remit une enveloppe. L'homme la plia en deux avant de la ranger dans la poche de sa veste sans plus de manières.

La petite demeure de Tea Kaufler abritait une collection dépareillée de souvenirs qui accumulaient la poussière et le ressentiment. Un portrait du maréchal Tito trônait sur une des cloisons tapissées de papier peint du couloir, tout comme plusieurs photographies d'un partisan à la grosse moustache, sans doute apparenté à l'occupante des lieux.

Milos nous fit traverser un salon chichement éclairé où je pus distinguer une affiche qui portait la légende : VISIT YOUGOSLAVIA. Sur l'image, deux filles à l'expression joyeuse trinquaient sur fond de citadelle de Dubrovnik, dans la Croatie actuelle.

La chambre sentait le renfermé et l'urine de chat.

Visiblement émue, Sarah me prit le bras quand nous nous approchâmes du fauteuil à bascule dans lequel une vieille femme aux cheveux ras semblait dormir, une mince couverture posée sur les genoux.

— Elle est aveugle, mais elle sait parfaitement que vous êtes ici, me glissa le fils à l'oreille.

Une minute plus tard, il revint, portant quatre verres de *rajika* sur un plateau. La vieille dame captura celui qui lui était destiné avec une précision remarquable. Elle approcha l'eau-de-vie de ses lèvres en inspirant à grand bruit par le nez, comme si elle appréciait l'arôme des prunes dont on avait tiré l'alcool.

— *Kako*... murmura-t-elle d'une voix cassée.

Ce n'était pas elle qui m'avait communiqué le nom du Cabaret Voltaire, et il était peu probable que ces mains aient rédigé les lettres. Néanmoins, pour l'instant, Tea Kaufler était tout ce que nous avions pour tenter d'emboîter quelques pièces du casse-tête.

Milos parlait doucement à l'oreille de sa mère, qui hocha la tête avec quelques grognements. Ensuite, elle nous regarda pour nous faire comprendre que l'entrevue pouvait commencer.

Je laissai l'initiative à Sarah. Les mains étroitement croisées dans son giron, elle salua d'abord la centenaire et la remercia de nous accorder son attention.

— Nous vous rendons visite parce que nous travaillons à une biographie d'Einstein et nous aimerions mieux comprendre certains liens familiaux.

Milos traduisit la question. La vieille dame prit un air indigné en entendant le nom du physicien et lança quelques mots serbes qui évoquaient nettement des jurons.

— Ma mère ne tenait pas Einstein en grande estime, dit-il. Elle ne lui a jamais pardonné de ne pas avoir daigné faire la connaissance de sa fille.

— Vous avez connu Lieserl ? intervins-je en m'adressant à lui.

— Je m'en souviens très vaguement. D'après ma mère, c'était une femme très jolie. À la fin de la Seconde Guerre mondiale, elle s'est établie aux États-Unis et n'est jamais revenue.

Sarah intervint à son tour.

— J'imagine que les demi-sœurs sont restées en contact par télégramme ou par téléphone. Pouvez-vous demander à votre mère si Lieserl a fini par rencontrer son père aux États-Unis ?

La vieille dame écouta la question tout en sirotant bruyamment son eau-de-vie. En comprenant de quoi il s'agissait, elle secoua la tête.

— *Nema, nema, nema...*

Ensuite, elle se lança dans une longue péroraison que son fils recueillit avec des murmures d'approbation. Milos prit une grande inspiration avant de commencer à traduire.

— Lieserl n'avait aucun intérêt à connaître le père qui l'avait abandonnée. Surtout après la manière dont il avait traité Mileva, avec laquelle elle était d'ailleurs restée en relation. Elle est partie à Boston retrouver un soldat américain dont elle était tombée amoureuse dans un camp de réfugiés de Trieste où elle travaillait comme infirmière.

La déception se lisait sur le visage de Sarah. Cette version des faits ne cadrait pas avec l'hypothèse que nous avions échafaudée au prix de tant d'efforts. Mais j'insistai tout de même.

— Pouvez-vous lui demander si Lieserl a eu une fille aux États-Unis ? Une fille baptisée Mileva, peut-être ?

Milos transmit la question à la vieille dame, qui émit un bref ricanement. Puis elle lança trois ou quatre phrases d'un ton irrité. De toute évidence, l'entrevue commençait à la fatiguer.

L'homme se retourna vers Sarah.

— Ma mère ne sait pas grand-chose. Lieserl a eu un fils avec le soldat, qu'elle a prénommé David. Puis le couple a divorcé et ma mère a perdu le contact avec sa demi-sœur. Elle a appris que Lieserl avait accepté un poste d'infirmière à New York. Ensuite, plus rien.

Compte tenu des circonstances, il était préférable de mettre fin à la conversation, mais Sarah pria Milos de poser une dernière question à la vieille dame. Elle voulait savoir si, avant sa mort, Einstein avait essayé d'offrir une compensation quelconque à sa fille, Lieserl, comme il l'avait fait avec Mileva après avoir obtenu le Nobel.

Tea Kaufler écouta la question avec agacement.

— Le dernier cadeau d'Einstein à Lieserl, après l'avoir méprisée comme un insecte, fut de délaisser Mileva pour se marier avec sa propre cousine.

Après avoir traduit ces paroles, l'homme de la maison nous invita à partir. Il nous avait appelé un taxi qui attendait déjà devant la porte.

Sur la banquette arrière, Sarah et moi échangeâmes un regard déçu. Nous étions dans une impasse. Pendant que nous regagnions le centre-ville de Novi Sad, elle poussa un soupir.

— Et maintenant ?

34

Messages d'Amérique

> En méditant sur notre vie et notre travail, nous nous rendons compte que nos actes et nos désirs sont presque tous en relation avec d'autres personnes.
>
> Albert EINSTEIN

Nous avions atterri au Ognjiste, un restaurant traditionnel serbe, tables rustiques et troncs en guise de poutres. L'entrevue avec Tea avait donné des résultats contrastés.

Du côté positif, nous avions appris que Lieserl avait vécu sur la côte est des États-Unis, elle n'était donc pas la Zorka Savić qui avait résidé en Serbie jusqu'à la fin des années quatre-vingt-dix. Sa présence sur le continent nord-américain aurait facilité la tâche d'Einstein s'il avait voulu lui remettre l'ultime réponse. Pour finir, nous savions que Lieserl avait peut-être eu un fils. Si ce David existait, il vivait sans doute aux États-Unis et pouvait représenter une précieuse source d'informations.

Côté mauvaises nouvelles, Lieserl n'avait jamais voulu entendre parler de son père. Évidemment, c'était compréhensible, mais cela réduisait les chances qu'elle ait été choisie comme dépositaire du secret. Néanmoins, même si père et fille ne s'étaient jamais rencontrés, en admettant que quelque chose lui ait été destiné dans le testament d'Einstein, Lieserl aurait certainement fini par recevoir son héritage. En revanche, ce qu'elle avait fait de son legs, c'était une tout autre question.

Après avoir affronté au couteau et à la fourchette une énorme grillade de viande – le fameux *cevapi* serbe –, je tranchai dans le vif du sujet.

— À notre connaissance, aucun descendant direct de Lieserl ne vit en Serbie, ce qui ne cadre pas avec la révélation de Jensen. Les Danois mangent peut-être les pissenlits par la racine à cause d'une formule qui sort d'on ne sait où.

— Mais Mileva a gardé le contact avec son pays natal, fit remarquer Sarah. On ne peut pas écarter l'hypothèse qu'un brouillon de son mari soit resté au fond d'un tiroir à Belgrade ou à Novi Sad. Surtout si elle l'aidait dans les calculs mathématiques. Au moment où une de ces maisons a été vidée, le document a pu atterrir entre les mains d'un collectionneur qui l'aurait récemment mis sur le marché.

— C'est une bonne explication, mais à la fin de son discours Jensen avait promis que dans deux jours il révélerait tout sur cette dernière formule en compagnie de Mileva en chair et en os, la prétendue petite-fille d'Einstein.

— C'est peut-être le mobile du crime, souligna Sarah. Jensen et les siens étaient en relation avec une personne, peut-être notre Mileva, dont quelqu'un tient beaucoup à garder l'existence secrète. La grande question, c'est pourquoi ?

Je me servis un verre de blanc, comme si ce rare cru sec de Hongrie – en général, les vins de Tokay sont doux – pouvait dissoudre quelques-uns des doutes qui s'accumulaient dans notre enquête.

— Avant de mourir, Jensen a assuré que la formule $E = ac^2$ possédait un pouvoir supérieur à celui de la bombe atomique. C'est une raison largement suffisante pour que quelqu'un projette de développer des applications technologiques de cette formule sans les partager avec le reste de l'humanité.

— Tout à fait d'accord avec toi. De toute façon, nous avons deux preuves que la Mileva que nous recherchons ne se trouve pas en Serbie. D'abord, il y a ce que nous venons d'apprendre de la bouche de Tea Kaufler. Ensuite, le fait que la personne dont parlait Jensen ait besoin de deux jours pour arriver à Belgrade implique un voyage intercontinental.

— Oui, c'est le temps qu'il faudrait pour venir des États-Unis, avec les fuseaux horaires contraires et plusieurs correspondances. Donc s'il y a quelqu'un d'important dans toute cette histoire, nous devons traverser l'Atlantique pour l'atteindre.

Sarah reçut ma conclusion comme une proposition, elle me prit la main et la porta à ses lèvres. Ce léger baiser fit battre mon cœur plus vite.

Pour dissimuler mon trouble, je tentai de revenir à la conversation.

— Quand penses-tu que nous devrions partir aux États-Unis ?

Avant de répondre, elle planta son regard bleu dans le mien.

— Dès demain.

La chambre pour adolescents de l'hôtel Duga ne semblait pas le lieu le plus approprié pour abriter une nuit romantique, mais le vin et la perspective de quitter la vieille Europe nous avaient grisés.

Nous fîmes le chemin à pied, la main dans la main. La veste de tailleur ajustée donnait à Sarah l'allure d'une cadre supérieure venue dans l'Est pour liquider quelque obscur marché. Et ce n'était pas si éloigné de la vérité.

Il était minuit passé et les rues de la capitale de Voïvodine s'étaient vidées. Seul le bruit de nos pas titubants rompait le silence d'une ville peut-être trop parfaite.

À l'hôtel, le réceptionniste au double menton n'était pas là et nous dûmes prendre nos clés nous-mêmes. Ensuite, nous entrâmes dans l'ascenseur pour notre modeste ascension de deux étages.

Sarah ne semblait pas aussi ivre qu'à Berne, mais elle était en pleine transformation. La femme froide et impénétrable avait de nouveau cédé le pas à la reine de la frivolité. Avant d'arriver à destination, elle appuya sur le bouton stop. La cabine s'arrêta d'un coup sec et vibra quelques secondes comme si elle allait se disloquer.

— Tu as peur ?

Son regard bleu fiché dans le mien brillait d'une lueur de défi, nos nez se frôlaient.

— Je n'aimerais pas passer la nuit dans l'ascenseur, même accompagné d'une dame aussi enchanteresse que toi, dis-je en me souvenant de ma claustrophobie.

Là-dessus, je pressai le bouton du deuxième étage. L'expression joueuse de Sarah se teinta de déception lorsqu'elle constata que la cabine redémarrait.

— Ce que tu peux être rasoir, me dit-elle d'un ton puéril.

Elle ferma les yeux en sortant de l'ascenseur.

— Guide-moi jusqu'à ta chambre.

Je ne savais pas si cette proposition avait le sens que j'imaginais, mais je refusais de me couvrir une fois de plus de ridicule. Comme un père qui ramène sa fille au bercail, j'ouvris la porte tout en maintenant Sarah d'une poigne ferme de l'autre main.

Mais, en allumant la lumière, je fus confronté à quelque chose de pire que l'ascenseur immobilisé. La chambre était sens dessus dessous, le contenu de ma valise éparpillé partout. Même les matelas avaient été arrachés des sommiers.

Le manuscrit et l'ordinateur avaient disparu.

35

L'attaque

> Les grands périls ont leur beauté, car ils font naître la fraternité entre étrangers.
>
> Victor HUGO

— Il semblerait que nous ayons eu de la visite, dis-je en évaluant l'ampleur des dégâts.

Visiblement impressionnée par le spectacle, Sarah s'appuya contre le mur pour examiner la pièce.

Un intrus avait exploré tous les recoins de la chambre, jusqu'au moindre centimètre carré de moquette, à la recherche de quelque chose qu'il n'avait pas trouvé. En revanche, il avait emporté l'ordinateur et le manuscrit.

Après avoir remis mon linge sale dans la valise saccagée, je la refermai et m'assis sur le couvercle. De son côté, Sarah s'installa sur un des lits et me regarda avec compassion.

— Tu as perdu ton boulot, pas vrai ?

— Ce serait la deuxième fois en moins d'une semaine. Heureusement, j'ai tout sauvegardé là-dessus, dis-je en sortant de ma poche une clé USB. Et j'ai aussi une copie du manuscrit.

— Mais tu n'as pas d'ordinateur, rappela-t-elle.

— Je peux en acheter un demain, mais j'ai bien peur que le clavier ne soit en caractères cyrilliques.

Nous échangeâmes un sourire qui se transforma en un éclat de rire idiot, de ceux qui vous viennent quand rien ne semble se passer comme il faut.

— Tu l'achèteras à New York, suggéra Sarah. C'est notre prochaine étape.

Au milieu de cette conversation détendue, un peu trop par rapport aux récents événements, je me rendis compte que nous avions omis de vérifier quelque chose de fondamental.

— Et ta chambre ?

— Tout va bien. Le voleur n'y est pas entré. Il ignorait sans doute que j'étais descendue ici.

— Qu'est-ce qui te permet d'être aussi affirmative ? demandai-je, sceptique.

— Suis-moi et tu verras.

Pendant que j'accompagnais Sarah, je me rendis compte que l'ivresse avait laissé place à une terrible migraine. Avant d'introduire la clé dans la serrure, elle me montra son mobile.

— Regarde ce qui se passe si je ne désactive pas l'alarme.

Ensuite, elle déverrouilla la porte. Lorsque le battant s'ouvrit, le téléphone se mit à vibrer en émettant une sirène sonore. Elle coupa le signal d'alerte en poussant un bouton, avant d'allumer dans la chambre.

Comme elle l'avait annoncé, tout était à sa place. Bien sûr, il y avait des vêtements éparpillés sur le sol, mais ce n'était dû qu'aux mœurs de la locataire.

Le dispositif de sécurité se résumait à un petit transmetteur collé à la poignée de la porte. Je compris qu'en captant le mouvement l'appareil activait automatiquement l'alarme sur le mobile de Sarah.

— Tu es une femme prévoyante. Et maintenant ?

— Allons interroger le réceptionniste. Il faut découvrir qui nous suit à la trace.

— J'ai déjà ma petite idée, mais allons-y.

L'homme au double menton avait repris son poste, la moitié de sa tête disparaissait sous un bandage. L'écouteur du téléphone collé à l'oreille, il nous jeta un regard furieux.

— *Policija*, murmura-t-il.

Il ajouta deux phrases, dont nous ne reconnûmes que le nom de l'hôtel, puis il raccrocha.

La situation tournait au vinaigre, j'étais bien content que nous ayons descendu nos bagages.

— Quelqu'un est entré dans ma chambre, dis-je sur la défensive.

— Et j'ai reçu un coup de batte de base-ball sur la tête, si ça peut vous consoler, répondit-il, les yeux injectés de sang. Votre petite amie a une drôle de manière d'obtenir ce qu'elle veut.

— Ma petite amie ? De quoi parlez-vous ?

Je savais parfaitement qui était derrière tout ça, mais je n'étais pas prêt à admettre le moindre lien avec cette cinglée.

— En apprenant que vous n'étiez pas là, elle m'a dit qu'elle allait vous attendre dans votre chambre. Je lui ai expliqué que ce n'était pas possible. Personne ne peut entrer sans être enregistré, encore moins dans la chambre d'un client. On n'a pas discuté beaucoup plus, parce qu'elle a sorti une batte de son sac et m'en a flanqué un coup sur la tête. Quand j'ai repris connaissance, j'ai dû aller à l'hôpital et ils m'ont fait des points de suture.

À cet instant, une voiture de police se gara devant l'hôtel. Deux agents en uniforme bleu ciel en descendirent. Pendant les dix secondes qu'il leur fallut pour arriver à la réception, Sarah réalisa une négociation éclair.

— Combien, pour ne pas nous mêler à cette histoire ? chuchota-t-elle.

— Comment ? demanda l'homme, effrayé.

Elle tira deux billets de cinq cents euros de son sac et les fourra d'un geste vif dans la poche de l'employé. Les agents s'annonçaient déjà à l'entrée, pendant qu'elle lui glissait ses instructions à l'oreille d'une voix hypnotique :

— Nous n'avons rien à voir avec tout ça, d'accord ? Dites-leur que celle qui vous a agressé n'a pas réussi à monter dans les chambres.

Le regard de l'homme alla de Sarah aux policiers. Puis il porta la main à sa poche, comme pour vérifier la présence des deux gros billets. Le teint plus vif, il se mit à vociférer en serbe en montrant son gros bandage.

Un des policiers nous examina avec attention tout en interrogeant le blessé, qui lui répondit quelque chose comme :

— *Goste su.*

Le réceptionniste avait dû respecter sa part du marché, car l'agent nous salua en portant la main à sa tempe.

Nous quittâmes l'hôtel, laissant les policiers recueillir le témoignage de l'employé. Il leur donnerait sans doute une description détaillée de la délinquante aux cheveux bleus, qui devait préparer sa prochaine manœuvre en ce moment même.

Tout comme nous.

Le mieux était de quitter le pays avant que les choses ne se compliquent davantage. L'alcool avait marqué le visage pâli de Sarah, ses paupières se faisaient de plus en plus lourdes.

— Tu veux que nous cherchions un autre hôtel ? suggérai-je.

— Il vaudrait mieux s'abstenir, soupira-t-elle. Novi Sad n'est plus un endroit sûr pour nous.

— Où allons-nous, alors ?

— Aux États-Unis.

TROISIÈME PARTIE

EAU

L'Eau est l'élément de l'émotion et du subconscient.

Elle symbolise l'amour, les sentiments positifs, l'amitié,
le pardon, la compassion, la générosité, le dévouement,
l'ouverture du cœur, la joie, et la foi.

C'est d'elle aussi que relèvent les passions, la douleur
et le plaisir des sentiments, les peurs et les aspirations,
l'espérance et la désespérance, l'ésotérisme
et l'appartenance à un monde psychique.

L'Eau est l'élément essentiel dans les rituels d'épuration
et de fertilité.

Sans Eau, il n'y aurait pas de vie.
L'Eau l'abrite et la transporte.

C'est l'élément du cœur. Le sang est liquide
et les larmes sont composées d'Eau, une composition
qui varie en fonction de la joie et de la tristesse
qui s'expriment en elles.

36

La vie secrète du génie

> Lorsqu'on est amoureux, on commence souvent par se tromper soi-même, et on finit par tromper l'autre. C'est ce que le monde appelle une histoire d'amour.
>
> Oscar WILDE

Un vol partait de Belgrade à destination de Munich, où nous prendrions une correspondance pour New York. L'avion décollait à 6 h 45, et compte tenu des circonstances, nous avions estimé qu'il était mieux de nous rendre en taxi à l'aéroport Nikola-Tesla, qui desservait la capitale.

À l'arrière d'une vieille Mercedes, je me dis qu'un sort devait me vouer à traverser la Serbie au petit matin. Les vastes champs que j'avais longés à l'aller me paraissaient maintenant moins désolés, peut-être parce que cette fois Sarah dormait, la tête posée sur mes genoux.

Bien sûr, je n'oubliais pas cette scène si semblable qui s'était déroulée dans la Flèche rouge russe et avait connu une fin tragique, mais mon cœur battait avec allégresse pendant que j'écoutais son souffle profond.

Avoir celle que l'on commence à aimer endormie sur ses genoux, alors qu'on roule à l'aube, au milieu de nulle part, voilà pour moi une bonne définition du bonheur.

Quand le Boeing 735 traversa les premiers nuages, Sarah me prit la main et m'adressa un sourire que je ne sus interpréter. C'était l'expression d'une joie ingénue, celle d'une personne qui rentre enfin à la maison après un long voyage.

Pour ma part, je n'avais pas le sentiment de regagner un havre de paix. Au contraire, à mesure que nous avancions dans cette aventure, je me sentais de plus en plus perdu, aussi bien dans ma mission qu'en ce qui concernait le sens même de ma vie.

La voix veloutée de Sarah me tira de mes réflexions.

— J'ai trouvé Tea dure avec Albert. Ça ne m'a pas plu.

— Pourquoi ? répondis-je, intrigué. Tu trouves qu'il a bien traité Mileva ?

— Absolument pas. Mais c'est injuste de le juger sur une époque de sa vie qui a dû être très difficile.

— Je lirais volontiers le passage sur la cousine, mais je dois attendre de récupérer un portable pour rouvrir le manuscrit.

Sarah but une gorgée de son thé.

— Si tu tiens à ce genre de potins, je peux te raconter ça moi-même. Au fond, je travaille depuis plusieurs années à cette thèse consacrée à Mileva Marić et j'ai pu constater que de nombreuses informations n'apparaissent dans aucun livre.

— L'éditeur du manuscrit parlerait de « lacunes ».

— Eh bien, disons qu'il me reste encore une fosse à remplir pour comprendre le vrai rôle de Mileva dans les théories d'Albert. On a beaucoup appris sur leur vie intime ces derniers temps, surtout depuis que leur correspondance a été mise aux enchères chez Christie's, près de quatre cent trente lettres retraçant les bons et les mauvais moments. Certaines étaient terribles. Par exemple, à une époque où leur union s'était déjà dégradée, Einstein a proposé à son épouse trois conditions pour poursuivre la vie commune : renoncer à toute relation personnelle avec lui, quitter la chambre sans protester chaque fois qu'il le lui demanderait et s'assurer que le lit était toujours fait.

Je commandai un deuxième café avant de me confronter à l'étudiante de doctorat.

— Voilà vraiment un truc qui m'a toujours énervé chez les intellectuels comme toi. Tu serais prête à écorcher vif un pauvre type qui aurait sorti un commentaire susceptible d'être considéré comme machiste. Mais les génies comme Picasso ou Einstein qui ont maltraité leurs compagnes en les poussant aux limites du suicide, vous leur passez tout.

— C'est peut-être parce que l'apport de ces individus à l'humanité, femmes incluses, fait qu'on peut leur pardonner leurs cruautés domestiques. En revanche, les types comme toi ne peuvent mettre que leurs actes ordinaires dans la balance.

Sarah compensa la dureté de l'attaque en me gratifiant d'un doux baiser sur la joue. Je ne quittai pas mon air offensé avant d'en avoir reçu un second, cette fois plus proche des lèvres. Décidément, je me conduisais comme un gamin.

— Le côté positif de ces lettres est qu'elles renforcent la théorie selon laquelle Mileva aurait été très impliquée dans les articles de son mari, avec ou sans l'aide de Tesla, continua-t-elle. Par moments, Einstein s'adresse à son épouse en employant l'expression « notre travail », comme s'il faisait allusion à une tâche commune. Cela expliquerait aussi qu'il lui remette le montant du prix Nobel en 1921, alors que le couple était déjà séparé et que l'inimitié entre eux était manifeste.

— Il lui a peut-être donné l'argent parce qu'il s'était comporté comme un crétin, pour reprendre les termes de Tea, et avait mauvaise conscience.

— Einstein n'avait pas ce genre de problèmes, répondit-elle d'un ton sans réplique. Je verrai plutôt ça comme une reddition de comptes pour un travail accompli ensemble, mais dont il a été le seul à bénéficier de la gloire.

— Peu importe. Comme tu l'as dit toi-même, je ne suis qu'un homme vulgaire, intéressé par les ragots. Que s'est-il passé avec la cousine ?

— C'est une longue histoire.

— Du temps, on en a en pagaille dans cet avion. Si tu n'as pas fini d'ici Munich, nous pourrons continuer sur le vol de New York.

Sarah me donna un coup de coude, histoire de retenir mon attention.

— Je te raconterai, si tu écoutes en silence, sans commentaires impertinents.

Je levai la main pour prêter serment.

— Les choses ont commencé à aller de travers quand les Einstein se sont installés à Berlin en 1914. Mileva n'aimait pas la ville. De plus, elle soupçonnait l'existence d'une relation amoureuse entre Albert et sa cousine Elsa Löwenthal, qui était en effet la maîtresse occasionnelle du physicien depuis deux ans. Il écrivait à Elsa des gentillesses du genre : « Je traite ma femme comme une employée dont je ne peux me séparer. »

— Plein de considération…

— Lorsque Mileva apprit les liens qui unissaient Albert à sa cousine, le mariage sombra définitivement, Einstein écrivit la fameuse lettre détaillant les trois conditions à la poursuite de leur vie commune. Mileva était sur le point d'accepter, mais se ravisa en recevant une nouvelle missive de son mari. Il révélait qu'il n'y avait jamais eu de véritable camaraderie entre eux, que leur mariage devait être considéré comme une relation d'affaires qui ne nécessitait pas de contacts personnels. Dans cette lettre, il terminait en disant : « Je te garantis que mon attitude envers toi sera correcte, comme je le serais envers une étrangère. »

À ce moment, l'avion entama les manœuvres d'atterrissage sur l'aéroport Franz-Josef-Strauss de Munich.

— Et comment ça s'est terminé ? la pressai-je. Allez, ne me laisse pas sur le gril.

Sarah inspira profondément, sa poitrine se gonfla.

— Bien sûr, Mileva était une femme intelligente et n'accepta pas ce chapelet de sottises. Elle décida de divorcer et emmena ses enfants à Zurich. Cinq ans plus tard, Albert se maria avec sa cousine Elsa, et cela se passa encore plus mal qu'avec sa première épouse. Ce qui démontre que les génies aussi peuvent se tromper. On peut être un dieu en physique et un zéro en sciences du cœur.

Le train d'atterrissage de l'avion était sur le point de toucher le sol allemand lorsque je demandai à ma compagne de voyage :

— Et toi, qui préférerais-tu avoir près de toi, un génie crétin ou un bourricot au grand cœur ?

37

Williamsburg

> L'Américain vit plus pour ses objectifs, pour l'avenir, que l'Européen. Pour celui-ci, la vie est toujours en devenir.
>
> Albert EINSTEIN

Manhattan s'était transformé en une île bourgeoise où il était impossible de dormir pour moins de 120 dollars la nuit. Nous partîmes donc vers Brooklyn à la recherche d'une herbe plus verte.

Depuis ma fuite de Barcelone sur les traces d'Einstein, les vingt-cinq mille dollars initiaux étaient devenus vingt mille et se rapprochaient dangereusement des quinze mille. Si nous devions nous balader à travers tous les États-Unis en quête du fantôme de Mileva, je risquais de prendre le chemin du retour les poches vides.

Et si je ne parvenais pas à compléter le manuscrit de Yoshimura ou si l'éditeur ne tenait pas son engagement, un avenir sombre m'attendait, sans mon emploi à la radio.

Ces réflexions d'ordre économique m'avaient poussé à suggérer à Sarah de louer un appartement pour quelques jours à Williamsburg, le quartier alternatif de Brooklyn. C'était la solution la moins chère et la plus discrète, nous éviterions ainsi de risquer de nous faire repérer en figurant sur un registre d'hôtel.

Le taxi nous déposa à Bedford Avenue, une large voie qui reliait le quartier des juifs orthodoxes aux bars et aux petits marchés hippies.

Par rapport au chaos de la circulation automobile et humaine à Manhattan, les rues de Williamsburg donnaient l'impression de se trouver dans une autre ville, voire dans un autre pays. Un silence inattendu régnait autour des anciens magasins de deux ou trois étages à l'architecture classique, comme si les véhicules avaient déserté l'endroit depuis longtemps.

L'atmosphère était fort éloignée de ce que je pensais trouver dans un quartier de New York. Tous les gens s'habillaient dans les friperies, les filles portaient d'énormes lunettes, assorties de grands chapeaux et l'on croisait diverses variantes de l'esthétique punk.

— On dirait un sanctuaire pour tribus urbaines éteintes, commenta Sarah en contemplant la vitrine de Spoonbill & Sugartown, une librairie de Bedford Avenue.

— Ils pourront peut-être nous indiquer un appartement à louer, dis-je en entrant.

Des livres avant-gardistes s'empilaient sur les tables d'exposition, subversifs ou franchement *freaks*[7], tel cet onéreux volume consacré à des toreros nains, ou un album à colorier pour enfants qui recréait des scènes de guerre, avec des têtes qui volaient, des membres brûlés et des bâtiments en ruine.

À côté de la caisse, deux chats se prélassaient, chacun dans une berceuse à son échelle.

Je m'enquis d'un logement disponible auprès d'un type avec des lunettes, portrait craché d'Allen Ginsberg. Il caressa

7. En anglais dans le texte : « insolites ».

quelques secondes sa barbe noire, comme s'il frottait la lampe d'Aladin.

— J'ai cru comprendre qu'il y avait un coin libre au Space. Dites à Baby que vous venez de la part de Jiddu. Elle est au courant.

Le Space était un édifice compartimenté sur trois étages, destiné à des artistes ou à des déracinés comme nous. La fameuse Baby, une vieille hippie couverte d'amulettes, nous détailla les critères de prix.

— Dans cette coopérative, on ne paye que l'espace occupé. En principe, c'est deux dollars par mètre carré et par jour, mais si vous comptez prolonger votre séjour un certain temps, je peux vous faire le tarif résident. Le premier mois se paye d'avance.

— Nous ne resterons pas aussi longtemps, indiquai-je. En fait, nous n'avons pas encore décidé de nos projets.

— Voilà qui me plaît, répondit Baby. Mais, de toute façon, la première semaine se paye d'avance. De combien de mètres carrés avez-vous besoin, mes souriceaux ?

Sarah se promena avec sa valise rouge dans ce loft où la lumière entrait à flots. Au troisième niveau, deux petits espaces étaient délimités par des cloisons mobiles. L'administratrice de la coopérative nous expliqua que l'un d'eux était un atelier de tatoueur et l'autre, un studio partagé par trois conceptrices graphiques. Hormis de rares exceptions, personne n'était présent à cet étage la nuit.

Il restait beaucoup d'espace libre, et je présumais que la fort sophistiquée Sarah en demanderait une vaste portion pour y monter notre quartier général aux États-Unis. Mais, à ma grande surprise, il en alla autrement.

— Une trentaine de mètres carrés seront largement suffisants.

— D'accord, dit Baby en l'examinant à travers ses lunettes en cul-de-bouteille. Au sous-sol, vous trouverez des divans, des lits, des tables, des chaises... Ce que vous voulez. Il y a aussi des draps. Chaque pièce coûte quelques cents par jour de location. Prenez ce qu'il vous faut, ensuite, nous vous aiderons à tout monter. En un clin d'œil, vous vous sentirez chez vous. La cuisine, les sanitaires et le lave-linge sont communs et se trouvent au premier étage.

Pendant que nous descendions au sous-sol, je me demandais si je n'avais pas fait une gaffe en amenant Sarah dans cette coopérative spéciale, selon la définition proclamée dans un manifeste affiché aux murs. Cependant, en voyant comme elle s'enthousiasmait à choisir un divan, deux lits individuels et une grande table de travail, je compris qu'elle se sentirait à son aise dans ce bastion de créateurs alternatifs.

Notre studio-atelier de trente mètres carrés, délimité par deux écrans qui formaient un quadrilatère, meublé et aménagé nous revint à soixante-quatorze dollars quotidiens.

Nous nous enregistrâmes sous de faux noms pour maintenir notre incognito pendant notre séjour dans la ville. Baby ne nous demanda pas nos passeports, affirmant que les accords au Space se fondaient sur la confiance. En vertu de quoi, elle nous suggéra de payer la première semaine d'avance.

Quand finalement elle s'éloigna en faisant sonner ses bijoux, j'examinai ce qui serait notre foyer dans la ville qui ne dormait jamais. L'espace était délimité par quatre meubles principaux : une table près de la baie vitrée, un divan juste derrière, les lits d'une place de part et d'autre. Une paire de ficus en pot comblaient les vides et donnaient plus d'unité au décor.

Le petit appartement était maintenant installé. Restait à déterminer ce que nous avions une chance de découvrir à New York.

Sarah se laissa tomber sur le divan et contempla les terrasses de Williamsburg à travers la baie vitrée. Je la voyais décoiffée pour la première fois, elle ne m'en plaisait que plus.

— Ici, personne ne nous connaît, profitons-en, dit-elle. Nous devrions nous fondre dans la faune locale. En sortant avec quelque chose sur la tête et des lunettes de soleil, nous serons moins faciles à reconnaître. Nous limiterons ainsi les risques en recherchant le fils de Lieserl et sa sœur. Ne révélons à personne notre vrai nom ni l'endroit d'où nous venons. D'accord ?

— Pourquoi tant de précautions ? demandai-je en m'approchant de la baie vitrée. Personne ne nous retrouvera dans une ville de neuf millions d'habitants. D'ailleurs, qui va venir jusqu'ici… ?

L'image sinistre de Lorelei sembla se concrétiser sur la rétine de Sarah.

— Ne crois pas ça. La psychopathe aux cheveux bleus nous suivra jusqu'au bout du monde.

38

Message dans une bouteille

Qu'est-ce qu'une ville, sinon son peuple ?

William SHAKESPEARE

Après avoir défait les bagages et lancé une lessive, il fut temps d'entamer notre opération de recherche.

Connectée au réseau Wi-Fi du Space, Sarah tâchait d'apprendre par téléphone et Internet si une certaine « Lieserl » ou une « Kaufler » avait travaillé dans les hôpitaux de New York. Il était possible qu'elle ait changé son nom de baptême pour celui de « Lisa », sans doute plus prononçable. J'en profitai pour sortir m'acheter un ordinateur portable d'occasion.

Suivant le conseil de mon associée, je passai d'abord par un magasin de fripes pour y acheter quelques pantalons de coton, une chemise à carreaux, une casquette et des Ray-Ban légèrement rayées. Pour la modique somme de trente dollars, je ressortis dans la rue habillé comme un énergumène, mais certain que personne ne me reconnaîtrait, pas même ma mère.

Ensuite, je parcourus la Sixième Avenue de Brooklyn, où se trouvaient la plupart des commerces de Williamsburg. Pas très loin de la Ear Wax Records – « les disques cérumen » –, je tombai sur un magasin d'informatique qui proposait des produits d'occasion. Pour un peu moins de deux cents dollars, je récupérai un portable, vilain, mais équipé d'un clavier espagnol.

— Ne te fie pas aux apparences, dit un vendeur à la coupe afro. Ce vieux moulin peut choper n'importe quel Wi-Fi à un kilomètre à la ronde. C'est de la balle.

Satisfait de ma nouvelle acquisition, je m'arrêtai dans le restaurant SEA pour prendre un déjeuner tardif. À cette heure, il commençait à se remplir de jeunes qui venaient dans le quartier danser sur de la techno alternative ou lire *The Onion*, une revue satirique distribuée gratuitement.

J'en pris un exemplaire dans un porte-revues. La photo du souverain pontife pendant une visite aux États-Unis figurait sur la couverture. « LE PAPE REPART AU VATICAN AVEC UN PLAN COMPLET POUR FAIRE SAUTER LES ÉTATS-UNIS. La Maison-Blanche, le stade des Yankees et Ground Zero seraient parmi les premiers objectifs », proclamait le titre.

Après avoir dévoré une salade aux fruits de mer et au tofu, accompagnée d'un milk-shake au thé vert, je décidai de rentrer au studio. Il était temps que je travaille à quelque chose, ne serait-ce que sur le manuscrit de Yoshimura.

En pénétrant dans notre logis de Space, j'eus du mal à reconnaître Sarah. Durant mon absence, elle s'était coupé les cheveux ras sur la nuque. Sa crinière noire était maintenant réduite à une seule mèche qui tombait comme un rideau jusqu'à son nez.

Au lieu de ses vêtements couture, elle portait un jean usé et une vieille veste de survêtement rouge. Des Converse blanches attendaient sur le tapis. Elle était totalement méconnaissable dans cet accoutrement. Elle était devenue une autre personne.

Assise sur le divan, en position du lotus, elle tapait vigoureusement sur le clavier de son petit Sony Vaio. Elle m'adressa un regard moqueur, puis reprit sa tâche, redoublant d'énergie.

— Que se passe-t-il ? Tu n'aimes pas mes acquisitions ?

— La prochaine fois, laisse-moi t'accompagner. Avoir l'air négligé n'empêche pas d'avoir du style.

Je lui répondis d'un grognement avant d'ouvrir mon ordinateur sur le bureau. Il démarra relativement vite et possédait un système opérationnel. Je n'eus qu'à brancher ma clé USB pour charger toutes mes archives et le manuscrit. Heureusement, j'avais sauvegardé tous les ajouts que j'avais introduits à Zurich.

Après l'interruption due au vol de Novi Sad, j'avais projeté de parcourir l'ouvrage en diagonale pour créer un index des lacunes à combler. Avant de m'y mettre, je m'adressai à Sarah sans me retourner.

— Tu as trouvé quelque chose ?

— Presque rien, à vrai dire. J'ai déjà appelé huit hôpitaux de New York mais aucune Lieserl n'a travaillé là-bas. On m'a bien parlé d'un employé du nom de Kaufler, mais son prénom était Barry. Aucune utilité. J'explore d'autres pistes.

— Nous pourrions consulter les annuaires téléphoniques à partir de 1950, proposai-je. C'est sans doute à cette époque qu'elle s'est installée à New York. Ce sera un travail de fourmi, mais si la fille d'Einstein avait le téléphone, une Lieserl ou Lisa Kaufler doit figurer dans ces listes.

— Je m'occuperai de ça demain. C'est absurde de rechercher ce David tant que nous n'avons pas trouvé la piste de la mère. D'ailleurs, il porte peut-être le nom du soldat américain. Comme ça risque d'être long, j'ai lancé un hameçon sur Internet. Si le fils ou la fille de Lieserl a un accès au Web, il ou elle pourrait lire le message ou quelqu'un pourrait nous indiquer une piste pour les localiser.

Je me tournai vers elle.

— Quel genre d'hameçon ?

Sarah pressa une touche pour afficher le texte qu'elle avait laissé sur un site gratuit d'annonces, financé par la municipalité et destiné à retrouver des objets perdus.

BESOIN DE RETROUVER LE FILS OU LA FILLE
DE LIESERL/LISA KAUFLER
RÉCOMPENSE QUANTIQUE
(RÉF. 127)

— « Récompense quantique » ? C'est quoi, cette histoire ?

— Rien, c'est juste pour le clin d'œil. Si cette personne est dépositaire de l'ultime réponse, il est plausible qu'elle s'y connaisse en physique quantique.

Je fis pivoter le siège de bureau de 180 degrés pour faire face à Sarah.

— Tu crois que la formule définitive d'Einstein, $E = ac^2$, pourrait avoir un rapport avec la mécanique quantique ?

— Ce serait le plus logique. Même s'il l'a initiée sans le vouloir, Albert a renié les conclusions de la mécanique quantique. C'est pour cette raison qu'il a déclaré que « Dieu ne jouait pas aux dés ». Mais la théorie de l'unification doit passer par la théorie quantique. Tu sais bien qu'à la fin de sa vie il a essayé de produire une formule qui synthétiserait les lois fondamentales de la physique.

— Et selon toi, Einstein a pu arriver à cette formule, mais ne l'aurait pas révélé ? demandai-je.

— C'est possible, s'il n'était pas certain des conséquences de cette avancée théorique. Hiroshima et Nagasaki n'ont jamais quitté sa conscience.

Pendant que la nuit tombait sur Williamsburg, je pensais à la tâche titanesque de trouver une théorie unificatrice – car pour Einstein, la gravité et la force électromagnétique étaient antagonistes. D'une certaine manière, notre tentative de localiser le possesseur de cette formule par l'intermédiaire d'un message sur Internet apparaissait tout aussi ardue.

Même si l'annonce se trouvait sur un site municipal d'objets perdus, des milliers de *posts* devaient s'y accumuler chaque jour sans que personne ne les remarque. C'était comme lancer une bouteille à la mer en espérant qu'elle croiserait le chemin de la personne voulue.

Mais, parfois, le message d'un naufragé parvient à son destinataire.

39

Les années berlinoises

> Quand on s'en prend à un scientifique, on s'en prend à un enfant.
>
> Ray BRADBURY

Je venais de consacrer deux heures à une révision exhaustive des années berlinoises d'Einstein. À mesure que je complétais ce que je pouvais, la liste des tâches à faire s'allongeait. Entre-temps, Sarah s'était endormie sur le divan.

J'enlevai l'ordinateur posé sur ses genoux et je la soulevai dans mes bras, en prenant soin de ne pas la réveiller. En la transportant lentement vers le lit qu'elle avait choisi, j'étais dans un état d'esprit bien différent que la nuit où j'avais grimpé l'escalier de la Marthahaus de Berne.

Je l'allongeai avec douceur et la recouvris jusqu'aux épaules avec un drap. Elle eut une petite moue de plaisir, comme une fillette qui se sait à l'abri des dangers de la nuit.

Je restai un moment à la regarder dormir tout en essayant de comprendre le changement qui s'était opéré en moi. Je ne ressentais plus la nécessité immédiate de la dénuder et de lui faire l'amour. Oh, elle ne me paraissait pas moins désirable, au contraire. C'était pire. Pour la première fois, le désir se transformait en une énergie plus subtile que j'étais incapable de définir.

J'étais perdu.

Je revins à ma table en essayant d'écarter ces pensées troublantes. J'avais tracé un diagramme de tout ce qui était arrivé à Einstein après la publication de ses premiers articles en reportant les « lacunes » dans la marge.

En 1908, il avait pu quitter l'Office des brevets pour signer à l'université de Berne, comme professeur invité.

Après la naissance de son premier enfant « officiel », la famille avait déménagé dans l'actuelle République tchèque, où Albert avait obtenu un poste plus élevé : professeur de physique théorique à l'université allemande de Prague.

Sa célébrité n'avait pas encore franchi l'océan, mais dans les milieux académiques européens, il commençait à prendre de l'importance. Il fut par exemple élu membre de l'Académie des sciences de Prusse, l'empereur en personne l'invita à diriger la section de physique de l'Institut Kaiser-Wilhelm. Au total, il passa dix-sept ans à Berlin. Il y divorça de Mileva et épousa sa cousine Elsa, qui l'avait soigné durant une dépression nerveuse.

La décennie 1920 vit l'explosion de la popularité d'Einstein, en particulier avec la remise du prix Nobel, même si ses théories n'étaient pas acceptées par tous les milieux. Quelques journaux germanophones attaquèrent ce qui, dans le bouillon de culture nazi, était considéré comme le délire d'un esprit juif malade.

Un an avant l'arrivée au pouvoir d'Adolf Hitler, l'atmosphère d'intolérance et d'antisémitisme qui régnait en Allemagne le conduisit à quitter le pays pour rejoindre les États-Unis en 1932.

Mon premier réveil à Brooklyn commença avec une chanson douce à la beauté poignante qui se faufila entre les murs de mon inconscient. Encore somnolent, je consacrai toute l'attention que je pus rassembler depuis mes limbes à comprendre les paroles qui évoquaient un gospel :

There's a lazy eye that looks at you
And sees you the same as before[8]...

Le contact d'une main douce sur mon front me tira définitivement du sommeil.

Comme si la chanson se modelait sur la réalité, je découvris un œil incroyablement bleu à deux centimètres de mon visage. Il me fallut quelques secondes pour comprendre qu'après avoir copié le CD sur son portable, Sarah s'était allongée sur le matelas pour assister à mon réveil.

— C'est quoi cette musique ? demandai-je encore engourdi.

Pour toute réponse, elle me remit la pochette d'un disque intitulé *Rabbit Songs*, de Hem, un groupe alternatif de New York. Derrière, on voyait l'illustration de deux lapins fuyant un danger. De mauvais augure pour marquer le début de notre étape américaine.

— J'ai trouvé le disque sous les coussins du divan. C'est marrant, non ?

Puis elle se leva d'un bond et se planta devant la baie vitrée pour observer l'effervescence de ce jeudi matin.

— Nous devrions nous inspirer des lapins, dit-elle. Ils ont de grandes oreilles pour tout écouter et ils savent que leur terrier est provisoire.

Je m'habillai sans quitter du regard la fille à la veste de survêtement rouge. J'aimais l'intimité que nous partagions. En mon for intérieur, je souhaitais que nos recherches à New York se prolongent indéfiniment et que je me réveille tous les matins au son des chansons pour lapins.

---

8. *Lazy Eyes* (Dan Messe/Gary Maurer) : « Un œil indolent te regarde et te voit comme avant... »

— Au fait, tu ne m'as toujours pas donné ton hypothèse sur le *a*, ajouta Sarah.

— De quoi parles-tu ?

— De la formule que Jensen a dévoilée à Belgrade. Ce n'était pas $E = ac^2$?

J'enfilai distraitement mes vêtements en songeant à cette énigme que j'avais prise pour un énoncé erroné lorsque j'avais reçu la première enveloppe.

— Ça signifie peut-être « accélération », suggérai-je en essayant de ne pas prêter attention aux rugissements affamés de mon estomac.

— C'est absurde. Nous ne pouvons pas multiplier l'accélération par la vitesse de la lumière au carré. Ça n'a aucun sens.

— « Absorption » ?

— Encore plus absurde.

— Alors, que proposes-tu ?

Sarah se tourna vers moi avec une expression mystérieuse.

— Quand j'aurai plus de certitude, je te le dirai. Pour le moment, je ne veux pas influencer tes réflexions.

40

Le tatoueur

> La formulation d'un problème est plus importante que sa solution.
>
> Albert EINSTEIN

Je me brûlai les yeux sur le manuscrit pendant toute la matinée, pendant que Sarah parcourait la ville en quête de vieux annuaires pour retrouver un descendant de Lieserl, comme je l'avais proposé la veille. Autant chercher une aiguille dans une botte de foin. Mais avant d'accepter que l'idée de notre débarquement en Amérique se solde par un nouvel échec, il fallait tester les options les unes après les autres.

Les conceptrices graphiques étaient arrivées dans leur tanière à neuf heures pile. Depuis, le crépitement de trois claviers servait de fond sonore à mon travail de débroussaillage. De temps à autre, le téléphone sonnait et celle qui répondait élevait la voix comme si elle ne se fiait pas à la technologie sans fil anticipée par Tesla.

Elles avaient toutes moins de trente ans, comme Sarah, mais me laissaient complètement indifférent, avec leur allure de WASP et leur tête à fréquenter les bars pour célibataires et les conventions du parti républicain. En montant au troisième étage, elles m'avaient adressé un « *Hi* » avant de disparaître derrière leur écran.

L'arrivée du tatoueur à midi fut d'un tout autre tonneau. Coiffé d'une tignasse hirsute, il portait une veste de Hell's Angel et pesait cent vingt kilos au bas mot.

À la différence de ses camarades de loft, il était curieux de découvrir nos trente mètres carrés.

— Il y a quelqu'un, là-dedans ?

L'appel était sonore, l'accent costaricain. Il se laissa tomber sur le divan, comme s'il était un membre de la famille dont il fallait s'occuper, bon gré mal gré.

— Je m'appelle Fernando Sebastian, mais à Williamsburg, tout le monde m'appelle le Coucou.

Sur ce, il se leva brusquement et incrusta pratiquement sa tête de mule dans l'écran pour regarder ce que je faisais.

Pour l'instant, le moniteur affichait une des rares pages du manuscrit où figuraient des formules. Yoshimura essayait d'expliquer la théorie d'Einstein sur la vitesse d'interaction des corps.

— T'es prof de maths ?

— J'aimerais bien, mais je ne suis qu'un journaliste engagé pour essayer de déchiffrer une formule et qui n'y arrive pas.

Je fus le premier surpris de révéler cette information à un étranger. L'allure primaire du Coucou m'avait peut-être convaincu de son innocuité, comme si le domaine que j'explorais ne faisait pas partie de son univers mental. Cependant, il ne tarda pas à me démontrer qu'il avait son opinion sur le sujet.

— Il y a un truc qui ne rate jamais, tu n'as qu'à te tatouer la formule sur la peau et tu finiras par la résoudre. Méthode garantie par le Coucou. Même quand tu dormiras, ton corps sera conscient de la nécessité de réfléchir à la formule et tu continueras à y penser pendant la nuit. Et puis, un beau matin, tu te réveilleras avec la solution sans savoir comment c'est arrivé.

Sa démonstration me laissa sans voix. Je me contentai de le regarder s'approprier de nouveau le divan. Aucun doute, s'il venait à manquer de clients, le Coucou risquait de devenir mon cauchemar personnel au Space.

Il ne lui fallut pas longtemps pour confirmer mes craintes.

— Je n'ai personne avant le déjeuner. Tu veux que je te tatoue la petite formule, tout de suite ? Allez, ne fais pas de manières.

L'arrivée de Sarah, un grand sac à la main, me sauva *in extremis*.

Comme s'il se sentait brusquement importun dans notre intimité, le Coucou se leva et lui tendit la main. Sarah la serra sans manifester d'intérêt particulier. Puis, il se retira dans son réduit. Peu après, le début d'un morceau de Creedence Clearwater Revival à plein volume déchira le silence.

Les cris de protestation d'une des conceptrices eurent pour effet de réduire le vacarme de moitié.

Juste à cet instant, Sarah posa les mains sur mes épaules, le regard brillant d'enthousiasme.

— Nous avons une piste, chuchota-t-elle. Il peut s'agir d'une coïncidence, mais ça vaut la peine de tenter le coup.

— Qu'est-ce que tu as trouvé ?

— À Manhattan et Brooklyn, j'ai fait chou blanc. Mais j'ai déniché un David Kaufler à Staten Island. Et attends, le plus génial, c'est qu'il figure dans un annuaire de cette année !

— Tu crois qu'il s'agit du fils de Lieserl et du soldat américain ?

Sarah sortit une veste en jean du sac et me la lança.

— On va vérifier ça tout de suite. Enfile ça, tu risques d'avoir froid sur le ferry.

Le voyage en métro jusqu'à Battery Park nous ramena cinquante années, voire plus, en arrière. Les antiques voitures qui transportaient chaque jour des milliers de passagers à travers des tunnels, tout aussi vénérables, semblaient avoir été mises en service à l'époque des débuts de Frank Sinatra.

Dans la même veine, le terminal du ferry qui assurait gratuitement la liaison avec Staten Island évoquait le décor d'un film en noir et blanc. Pendant que les passagers attendaient de partir pour le quartier le plus isolé de New York, un chanteur noir aux yeux vitreux interprétait un classique de blues, s'accompagnant d'une guitare qui n'avait que deux cordes. Sa musique était meilleure que celle de nombreux albums de la discothèque de mon appartement, déjà lointain.

Quand l'énorme barcasse accosta, des centaines de personnes à l'expression morne en sortirent à toute allure avant que l'on nous permette d'embarquer. Cinq minutes après, le ferry quitta pesamment le quai. Peu à peu, l'étendue d'eau de mer qui nous séparait de la ligne d'horizon de Manhattan s'élargit.

Sur le pont, fouettés par le vent dans nos tenues bohèmes de Williamsburg, nous regardâmes émerger la statue de la Liberté sur son île. L'image de la reproduction daliesque de Cadaqués avec ses deux torches brandies me revint à l'esprit.

À mesure que nous approchions, l'originale ne me semblait pas moins menaçante. Plus qu'un symbole de liberté, cet impénétrable visage de bronze évoquait celui d'un titan prêt à réduire en cendres tout accomplissement humain.

41

Staten Island

> La peur collective stimule l'instinct de meute et tend à réveiller la férocité envers ceux qui n'en font pas partie.
>
> Bertrand RUSSELL

En arrivant au port, je me souvins d'avoir fait le même trajet dix ans plus tôt, sans descendre du ferry. Mon guide, *New York en une semaine*, recommandait le voyage pour « voir la statue de la Liberté sans faire la queue », mais conseillait de ne pas débarquer à Staten Island. Pas parce que la fréquentation de ce quartier métropolitain de New York représentait un éventuel danger, mais parce qu'il était dépourvu des charmes de la Grande Pomme.

Depuis 1980, Staten Island avait tenté à plusieurs reprises de faire sécession avec New York. La population de cette île républicaine dans une ville à majorité démocrate avait le sentiment d'être ignorée par la municipalité. En 1993, au cours d'un référendum interne, soixante-cinq pour cent des votants s'exprimèrent en faveur de la séparation, mais l'assemblée de l'État de New York retoqua le résultat.

Récemment, j'avais lu quelque chose sur une nouvelle tentative du républicain Andrew Lanza. Dans un document de deux mille cent quinze pages, il démontrait que l'île supportait une fiscalité plus élevée que le reste de la ville, alors qu'elle ne bénéficiait que de la moitié des services.

Je fis taire mon appétit pour les curiosités inutiles afin d'aider Sarah. Elle avait déplié une carte et tâchait de localiser le 46 Hill Road, l'adresse de David Kaufler. Après avoir retourné le plan dans tous les sens, nous découvrîmes que la rue en question commençait dans une zone verte au nom quelque peu inquiétant : Fresh Kills Park.

L'endroit était très loin de l'arrivée du ferry, il valait mieux prendre un taxi. Par malchance, une pluie fine avait vidé la station de ses véhicules. Pendant que nous patientions, je vis passer un bus qui portait une publicité sur ses flancs – NO TRANS FAT – qui me choqua.

— T'as vu ça ? demandai-je à Sarah, scandalisé. Ce bus refuse de transporter les gros. Ils croient que ça consomme plus de carburant, ou quoi ?

Elle éclata de rire avant de répondre.

— Tu plaisantes ?

— Pas du tout ! Tu as bien vu la pancarte, non ?

— Oui, mais ça ne veut pas dire ce que tu crois. J'ai l'impression que tu nages complètement en anglais. *No trans fat* signifie « non aux graisses transgéniques ». C'est sans doute une campagne de pub pour les aliments biologiques.

L'arrivée d'un taxi interrompit cette conversation triviale, et nous pûmes enfin mettre le cap vers notre première piste américaine.

Le taxi s'arrêta devant une maison de deux étages qui semblait abandonnée. Après avoir réglé les vingt-sept dollars de la course, nous sortîmes sous la pluie qui s'était intensifiée.

— S'il n'y a personne, nous sommes fichus, dis-je en examinant les alentours. Je n'ai pas l'impression qu'il y ait beaucoup de taxis qui passent dans le coin, encore moins par ce temps.

— Arrête de nous porter la poisse.

Sarah pressa une sonnette usée, fixée près de la grille qui clôturait un petit jardin transformé en une jungle désordonnée d'arbustes et de lianes. La moitié de la façade était envahie de plantes grimpantes qui étaient parvenues à obturer une des fenêtres.

— Il n'y a personne ici, dis-je, de plus en plus trempé.

Elle appuya de nouveau sur le bouton. Au bout d'une minute d'attente, nous n'avions pas obtenu plus de résultats. Une petite cascade d'eau dégoulinait le long de la mèche de Sarah.

La seule option était de gagner à pied le premier bar ouvert, si toutefois le voisinage en était pourvu, au risque d'attraper une pneumonie. Mais mon associée avait une autre idée. Elle désigna une maisonnette qui ressemblait à un préfabriqué, quelque cinquante mètres plus haut dans la même rue. Une lumière brillait à une fenêtre, ce qui était moins bizarre qu'il n'y paraissait. On était en plein jour mais la couleur plombée du ciel s'accentuait, présageant un orage.

— On pourrait essayer là-bas, proposa-t-elle. Non seulement on pourra s'abriter de la pluie, mais on pourra interroger le voisin sur David Kaufler.

— Ouais, si toutefois il ne nous reçoit pas à coups de fusil. Dans ce genre d'endroits, ils sont très pointilleux sur le droit de propriété.

— On a l'air si dangereux que ça ?

Je n'avais pas de miroir pour me voir, mais Sarah, avec sa mèche dégoulinante, sa veste de velours côtelé et son jean détrempés, avait perdu son allure d'aristocrate intellectuelle.

— Eh bien, on ne va pas tarder à le savoir, dis-je.

Sous un vrai déluge, nous rejoignîmes au pas de course le perron de la maison, construite à partir de matériaux bon marché. L'aspect extérieur contrastait avec la sonnette dorée qui émit une somptueuse mélodie carillonnée.

Une minute plus tard, une démarche pesante se fit entendre. La personne s'arrêta derrière la porte, mais n'ouvrit pas.

Pas de doute, quelqu'un nous épiait à travers l'œilleton.

Un long moment s'écoula sans que rien ne bouge, puis un homme d'une soixantaine d'années finit par se montrer. Il était extraordinairement grand et mince. Un énorme crucifix pendait par-dessus son gilet à la coupe vieillotte.

— Je crois que vous vous trompez, gamins.

Sarah ébaucha son meilleur sourire et prit la parole avec un fort accent français.

— En réalité, nous cherchons une personne qui vit au 46 Hill Road.

— Ce n'est pas ici. La maison est plus bas.

— Mais il n'y a personne, insista-t-elle. Savez-vous si... ?

Le vieil homme maigre l'interrompit sèchement.

— Vous êtes des voleurs ? Dans ce cas, vous avez choisi le mauvais coin. Tout ce que vous allez récolter, c'est un bon coup de feu. Vous voilà prévenus.

La porte se refermait déjà lorsque Sarah poussa une exclamation qui me fit sursauter.

— Vous pourriez nous donner le numéro d'un taxi de Staten Island ? Nous sommes trempés !

Après avoir hésité quelques instants, le géant décharné avança la tête et détailla Sarah de la tête aux pieds.

— Retourne-toi, je veux te voir comme il faut.

Sans bien comprendre à quoi tout cela menait, elle tourna sur elle-même, les bras gracieusement levés, comme un modèle.

— À toi, maintenant, m'ordonna-t-il.

Je fis ce qu'il me demandait.

— Entrez, dit-il enfin. C'est bon, je sais que vous n'êtes pas armés.

42

La maison morte

Les étrangers sont excitants.
Leur mystère semble infini.

Ani DiFranco

L'intérieur de la maison préfabriquée tenait du musée des horreurs. Des portraits d'enfants, tous plus monstrueux les uns que les autres, étaient accrochés partout dans l'entrée. L'un avait la tête si grosse qu'en comparaison son corps semblait rachitique, le rire grimaçant d'un autre lui déformait le visage, exposant plusieurs dents pourries.

— Ce sont mes neveux, expliqua notre hôte. Ils vivent loin d'ici, du côté de Detroit.

« Il ne manquait plus que ça », me dis-je en avisant toute une collection de machettes alignées sur un des murs. Dernière touche au décor, un document encadré, sans doute l'acte de vente de la maison.

En nous voyant de plus près, notre hôte avait dû comprendre que nous étions inoffensifs, car son attitude changea du tout au tout.

— Vous êtes trempés, je vais préparer du café.

Là-dessus, il disparut à l'intérieur de la maison, nous laissant dans le vestibule. Par la vitre sale, je remarquai que la tempête s'était brusquement calmée.

— Filons en vitesse, dis-je à Sarah. Ce type ne me plaît pas.

— Tu plaisantes ? Je ne bougerai pas d'ici avant de l'avoir interrogé sur les gens du 46.

Au même instant, le géant revint dans le vestibule et nous lança deux serviettes.

— Allez, séchez-vous la tête, nous dit-il comme si nous étions deux de ses neveux surpris en pleine chamaillerie. Entrez, je vous ai sorti des vêtements secs et le café est sur la table.

Ces privautés ne me disaient rien qui vaille. Cependant, Sarah semblait d'un autre avis et m'entraîna à l'intérieur.

— Tiens-toi bien, s'il te plaît, me glissa-t-elle à l'oreille.

Le géant nous guida jusqu'à la cuisine où nous attendaient des bols de café fumant.

— Asseyez-vous, ordonna-t-il.

Pendant que nous nous épongions les cheveux, il passa dans une pièce voisine. Une minute plus tard, il revint avec un immense pull marron, un bermuda et une robe à fleurs qui devait dater d'au moins quarante ans.

Après nous avoir lancé les vêtements, il croisa les bras, attendant que nous nous changions. Soit c'était un pervers, soit il nous considérait comme des enfants ayant besoin d'une surveillance. J'étais furieux, mais à en juger par ses efforts pour retenir un fou rire, Sarah trouvait la situation tout à fait réjouissante.

Résigné, j'ôtai ma veste, ma chemise et mon pantalon pour enfiler cette tenue improbable.

De son côté, Sarah ne passa pas plus de quelques secondes en sous-vêtements – un ensemble en Lycra noir – avant de se glisser dans la robe, qui lui allait étonnamment bien.

L'image de son corps délié resta gravée au fer rouge sur ma rétine. Notre hôte recueillit nos vêtements mouillés.

— Je vais les étendre sur le radiateur. Mais je dois l'allumer d'abord.

Je profitai de son absence pour jeter un coup d'œil dans la cuisine. Les murs étaient couverts de dizaines de bols aux armes de différents États américains. L'unique espace libre était occupé par une grande plaque de laiton représentant les tours jumelles au-dessus d'une légende. « REMEMBER THE TOWERS[9]. »

— Ce sera sec dans une demi-heure, annonça-t-il en s'asseyant avec nous. Comme ça, vous ne pourrez pas dire que nous autres de Staten Island, nous sommes de mauvaises gens. Peut-être un peu méfiants, d'accord, c'est normal par les temps qui courent. Mais vous rencontrerez plus d'humanité ici que dans n'importe quel autre quartier de Manhattan.

— Nous vivons à Brooklyn, précisa Sarah.

— Pouah ! Tous de la racaille, là-bas.

Je commençais à comprendre que nous n'allions rien tirer de ce type de cette manière et je décidai de prendre un raccourci.

— Une agence immobilière nous a dit que la maison du 46 était à vendre à bon prix. Mon épouse et moi aimerions quitter notre trou à rats de Brooklyn, nous pensions que nous installer ici pourrait être un choix judicieux. Savez-vous où nous pouvons trouver le propriétaire ?

Le vieux caressa son grand menton mal rasé avant de répondre.

— Cela fait des années qu'il ne vit plus là-bas, donc ça me semble bizarre que vous ayez entendu dire que la maison était en vente.

— C'est peut-être justement pour cette raison qu'il voudrait la céder, intervint Sarah. Une demeure inhabitée est une source de dépenses et de soucis. Savez-vous où nous pourrions trouver le propriétaire ? Vous le connaissez ?

9. « N'oubliez pas les tours. » (N.D.T.)

— Pas mal. C'est un type bien, plutôt conservateur, par ailleurs. Je m'étonne qu'il veuille vendre sa propriété. Je croyais qu'il y tenait beaucoup. Cela dit, il est devenu impossible d'y vivre. C'est ce qu'il a dit avant de s'installer dans une maison neuve, plus petite.

— Impossible ? releva Sarah, qui s'efforçait d'avaler le jus de chaussette qu'il lui avait servi. Pourquoi était-il devenu impossible d'y vivre ?

— On l'ignore. Visiblement, à un moment donné, la maison est morte.

J'échangeai un regard médusé avec Sarah. Sa tasse à la main, l'homme continua ses explications.

— Un beau jour, cette baraque a crevé, comme une bête qui passe l'arme à gauche et dont la carcasse puante se décompose. À partir de ce moment, elle a pourri petit à petit. D'abord, les canalisations ont crevé. Ensuite, la charpente a cédé. Il y a même quelques cloisons qui se sont écroulées à cause de l'humidité et des champignons.

— La chute de la maison Usher, me risquai-je à dire.

Si je ne croyais pas un mot de ce qu'il nous racontait, notre hôte ne semblait pas non plus se fier entièrement à nous. Il se mit à ouvrir et refermer un des tiroirs de la table d'un geste compulsif.

Légèrement inquiète, Sarah tenta de conclure la conversation sur une note positive.

— Nous n'allons pas vous déranger plus longtemps. Nous aimerions simplement savoir où nous pourrions trouver le propriétaire du 46.

— Facile… Vous l'avez devant vous.

Sur ce, il sortit une arme à feu du tiroir et me mit en joue.

— Et maintenant, sales menteurs, dites-moi ce que vous tramez avant que j'appelle la police.

43

Les portes du passé

> Le temps n'existe que pour empêcher toutes les choses d'arriver au même moment.
>
> Albert EINSTEIN

Pour se tirer de ce mauvais pas, une seule solution : jouer cartes sur table. Avant que la gâchette de ce cinglé ne le chatouille trop ou qu'il appelle le shérif local, Sarah sut expliquer en peu de mots qu'elle préparait une thèse de doctorat sur la première épouse d'Einstein. Toutefois, David Kaufler ne semblait pas très heureux de parler de sa mère biologique.

— J'ignore ce qu'elle est devenue et je m'en fiche. Si je porte son nom, c'est parce que mon père disait que le sien, Smith, était trop commun pour arriver à quelque chose dans la vie. Manifestement, il a fait un mauvais calcul, ça saute aux yeux.

Il posa son bol sur la table avant de conclure.

— En plus, ils n'étaient pas mariés, et à cette époque, ce n'était pas comme maintenant. Bref, je suis un Kaufler malgré moi.

Sarah intervint d'une voix timide.

— En tout cas, nous aimerions savoir si Lieserl…

Le vieux géant se leva, et sa chaise émit un horrible grincement. Je me dis que cela sonnait la fin de la rencontre, mais à notre grande surprise, Kaufler s'en alla fouiller le haut d'un placard de cuisine et descendit un album couvert de poussière.

Pendant qu'il nous tournait le dos, je me permis de ramasser le revolver qui traînait imprudemment sur la table et de le ranger dans son tiroir.

— Je n'ai qu'un seul souvenir d'elle, dit-il.

L'album atterrit sur la table, claquant le bois à grand bruit. Sarah fixait l'épaisse couverture de toile marron avec fascination. Un titre quelque peu surprenant apparaissait sous la fine couche de poussière : « DOORS OF TIME[10] ».

Nous dûmes attendre que cet empoté se décide à ouvrir la première de ces « portes » pour découvrir une photo en noir et blanc représentant un militaire svelte. L'homme posait avec une expression malicieuse, à califourchon sur un âne. On imaginait sans peine qu'il s'agissait du soldat qui avait volé le cœur de Lieserl.

Comme si cette image ne méritait aucun autre commentaire, Kaufler passa à la page de bristol noire suivante. Entre plusieurs clichés pris au cours de grandes réunions de famille, on voyait le portrait d'une femme, un énorme bébé dans ses bras, aussi vilain que ceux qui ornaient le vestibule.

Si toutefois il restait le moindre doute, le géant posa un gros ongle noir sur l'enfant.

— Ça, c'est moi.

Mais nous nous intéressions à la partie supérieure de la photo. Celle qui portait ce bébé disproportionné était une jeune femme à l'aspect fragile. Sous ses cheveux frisés, le regard brillant d'intelligence – comme celui de son père – semblait défier le photographe.

10. « Les Portes du temps » (N.D.T.).

— J'avais un peu plus de deux ans quand elle m'a abandonné.

David Kaufler referma brusquement l'album. Un nuage de poussière s'éleva au-dessus de la table, comme un champignon nucléaire miniature.

— Elle avait sans doute une bonne raison, s'aventura Sarah. Une mère n'abandonne pas son petit enfant, à moins que...

Elle s'interrompit en voyant que le tiroir au revolver avait recommencé son mouvement compulsif. Je lui adressai un signe discret. Il était temps de nous éclipser. La patience de notre hôte semblait quasiment épuisée. Si nous continuions à tirer sur la corde, qui sait comment se terminerait la visite ?

— Nos vêtements sont peut-être secs, dis-je. Merci beaucoup de nous avoir sauvés de la pneumonie.

Nous nous levâmes, dans l'espoir d'inciter Kaufler à faire de même et à nous apporter nos vêtements pour que nous puissions enfin sortir de là. Malheureusement, le langage non verbal échoua. Il continuait à secouer son tiroir rempli de fer et de plomb, fixant Sarah d'un œil fulminant. Il s'immobilisa quelques secondes.

— Traînée, cracha-t-il.

Les yeux bleus de mon associée étincelèrent d'indignation. Elle avança d'un pas vers Kaufler, et je redoutai la catastrophe, mais soudain, il haussa les épaules.

— Ma maman a disparu du jour au lendemain. Et ça, rien ne peut le justifier. Mon père avait mauvais caractère, c'est vrai. La guerre l'avait endurci. Mais, à Boston, il nous avait donné un foyer. Il ne jouait pas, il ne buvait pas, ne fréquentait pas les prostituées. C'était un homme bon.

Le regard perdu dans un recoin de la cuisine, Kaufler semblait s'adresser à lui-même. Sans mentionner sa mère, je m'employai à dévier discrètement son discours pour faire plaisir à Sarah.

— Comment êtes-vous arrivé à Staten Island ?

Il tourna la tête vers moi avec une lenteur de reptile préhistorique.

— J'ai épousé la propriétaire de la maison morte. Nous avons été heureux un temps, mais tôt ou tard le bonheur disparaît.

Puis il se tut, perdu dans ses réflexions.

Le tiroir était encore à moitié ouvert, mais au moins, il ne bougeait plus. Sarah et moi échangeâmes un regard gêné. Comme s'il avait soudain pris conscience de notre embarras, il se leva avec effort et traversa la cuisine pour passer dans le salon.

— Nous n'avons pas avancé d'un iota, murmurai-je à Sarah.

— On ne sait jamais.

Nos vêtements secs tombèrent sur la table. Cette fois, le géant sortit de la pièce, comme s'il était las de notre présence.

Les yeux fixés par terre pour éviter d'être troublé pendant que je me dénudais, je me changeai rapidement, soulagé à la perspective de quitter cette atmosphère oppressante, empreinte de souvenirs amers.

Kaufler nous attendait déjà dans l'entrée, près de la porte ouverte. Tout était dit.

Avant de sortir de la maison, je pris congé en silence de la parade des monstres juvéniles. Avec l'assurance insufflée par sa liberté retrouvée et la certitude que le revolver était à la cuisine, Sarah trouva le courage de lancer une dernière question.

— Savez-vous si votre mère a eu une fille après son arrivée à New York ?

En guise de réponse, il nous claqua la porte au nez.

Avant qu'il ne revienne armé, nous profitâmes de l'accalmie pour redescendre la rue. En repassant devant la maison morte, une vision me glaça. Un visage apparaissait derrière la fenêtre que le lierre n'avait pas encore envahie.

Je saisis Sarah par le bras. Instinctivement, elle leva les yeux.

On aurait dit une fillette, mais nous savions tous deux que ce n'était pas le cas.

Lorelei.

L'arrivée providentielle d'un taxi nous parut le signe qu'il était temps de nous éloigner de cet endroit.

44

La loi des dix mille heures

Quand une porte se ferme, une autre s'ouvre.

Miguel de CERVANTÈS

— J'ai besoin d'un verre, déclara Sarah en émergeant du métro dans l'oasis de Williamsburg.

— Je crois que moi aussi.

Nous prîmes la Sixième Rue de Brooklyn, où se concentrait une bonne partie des restaurants, bars et terrasses du quartier. L'une d'elles évoquait une plage avec des hamacs sur le sable, des serviettes et du calypso.

Les derniers rayons du soleil baignaient les magasins reconvertis par les artistes, des performances inégales commençaient dans de nombreux locaux. Le jeudi soir, c'était micro ouvert. N'importe qui pouvait demander à monter sur scène et balancer, au choix, une chanson, un numéro de danse ou un chapelet d'obscénités.

Après une longue conversation sur la psychopathe aux cheveux bleus, Sarah s'était plongée dans un de ces silences auxquels je m'étais accoutumé.

Elle m'avait juré qu'elle n'en savait pas plus que moi sur Lorelei. La jeune fille croisait régulièrement notre route depuis le début de cette aventure, mais nous ne savions pas quel rôle elle tenait dans la mystification, ni qui elle représentait. En revanche, elle semblait dangereusement proche de toutes les sources d'information sur Lieserl. C'était à se demander si elle n'exécutait pas les ordres de ceux qui voulaient que le legs secret, si toutefois il existait, le demeure à jamais.

Hormis cela, la stratégie de l'énergumène aux couettes restait un mystère.

Nous nous arrêtâmes au Galapagos, un théâtre alternatif assez populaire parmi la faune locale. Ici pas de micro ouvert, mais de brefs concerts d'une demi-heure devant une clientèle plus ou moins intéressée, vidant ses pintes de bière.

Je pris une bière Brooklyn pour me remettre du coup de chaleur qui avait suivi l'averse diluvienne. Sarah leva son verre de vin blanc californien.

— À l'ultime réponse.

Pendant que nous trinquions, je la fixai dans les yeux, essayant de deviner si elle se moquait de moi. L'obstination que je lus dans son regard me confirma son sérieux. Je fis appel à mon côté le plus rationnel pour lui faire un état des lieux qui dissiperait ses espoirs.

— Eh bien, voilà. Retour à la case départ, déclarai-je. En fait, c'est encore pire. Maintenant, nous savons que David Kaufler ne peut pas nous conduire à sa mère.

— Il faut explorer d'autres pistes.

— Ce n'est pas pour autant que nous aurons un résultat. Tout ce que nous avons comme indice, c'est une vieille photo. Et puis, n'oublie pas que nous avons cette gamine sur les talons et qu'elle se rapproche de plus en plus. Quand elle aura fini de fouiner dans la maison morte, elle ne tardera pas à découvrir que nous avons parlé avec Kaufler. Et nous sommes tellement discrets que nous lui avons dit vivre à Brooklyn.

— C'est grand, Brooklyn.

— D'accord, mais moins grand que l'ensemble de New York. Et avec nos dégaines, Lorelei a pu déterminer encore plus précisément l'endroit d'où nous venions. Elle ne va pas tarder à rappliquer, et on verra bien ce qui se passera.

Sarah m'intima le silence lorsque le groupe du moment commença son set. Ils se présentèrent sous le nom de Lhasa, leur chanteuse était une hippie dont la voix sombre rappelait celle de la Nico des années soixante-dix. Mon associée suivit avec une grande attention les deux premières chansons. Elles avaient dû lui inspirer une idée vagabonde car elle me dit soudain :

— Nous devrions compter le temps que nous passons sur cette enquête. Tu connais la loi des dix mille heures ?

Je fis non de la tête avant de vider ce qui restait de la Brooklyn dans mon verre.

— C'est un certain Gladwell qui l'a découverte. Dans un ouvrage qui analysait les raisons du succès de certaines personnes comparativement à ceux qui n'y parvenaient pas. D'après ses conclusions, en plus du talent, les seuls qui réalisent leurs objectifs sont ceux qui sont capables d'investir dix mille heures dans la mission qu'ils se sont fixée.

— Dix mille heures, c'est vraiment énorme, dis-je en contemplant mon verre vide avec déplaisir. En divisant ce chiffre par huit heures de travail quotidien, ça nous donne quelque chose comme quatre ans pour atteindre son but. Mon budget ne me permettra certainement pas d'arriver jusque-là et de loin.

Sarah me jeta un regard en coin.

— Sans t'en rendre compte, tu y as peut-être déjà consacré plusieurs années de ta vie et tu commences à approcher du nombre final.

— Peut-être, répétai-je, sceptique.

— Tu sais comment Gladwell a découvert la loi des dix mille heures ? Il a fondé ses recherches sur l'Académie de musique de Berlin, un des conservatoires les plus prestigieux au monde. Il a étudié le nombre d'heures que trois groupes d'étudiants sélectionnés avec l'aide du corps professoral ont consacré à leurs répétitions. Ceux qui étaient médiocres, les bons et les brillants, du bois dont on fait les grands solistes. De l'âge de cinq à vingt ans, où ils quittaient l'école, les médiocres totalisaient une moyenne de quatre mille heures de pratique, les « simplement bons » avaient passé le double de temps sur leur instrument. Les élèves exceptionnels avaient commencé à briller à partir des dix mille heures, les mêmes qu'il a fallu aux Beatles pour triompher. Et il paraît que Bill Gates a échoué plusieurs fois avant d'arriver au même quota.

— Je ne suis pas d'accord avec cette loi. Pour commencer, un idiot ne deviendra jamais un être d'exception, même s'il bosse comme un fou. J'en ai connu quelques-uns et je peux t'assurer que ça ne fonctionne pas comme ça. Le talent est essentiel. Si une personne est douée, une heure investie lui rapportera plus que cent heures à celui qui n'est pas né pour faire ça.

Lhasa avait abandonné la scène et une nouvelle formation se préparait à accumuler les heures jusqu'au succès, selon le principe de Gladwell. Après une brève expédition au bar pour nous approvisionner en vin et en bière, Sarah riposta.

— Tu as mal compris. La loi des dix mille heures ne signifie pas que le premier pantin venu qui racle le violon va se transformer en Mozart ou que tu vas être plein aux as comme Bill Gates parce que tu as passé des années sur un marché. Ça veut dire qu'il est indispensable d'investir ce temps pour découvrir qui on est.

Avant de répondre, je pris une bonne gorgée de Brooklyn.

— Dans ce cas, il vaut mieux bien viser dès le départ, parce qu'on peut perdre les meilleures années de sa vie à faire quelque chose qui ne débouche sur rien.

— C'est là qu'entrent en jeu les capacités d'observation et le sens commun, dit Sarah. Si tu ne disposes pas de cette intelligence fondamentale, tu peux passer un million d'heures à tourner en rond.

45

Cascade de coïncidences

> Ce que nous appelons hasard n'est et ne peut être que la cause ignorée d'un effet connu.
>
> VOLTAIRE

Que nous tournions en rond ou que nous progressions, les derniers événements m'incitaient à penser que nous ne devions pas rester trop longtemps inactifs.

Notre poursuivante devait déjà réduire le champ de ses recherches, alors que nous ignorions tout de l'endroit où elle se trouvait, même si, selon l'hypothèse la plus plausible, elle avait sans doute élu résidence dans la maison abandonnée. J'avais tenté une contre-attaque en appelant le Cabaret Voltaire pour m'enquérir de l'identité de leur vendeuse, mais une voix masculine m'avait sèchement fait savoir qu'ils ne divulguaient pas d'informations personnelles sur leurs collaborateurs. Lorsqu'il me demanda qui j'étais, j'avais simulé une interruption de la communication.

Dans notre cas, « bouger » devenait un verbe auxiliaire. Notre seule chance d'échapper au criminel était de ne pas se trouver à l'endroit où il nous attendait, comme ceux qui avaient déjà succombé.

En même temps, je détestais l'idée de quitter cet espace aménagé où je partageais le quotidien de Sarah. J'aimais déjeuner avec elle au milieu de la matinée dans la salle à manger commune ; l'observer pendant qu'elle laissait ses cheveux fraîchement lavés sécher à l'air libre en contemplant l'animation de Williamsburg depuis la baie vitrée ; la regarder travailler, l'ordinateur posé sur ses jambes croisées, un crayon entre les dents qui ne lui servirait pas.

Pendant la journée, elle portait la veste de survêtement rouge qui lui donnait des airs d'adolescente. Pour sortir, elle choisissait des tenues décontractées mais féminines, et sa présence ne passait pas inaperçue aux yeux des jeunes – enfin plus ou moins – hippies. Pour dormir, elle enfilait un pyjama qui me donnait envie de la prendre dans mes bras.

J'avais l'intime conviction qu'elle me cachait une information essentielle. Mais, au plus profond de moi-même, j'avais surtout conscience que mon cœur s'était épuré à son contact. Je vivais désormais dans une attente mélancolique où la raison n'était pas de mise.

Pour me dépêtrer de ces sentiments, comme de la sensation que le calme récemment retrouvé n'allait pas se prolonger, je décidai d'envoyer un courriel à Raymond L. Müller. Le chef des publications du PQI pouvait aplanir le chemin vers notre aire de recherches suivante. J'adoptai le style formel et cérémonieux qu'il avait utilisé pour s'adresser à moi.

De: Javier Costa
À: Princeton Quantic Institute
Objet: Une requête

Très cher monsieur Müller,

Sans oublier les termes de notre contrat, selon lequel je me suis engagé à ne pas entrer en contact avec l'équipe éditoriale avant d'avoir achevé ma tâche, je m'adresse à vous afin de vous exposer une requête qui ne pourra que se répercuter sur la bonne tenue de l'ouvrage.

Avant sa disparition, le Pr Yoshimura m'a fait part de la découverte d'un document dans le bureau d'Einstein à Princeton. Puisque le directeur de cette institution était disposé à partager cette trouvaille avec l'auteur de la biographie, je me demandais si, en votre qualité de chef des publications, vous pouviez intervenir en ma faveur pour me permettre d'avoir accès à ces nouvelles informations.

Je suis certain qu'à titre individuel ce privilège me sera refusé, et c'est au nom de l'amélioration du texte que je sollicite votre appui.

Je vous en remercie par avance.

Très cordialement,

JAVIER COSTA

Juste au moment où ce courrier commençait son voyage dans le cyberespace, un tintement de clochette indiqua l'arrivée d'un nouveau message dans l'Outlook de Sarah, qui pianotait sur son clavier derrière moi, au creux du divan.

Je me tournai vers elle.

— Serais-tu par hasard le responsable des éditions du PQI ?

— Non. Mais il s'est passé un truc marrant. Viens voir...

Je la rejoignis et constatai que le message arrivait du site de Lost & Found – objets trouvés – d'où elle avait lancé sa bouteille à la mer quelques jours plus tôt.

Réponse à...

BESOIN DE RETROUVER LE FILS
OU LA FILLE DE LIESERL/
LISA KAUFLER. RÉCOMPENSE QUANTIQUE
(RÉF. 127)

De… (RÉF. INDÉTERMINÉE)
JE NE CONNAIS PAS LE FILS
OU LA FILLE DE LIESERL,
MAIS SON PÈRE VOUS ATTEND
CE DIMANCHE 6 JUIN.
MINUIT AU MONKEY TOWN.

Sarah me fixa d'un air surpris.

— Tu crois que c'est une blague ?

— Possible. Le père de notre Lieserl est Albert Einstein. Je ne l'imagine pas quittant le royaume des morts pour se rendre dans un endroit appelé Monkey Town.

— Voyons déjà si ça existe, répondit-elle en cherchant le nom sur Google.

Le moteur de recherche livra les coordonnées d'un restaurant de Brooklyn, à l'enseigne d'un singe portant une collerette très cervantesque.

— Regarde l'adresse, dit Sarah, tout excitée. C'est dans les faubourgs de Williamsburg !

— Alors, ça ne peut pas être une coïncidence.

46

Années de succès

Si A représente le succès dans la vie. Alors $A = x + y + z$, où x = travailler, y = s'amuser, z = se taire.

Albert EINSTEIN

Après deux jours à tenter en vain de localiser une Kaufler susceptible d'être la fille de Lieserl, le dimanche, nous décidâmes d'honorer le rendez-vous nocturne.

Nous étions peut-être victimes d'une farce ou d'une erreur. C'était peut-être le père d'une autre Lieserl vivant à New York qui nous attendait. Au fond, il s'agissait d'un diminutif suisse assez courant et la ville ne devait pas manquer de résidents d'origine helvète.

En tout cas, la situation du club Monkey Town, à un quart d'heure de notre loft, avait de quoi susciter nos inquiétudes. Simple coïncidence, ou un piège dans lequel nous nous apprêtions à foncer tête baissée ?

— De toute façon, qu'est-ce qui pourrait bien nous arriver dans un club de Williamsburg ? avança Sarah.

— N'importe quoi. Après tout, il se trouve dans une rue périphérique et un dimanche à minuit, il n'y aura personne dans le coin.

— Justement, les conditions sont idéales. Si cette rencontre a un rapport avec nos recherches, la plus grande discrétion est essentielle.

Après cette brève conversation, le reste de l'après-midi fut consacré à de fastidieuses tâches de fond. De mon côté, je relevai les lacunes dans le récit de la période de célébrité qui conduisit Einstein à Princeton.

En 1921, l'année du Nobel, il s'était rendu aux États-Unis pour lever des fonds destinés à la création de l'université hébraïque de Jérusalem. Au cours de ce premier séjour, il avait donné une conférence sur la relativité à Princeton dans un auditorium rempli à craquer.

À cette époque, la fièvre voyageuse d'Einstein était si aiguë qu'il ne put recevoir son prix en personne car il se trouvait au Japon. Son empressement à satisfaire toutes les sollicitations finit par le conduire à la dépression nerveuse et le força à ralentir son activité. Ses tournées internationales ne reprirent qu'en 1930.

Deux ans plus tard, lors de sa troisième visite aux États-Unis, il reçut une offre de l'université de Princeton. En principe, il s'agissait de passer cinq mois par an à Princeton et les sept autres à Berlin, mais l'arrivée d'Hitler au pouvoir en 1933 l'incita à renoncer à ses responsabilités dans la capitale allemande. Il fut bien inspiré de ne pas rentrer, car immédiatement après son départ, le régime nazi interdit ses théories, qualifiées de « science juive ». Pour réduire son prestige à néant, ils allèrent jusqu'à publier un ouvrage intitulé *Cent auteurs contre Einstein.*

Avant de choisir l'université de la côte est, le physicien avait refusé plusieurs offres européennes, dont la chaire extraordinaire à l'université centrale de Madrid que lui avait proposée le gouvernement de la deuxième République espagnole. Mais il préféra émigrer en Amérique.

À cet instant de ma lecture, je pris une pause.

Je fixais d'un œil distrait la lune suspendue au-dessus de Williamsburg, lorsque je me rappelai que je n'avais pas relevé mon courrier électronique depuis le début de la matinée. Après avoir lu dans un article que ceux qui travaillaient face à un écran d'ordinateur actualisaient leur messagerie jusqu'à quarante fois par heure, dans l'espoir de trouver un mail personnel, je ne gardais plus Outlook activé en permanence. Solution bancale et déprimante.

Une deuxième consultation dans la même journée ne me semblait pas excéder les limites du raisonnable. Parmi les spams habituels figurait la réponse de l'éditeur.

De : Princeton Quantic Institute
À : Javier Costa
Objet : Une requête

Très cher monsieur Costa,

Notre contrat stipulait effectivement que vous ne deviez pas entrer en contact avec l'Institut avant l'achèvement de vos travaux, mais le caractère extraordinaire de votre demande mérite que nous fassions une exception.

Pour être franc, le PQI n'a pas été informé par l'université d'une découverte d'une telle importance, mais votre requête a été transmise au directeur du centre, qui vous recevra avec plaisir ce lundi à 10 h 15.

Nous sommes navrés de vous proposer ce rendez-vous en cette fin de semaine, avec une marge de manœuvre si étroite, mais nous venons seulement d'en prendre connaissance. Dans les universités américaines, tout le monde travaille sept jours par semaine, des étudiants au recteur.

Le PQI vous souhaite une entrevue enrichissante qui se répercutera, selon vos propres vœux, sur la bonne qualité de la biographie dont nous attendons la remise à la date prévue. Jusque-là, nous restons à votre disposition.

Cordiales salutations,

RAYMOND L. MÜLLER
CHEF DES PUBLICATIONS DU PQI

P.-S. Une précision supplémentaire. Compte tenu de la nécessaire confidentialité qui entoure ce sujet, nous vous prions d'assister seul à la réunion.

Je refermai la fenêtre du mail avec accablement. Une entrevue protocolaire avec le directeur du centre n'était pas la manière la plus légère d'entamer la semaine, surtout avec la sortie prévue ce soir-là.

Je cherchai le regard de Sarah.

— T'as une petite idée de ce qu'il faut faire pour aller à Princeton ?

Il restait une demi-heure avant le rendez-vous du Monkey Town. Sarah avait revêtu ses plus beaux atours. Dérogeant au code vestimentaire décontracté de Williamsburg, elle avait choisi une courte robe grenat et des escarpins.

— Habillée comme ça, tu es à tomber par terre... commentai-je, avant de revenir au sujet qui me préoccupait. Alors, Princeton ?

Elle termina de souligner sa bouche d'un rouge du même ton que la robe avant de répondre.

— Ce n'est pas très loin. C'est dans le New Jersey. Entre le métro et le train, tu devrais mettre deux heures.

Je calculai mentalement qu'il me faudrait me lever à sept heures pour avoir le temps de me préparer et de faire le trajet. Détail étonnant, Sarah ne m'avait pas interrogé sur la raison de ma visite à Princeton et n'avait pas proposé de m'accompagner, comme si elle savait que j'étais convoqué seul.

47

Monkey Town

Ce n'est pas parce que le singe n'est pas
sur ton dos que le cirque a quitté la ville.

George CARLIN

Le club se situait dans une zone sombre et solitaire de Williamsburg. Nous poussâmes ce qui ressemblait à la porte d'une discothèque qui n'aurait eu ni videur ni portier.

Au bout d'un couloir obscur, nous arrivâmes dans la salle principale du bar, tout aussi dépourvue en clientèle qu'en personnel. Seule la gigantesque suspension allumée laissait supposer que l'endroit connaissait une activité quelconque en cette nuit de dimanche.

Un passage éclairé par une faible lueur blanche s'ouvrait à gauche du bar. Une rumeur indéfinissable, animale ou mécanique, en émanait. Sarah et moi échangeâmes un coup d'œil inquiet, avant qu'elle ne prenne la décision pour nous deux.

— Allons voir ce qui se trame là-dedans.

Je la suivis, m'attendant presque à voir surgir la psychopathe aux couettes bleues. Cependant, pour le moment, nous nous trouvions dans un couloir blanc donnant sur deux portes. Une latérale, celle des toilettes, et une seconde au fond, d'où filtrait la rumeur. Mais un autre bruit s'y mêlait.

Sarah se pencha à mon oreille en désignant les toilettes.

— Tu entends ça ? Écoute…

Tout comme elle, je collai l'oreille contre le bois. À l'intérieur, une femme semblait adresser un long discours à quelqu'un. Si je ne parvenais pas à comprendre les mots, je percevais le ton solennel et empreint de tristesse, comme celui d'une personne qui communique de mauvaises nouvelles. Cette voix…

Je me tétanisai en reconnaissant le timbre de la correspondante qui m'avait indiqué le Cabaret Voltaire au téléphone. Mais, avant que je puisse réagir, Sarah m'entraînait déjà vers la porte du fond, d'où sortait cette fameuse rumeur.

De l'autre côté, le spectacle était extravagant. Une trentaine de personnes se pressaient sur des divans blancs dans une salle carrée aux murs tapissés d'écrans de cinéma.

Toutes les personnes présentes semblaient absorbées par les images projetées simultanément sur tous les écrans. Il s'agissait d'une vue aérienne en noir et blanc d'une ville indéterminée. Une vibration constante indiquait que la scène était tournée à partir d'un avion de petit tonnage. Sur ces images, monotones et de piètre qualité, on entendait confusément la conversation entre deux pilotes. Je compris qu'ils parlaient de coordonnées, d'altitude et d'un *Little Boy* qui n'allait pas tarder à tomber.

L'intérêt pour le film de ce public, composé de gens de notre âge, appartenant visiblement aux milieux alternatifs, m'échappait complètement. Je m'apprêtais à quitter cette insolite salle de projection lorsque Sarah m'attrapa par le bras et me montra un bout de divan libre.

— Assieds-toi, chuchota-t-elle.

Il n'y avait qu'une place, et je ne voulais pas la laisser debout. De plus, le documentaire ne m'intéressait pas. Mais une bonne bourrade me fit oublier mes réserves.

Je m'installai donc sur la minuscule portion de banquette qui restait à côté d'un barbu aux lunettes d'écaille, lui arrachant un grognement agacé. À ma grande surprise, quelques secondes plus tard, Sarah se posa sur mes genoux. Je glissai doucement le bras autour de sa taille et fermai les yeux, essayant de retenir ce moment parfait pour toujours. Mais, juste au même instant, j'entendis des soupirs de panique se multiplier dans le public, quelque chose devait se passer dans le documentaire.

En ouvrant les yeux, je découvris un énorme champignon atomique qui s'élevait en tourbillonnant furieusement au-dessus de la ville grise. Je compris qu'il s'agissait du film de l'attaque nucléaire contre Hiroshima. Quand cette monstrueuse énergie commença à décliner, on entendit la voix d'un des pilotes. « Mon Dieu ? Qu'avons-nous fait ? »

Cette scène avait manifestement touché Sarah. Elle se leva d'un bond – à ma grande déception – et quitta la salle pendant que le public contemplait avec fascination l'expansion du champignon.

Je lui courus après et la rattrapai dans le couloir, près de la porte des toilettes. Elle avait les larmes aux yeux.

Sans bien savoir quoi faire, je lui pris la main, l'approchai de mes lèvres et l'effleurai d'un baiser.

— Tu ne veux pas entrer dans les toilettes pour te rafraîchir ?

— Je l'aurais fait si l'autre casse-pieds n'était pas encore en train de radoter là-dedans.

Je me souvins alors de la voix que nous avions entendue en collant notre oreille à la porte, avant de pénétrer dans la salle du fond. Il n'y avait plus de doute à présent, c'était bien elle. La même voix douce parlait sans arrêt. Qui que ce fût, un aussi long entretien dans les toilettes d'un club avait de quoi intriguer. Je frappai à la porte.

Aucune réaction.

— Il se passe un truc bizarre, là-dedans, dis-je.

Je tournai la poignée, le battant s'ouvrit sans opposer de résistance.

La pièce était vide. Elle l'avait été depuis notre arrivée. À mon entrée, la voix s'était tue, comme si ma présence avait été détectée.

Sarah entra derrière moi et referma le verrou. L'enregistrement recommença aussitôt. La voix féminine annonça : « Lettre d'Albert Einstein à Theodore Roosevelt, 2 août 1939. »

Ensuite, nous entendîmes la lecture d'un texte déjà connu. Dans la missive adressée au président des États-Unis, le père de la relativité l'alertait sur les avancées des Allemands dans la réalisation d'une bombe au pouvoir destructeur inimaginable. Il ne se limitait pas à cet avertissement, mais exhortait le gouvernement américain à mettre tous les moyens en œuvre pour fabriquer la bombe atomique avant que ses ennemis ne commencent son élaboration.

À la fin de la lecture, l'enregistrement reprit au début. Ironie de l'histoire, l'homme qui plus tard deviendrait un fervent pacifiste avait donné le coup d'envoi à l'aventure nucléaire.

— Qu'est-ce que... ?

Sarah m'interrompit au milieu de ma phrase et m'attrapa par le bras pour m'entraîner dans le couloir, où se massaient les spectateurs du documentaire.

— Ne restons pas ici, me glissa-t-elle d'un ton nerveux.

— Mais nous n'avons rien découvert. Pourquoi tant de hâte ?

Elle me montra l'écran de son mobile. Un correspondant anonyme avait laissé un message :

QUITTEZ IMMÉDIATEMENT MT.
QUAND LA SOURICIÈRE SE VIDERA,
UNE PERSONNE INDÉSIRABLE ENTRERA.

48

Arrivée à Princeton

Monsieur Einstein, ils vous applaudissent tous parce que personne ne vous comprend.

Charles CHAPLIN

Pendant que je luttais contre le sommeil dans le train qui m'emmenait vers le New Jersey, les mots de la lettre d'Einstein à Roosevelt résonnaient dans mon esprit. Cette lecture de la femme à la voix calme était la deuxième partie du spectacle donné au Monkey Town, le complément des images du bombardement d'Hiroshima par l'*Enola Gay*.

Le documentaire exposait le résultat de la suggestion du prix Nobel. Restait à savoir qui avait monté cette *performance*[11] à laquelle nous avait invités le « père de Lieserl », c'est-à-dire, en principe, Einstein mis en conserve.

Serait-ce la même personne qui nous avait prévenus que nous devions partir au plus vite ? En tout cas, j'avais ma petite idée sur l'identité de l'« indésirable ». Avait-elle lu le message sur Lost & Found ? Ou était-elle simplement à l'affût de toutes les manifestations de la ville en rapport avec Einstein ?

Avant de quitter le club, nous avions interrogé un serveur solitaire sur l'organisation du spectacle, mais nous n'avions obtenu que des réponses vagues :

11. En français dans le texte.

— Ce sont les associés du Monkey Town qui s'occupent de la programmation.

— On pourrait avoir leurs noms ? avais-je demandé.

— Oh, mais c'est qu'ils sont nombreux. Au moins une centaine.

Soit, nous étions condamnés à continuer notre enquête sans l'ombre d'une piste sur la mystérieuse femme. De mon côté, je n'avais pas le moindre doute, la personne qui m'avait appelé au téléphone avait aussi prêté sa voix à la lecture de la lettre d'Einstein. Je me laissais même aller à imaginer qu'il s'agissait de sa petite-fille, la fille de Lieserl.

Le reste n'était qu'une énorme masse confuse.

Le « show de la bombe », comme l'avait surnommé Sarah, contenait peut-être une piste qui nous aiderait à poursuivre notre quête. Mais, pour la suivre, encore fallait-il découvrir l'indice. Pour l'instant, tout ce que j'avais obtenu, c'était une entrevue à Princeton qui, avec de la chance, jetterait un nouvel éclairage sur cet embrouillamini.

À mon départ, Sarah dormait comme un loir. Après avoir rassemblé en silence les pages du manuscrit qui concernaient l'arrivée du génie à Princeton, je les avais parcourues dans le métro bondé, puis dans le train, tout aussi fréquenté, qui me conduisait dans le Garden State.

Albert Einstein avait débarqué discrètement à New York en 1933, il avait déjà cinquante-quatre ans. Les chroniques de l'époque rapportent qu'il avait esquivé la rencontre avec son abondant comité d'accueil. Fidèle à sa nature excentrique, lors de ce troisième et dernier voyage aux États-Unis, sa première action fut de s'acheter une glace à la vanille et au chocolat. La serveuse l'avait reconnu et avait assuré qu'elle noterait l'événement dans son journal intime.

À son arrivée à Princeton, on lui demanda la liste du matériel dont il aurait besoin pour travailler confortablement, il répondit : « Des crayons, du papier, une gomme et une énorme corbeille à papier pour jeter mes erreurs. »

Les premiers lotissements du New Jersey apparaissaient à travers les fenêtres du train, je fis une pause dans ma lecture et je m'interrogeai sur l'état d'esprit d'Einstein au moment de s'installer dans cette civilisation après tant de tribulations au cœur des convulsions du Vieux Continent.

D'après ce que j'avais lu, cette retraite dorée – il avait demandé un salaire annuel de trois mille dollars, mais à son arrivée, il constata qu'on lui en avait assigné quinze mille – devait avoir une saveur douce-amère. Plusieurs résidents du lieu se souvenaient que le sage avait accompagné au violon un groupe d'enfants qui chantaient des cantiques de porte en porte, le soir de Noël, pour recueillir de quoi acheter des cadeaux. Cependant, parmi ceux qui lui rendirent visite, certains n'emportèrent pas une impression aussi idyllique. Par exemple, un de ses amis expliquait : « Quelque chose était mort en lui. Il restait assis sur une chaise et rêvassait en tortillant ses mèches blanches entre ses doigts. Il avait perdu le sourire. »

Le campus de Princeton s'avéra plus paisible et bucolique que je ne l'avais imaginé. À cette heure matinale, de nombreux groupes d'étudiants partageaient leur petit déjeuner, installés sur la pelouse, tous impeccablement vêtus, comme s'ils fréquentaient une vénérable université anglaise.

Un second courriel m'avait informé que je serais reçu à l'Institut d'études avancées, un coquet édifice de brique, à l'écart de l'université.

L'horloge du clocher coiffé d'un dôme vert m'indiqua que j'étais arrivé avec quelques minutes d'avance, mais une quinquagénaire en uniforme m'attendait déjà à la porte.

L'énergie de sa poignée de main me prit un peu au dépourvu.

— Meret Wolkenweg, pour vous servir. Le directeur du centre n'a pu être présent en personne, mais j'ai des instructions précises, votre visite sera fructueuse. Souhaitez-vous que nous commencions par le grand amphithéâtre ?

Ça s'annonçait mal. S'ils me confondaient avec un simple touriste du monde académique, je partirais d'ici les mains vides. Sans tergiverser, je décidai de prendre le taureau par les cornes.

— Pardonnez ma franchise, mais pour les besoins de mon enquête, je ne suis intéressé que par le bureau d'Einstein. Plus concrètement, je cherche un nouveau document dont M. le directeur a signalé l'existence en Europe.

Meret ouvrit une porte près de l'entrée principale.

— Ah, bien sûr ! La manière dont nous l'avons découvert ne manque pas de sel. Certains objets semblent rester bien cachés jusqu'à ce qu'ils décident que l'heure est venue de se montrer. Encore faut-il qu'ils soient à la bonne place...

Je me laissai aller à caresser l'espoir que la « lettre » contienne l'ultime réponse. En lisant l'enthousiasme sur mon visage, la femme fronça les sourcils.

— Avant tout, je dois vous raconter quelque chose qui vous surprendra sur l'Institut.

49

La missive du désert

Triste époque que la nôtre, où il est plus facile de désintégrer un atome qu'un préjugé.

Albert EINSTEIN

Nous nous étions arrêtés près de la porte de verre opaque qui donnait sur le bureau du génie. Je m'étonnai de la faible activité dans le bâtiment en ce lundi matin.

— Cet institut a été créé par les frères Bamberger juste après le krach de 1929, expliqua Meret Wolkenweg. Au départ, ils avaient envisagé l'ouverture d'une école dentaire, mais un de leurs amis les persuada de consacrer le centre aux sciences théoriques. Sa mission était d'accueillir les immigrants juifs, comme Einstein, rejetés par la branche antisémite de l'université de Princeton.

À l'ardeur de ses paroles, je compris que Meret était juive et particulièrement fière de travailler à l'Institut. Avant d'ouvrir la porte, elle me fixa d'un air pénétré.

— Savez-vous qui dirigeait l'Institut à la fin de la vie d'Albert ?

Un peu honteux, je haussai les épaules. Visiblement, ma préparation pour l'étape de Princeton était plus précaire que je ne l'avais estimé.

— Ni plus ni moins que Julius Robert Oppenheimer. Le père de la bombe atomique. Vous pouvez imaginer la teneur des discussions qui ont eu lieu ici entre M. Einstein et le directeur… L'un, l'inventeur de la théorie. L'autre, le créateur de l'invention.

Elle finit par déverrouiller la porte à l'aide d'une petite clé et alluma les lumières du bureau. Je me sentais dans la peau d'un initié convié à pénétrer dans le lieu le plus sacré de sa religion. Le silence de cette grande pièce, les meubles patinés par l'usage me semblaient chargés de questions. Si Einstein était arrivé à une ultime réponse à la fin de sa vie, elle lui était venue sans l'ombre d'un doute entre ces murs.

Derrière le bureau massif et son siège, une bibliothèque scientifique fournie occupait le mur, non loin d'un petit tableau noir posé sur un support. La surface semblait avoir été récemment nettoyée, comme si Albert vivait encore et venait d'effacer des calculs erronés avant d'aller faire un tour.

Mon intérêt pour le tableau n'avait pas échappé à Meret.

— Comme chaque chose dans la vie, le plus intéressant n'est pas sur la partie visible, mais derrière.

Elle fit pivoter la dalle sur son axe pour exposer le verso. Traversé d'une sorte de prémonition, je sus ce qui était inscrit de l'autre côté :

$$E = ac^2$$

Les signes étaient de la même écriture que la formule projetée par Jensen, ce qui renforçait la crédibilité de son hypothèse. En revanche, je fus envahi d'une bouffée de déception en me rendant compte que j'étais venu de si loin pour voir quelque chose que je connaissais déjà. Cette formule me poursuivait depuis le début de cette aventure.

— Savez-vous ce que représente *a* ?

— Nul ne le sait, répondit-elle en croisant les bras. Et moi, encore moins. Je suis employée dans les services administratifs du centre, pas scientifique.

Pour ne pas infliger un affront à l'obligeante fonctionnaire, je reportai la formule sur mon carnet, feignant le plus grand intérêt.

— Maintenant, je dois m'en aller, annonçai-je. Je dois avoir un train...

— Je croyais que vous vouliez voir ce que nous avons trouvé ici.

— Ce n'est pas la formule ?

Meret laissa échapper un bref éclat de rire sec avant de m'éclairer.

— Cette formule est là depuis la mort d'Einstein. Non, je parle de ce tableau. Observez-le bien. Vous ne voyez rien d'étrange ?

Elle me montra une petite marine accrochée entre deux bibliothèques. La toile représentait un vieux transatlantique – peut-être celui sur lequel le physicien avait voyagé – qui voguait sur une mer démontée. Je cherchai la signature pour vérifier si elle était de la main d'Einstein, mais l'œuvre était anonyme.

Je fis remarquer ce détail à Meret.

— Il existe de nombreux tableaux non signés, surtout quand leur fonction est purement décorative. Mais celui-là a quelque chose qui retient l'attention. Regardez bien...

Intrigué, je me rapprochai de la toile. Le bateau n'avait rien de particulier, pas plus que la mer ou le ciel. En reculant de quelques pas pour avoir une vue d'ensemble, j'observai que la ligne d'eau s'inclinait légèrement vers la droite, comme si l'artiste avait un peu penché la tête sur le côté au moment de peindre le navire.

Sans demander l'autorisation, je soulevai la partie gauche de la toile de quelques millimètres, jusqu'à ce que la ligne de la mer soit parfaitement horizontale. Quelque chose tomba du dos du tableau.

— C'est exactement de cette manière que nous l'avons trouvée ! dit Meret avec fierté en se penchant pour ramasser une enveloppe singulièrement petite. M. Albert a conçu une rainure derrière le cadre qui libère son contenu uniquement lorsqu'on incline le tableau comme vous venez de le faire. Ingénieux, vous ne trouvez pas ?

La femme déposa doucement la petite enveloppe entre mes mains. Je me souvins qu'on y glissait, autrefois, les cartes de première communion.

— Seuls le directeur du centre et moi connaissons ce petit secret. Vous serez le troisième. Vous l'avez bien mérité après être venu d'aussi loin.

J'ouvris l'enveloppe avec précaution, elle était timbrée et affranchie, mais je ne parvins pas à en déchiffrer la provenance. J'en sortis une feuille de papier végétal pliée plusieurs fois. En l'étalant, je reconnus l'écriture de la carte postale de Cadaqués, même si le tracé était moins assuré, plus juvénile.

Un frisson parcourut ma colonne vertébrale. Les mains légèrement tremblantes, je pris connaissance de la missive.

Trinity, 3 janvier 1955

Cher grand-père,

Le désert est si grand et mon espoir de te revoir si faible !

Je pense souvent à ce que tu m'as dit : il existe une force plus puissante que la gravité, le magnétisme et la fission nucléaire. Notre mission d'êtres humains est de la découvrir et de la domestiquer pour illuminer le monde entier.

Si cette force existe, il faut la libérer ici, dans le lieu le plus triste du monde. Nous y resterons pour cela.

À toi, pour toujours,
Mileva

50

Le deuxième visiteur

La science est la croyance en
l'ignorance des scientifiques.

Richard FEYNMAN

Je notai soigneusement sur mon carnet le bref texte, que j'avais hâte de partager avec Sarah. Ensuite, Meret remit la lettre dans sa cachette, derrière le tableau.

— Nous préférons la laisser à sa place. Si Albert a décidé de la dissimuler à cet endroit, nous n'avons aucun droit d'exposer sa vie privée. D'autre part, nous ignorons également...

Un bruit de grillon l'interrompit. Elle m'adressa un geste d'excuse de la main, puis sortit de son sac un petit téléphone qui stridulait.

Meret rougit en écoutant son interlocuteur.

— Veuillez me pardonner, professeur, dit-elle. Je terminais la première visite du jour et je n'ai pas vu passer l'heure. Je descends immédiatement.

Après avoir raccroché, elle se tourna vers moi, encore troublée.

— J'avais complètement oublié qu'il y avait un second visiteur prévu ce matin. Un professeur d'université de physique, un ami du directeur qui veut voir le bureau. Je vous raccompagne à la sortie ?

Sur ces mots, elle ferma – pour peu de temps – la porte de verre et se hâta le long des couloirs immaculés de l'Institut. Je la suivais en me demandant dans quel État des États-Unis se situait la ville de Trinity, d'où la fille de Lieserl avait envoyé cette lettre, un demi-siècle plus tôt.

Nos soupçons sur l'existence d'une autre Mileva Einstein semblaient se confirmer. Qu'elle soit encore en vie était fort improbable, mais enquêter sur l'endroit qu'elle appelait le « lieu le plus triste du monde » pourrait nous aider à faire quelques recoupements. Je m'interrogeais sur la relation entre la mystérieuse énergie évoquée dans la lettre et la formule qui avait croisé ma route pour la troisième fois.

Perdu dans mes pensées, j'atteignis la sortie principale, où l'employée de l'Institut accueillait déjà le visiteur suivant. Je m'apprêtais à lui dire au revoir lorsque j'aperçus le nouveau venu. Son air stupéfait ne m'empêcha pas de reconnaître le visage familier.

Pawel.

Il s'adressa directement à moi en espagnol pour que la femme ne puisse pas nous comprendre, même si des millions d'Américains parlaient cette langue.

— Je ne m'attendais pas à tomber sur vous dans un endroit aussi lointain, dit-il sans dissimuler son agacement.

Meret s'éloigna de quelques mètres sous prétexte de consulter son mobile, comme si notre conversation risquait de dégénérer en bagarre.

— Moi non plus, si vous voulez tout savoir. Mais ce n'est pas si étrange. En fin de compte, c'est un lieu de pèlerinage obligé pour les spécialistes d'Einstein. Tôt ou tard, il faut passer par ici.

Derrière ses grosses lunettes, Pawel me scrutait comme un spécimen d'insecte dangereux. Sous ses yeux saillants, les rides semblaient s'être multipliées depuis notre rencontre, à peine trois semaines plus tôt. Il avait dû manquer de sommeil ces derniers temps. Autre explication : pour ceux qui étaient impliqués dans cette aventure, ou plutôt ceux qui étaient encore dans la course, le temps passait peut-être plus vite.

Meret s'approcha du docteur en physique de l'université de Cracovie pour l'engager à commencer la visite. Pendant que je me demandais s'il deviendrait la quatrième personne à connaître le « petit secret », son visage sévère afficha une expression amicale forcée.

— Puisque nous cherchons la même chose, je vous propose de déjeuner ensemble et d'en profiter pour mettre en commun nos découvertes.

— Je suis navré, j'ai déjà un rendez-vous ce midi, prétendis-je.

La perspective de « mettre en commun » le fruit de mes réflexions avec ce type au cynisme rationnel ne m'inspirait guère. Mais il ne s'avoua pas vaincu.

— Alors, remettons ça au milieu de l'après-midi. Je vous emmènerai dans un bar où l'on sert la meilleure bière de Princeton.

— J'en serais ravi, mais j'ai peur que nous ne devions réserver ça pour une autre occasion. Comme je ne passe qu'une journée à Princeton, j'ai des rendez-vous jusqu'à vingt heures. Ensuite, je dois repartir pour New York, où quelqu'un m'attend ce soir.

Je mentais sans vergogne, soucieux d'échapper à cet intérêt envahissant.

Les bras croisés, Meret observait Pawel, qui contre-attaqua en changeant d'angle.

— Comment êtes-vous venu jusqu'ici ?

— En train.

— Formidable, alors repartons ensemble, j'ai une voiture de location. Moi aussi, je rentre à New York, ce soir. J'ai un vol pour l'Europe, demain.

Il était absurde de continuer à inventer des excuses. Si ce scientifique aigri avait quelque chose à me raconter, ce serait toujours ça de gagné. De mon côté, rien ne m'empêchait de me limiter à lui communiquer quelques informations vagues sur notre enquête.

Après un déjeuner solitaire dans un McDonald's, je flânai dans quelques librairies estudiantines, puis j'appelai Sarah deux fois depuis une cabine, mais je n'obtins que son répondeur.

Pour tuer le temps, je m'installai le reste de l'après-midi au Small World Coffee, une petite cafétéria du centre-ville de Princeton. Non seulement mon chapelet de mensonges ne m'avait pas débarrassé de Pawel, mais par-dessus le marché, je devais l'attendre toute la journée.

À la différence de quatre-vingt-dix-neuf pour cent des bars des États-Unis, l'ambiance du Small World Coffee était détendue, et les serveurs ne se jetaient pas sur les clients tous les quarts d'heure pour leur demander de renouveler leurs consommations. Par conséquent, je pus y passer tout l'après-midi avec trois bières tout en révisant les pages extraites du manuscrit.

Yoshimura rapportait une anecdote qui retint mon attention. Un journaliste avait abordé Einstein à la sortie de l'Institut et lui avait posé une question à laquelle le physicien avait dû répondre un millier de fois : « Pouvez-vous m'expliquer la relativité ? »

Einstein répondit par une autre question : « Pouvez-vous m'expliquer comment on fait frire un œuf ? »

Quand le journaliste, très impressionné, lui dit oui, Einstein ajouta : « Bien, alors faites-le, mais en imaginant que je ne sache pas ce qu'est un œuf, ni une poêle, ni l'huile, ni le feu. »

51

La voie de Pawel

L'esprit est plus grand que le ciel lui-même.

Emily DICKINSON

Pawel avait loué une Mercedes Classe A qui semblait tout juste sortie de l'usine. Il était arrivé au rendez-vous avec vingt minutes de retard, aussi était-il plus de vingt et une heures lorsque nous entrâmes sur l'autoroute 95 en direction de New York.

— J'espère que votre amie ne vous attend pas pour dîner, dit-il d'un ton égrillard. Cela dit, nous devrions être là-bas d'ici une heure. Où allez-vous ?

Je réfléchis quelques secondes avant de lui répondre. Je ne tenais pas à ce que Pawel, ni quiconque, d'ailleurs, connaisse notre cachette à Brooklyn. Mais, ce qui m'inquiétait vraiment, c'était de l'entendre dire que je devais retrouver une femme, alors que je ne lui avais pas mentionné ce détail.

— Qu'est-ce qui vous fait penser que c'est une amie qui m'attend ?

Il dépassa posément un camion au large capot, avant de me répondre avec le sourire.

— Quand un homme a un rendez-vous nocturne, dans quatre-vingts pour cent des cas, c'est avec une femme. Le soir, les symposiums sont terminés et les réunions de travail en tête à tête sont assez rares, que je sache.

L'explication était raisonnable et me rassura dans une certaine mesure. À vrai dire, cette façon arrogante d'émettre son opinion avec aplomb sur tout et n'importe quoi me semblait quelque peu pesante. Je décidai néanmoins de suivre le courant.

— Et les vingt pour cent restants ?

— Ce sont les hommes qui ont rendez-vous avec d'autres hommes pour les mêmes raisons que les quatre-vingts pour cent précédents.

Il ralentit et prit un virage dans une direction qui n'était visiblement pas celle de New York.

— Où allons-nous ? demandai-je avec inquiétude.

— Dans un fast-food. J'ai besoin de grignoter quelque chose avant de continuer. Ça ne vous ennuie pas ?

La question était purement rhétorique. De toute évidence, Pawel était habitué à agir à sa guise et s'attendait à ce que les autres le suivent. Pour être honnête, moi aussi, je commençais à avoir faim.

— Je vous accompagnerai en prenant un hamburger, mais je dois arriver à New York avant minuit.

— Comme Cendrillon, plaisanta-t-il. C'est promis.

Les lumières du Friendly's brillaient déjà au bout de la route secondaire. C'était une immense bâtisse de forme circulaire, ceinte de baies vitrées. Sur une enseigne rouge, un néon clignotant reproduisait le nom de l'établissement.

À cette heure de la soirée, seul un couple rondouillard dévorait en silence ses gigantesques portions de nourriture.

Le serveur s'adressa à moi directement en espagnol – avec un accent mexicain – et nous conduisit jusqu'à une table à l'extrême opposé de l'entrée.

— Comment savait-il que je parlais sa langue ? dis-je à Pawel après le départ de l'homme.

— Les serveurs sont de grands physionomistes, surtout ceux des bars d'autoroute. Grâce à l'aspect et à la manière de parler du client, ils peuvent même deviner sa ville d'origine. Moi aussi, je me débrouille pas mal dans ce domaine.

Pour mettre ses talents à l'épreuve, il appela le serveur qui nous avait reçus d'un claquement de doigts, de manière tout à fait discourtoise. Quand le Mexicain arriva près de la table, Pawel lui demanda :

— Vous êtes de Puebla. Je ne me trompe pas, n'est-ce pas ?

— Vous avez raison, señor. En quoi puis-je vous être utile ?

— Revenez dans cinq minutes, nous vous le dirons.

Le serveur fronça les sourcils et s'éloigna d'un pas vif. Il devait sans doute nous maudire. Pawel était très probablement détesté dans son département de l'université. J'avais du mal à décider si j'étais plus ébahi par la grossièreté de son attitude ou par la pertinence de sa réponse.

— Comment savez-vous qu'il est de Puebla ? finis-je par demander.

— De manière empirique. Pour mon travail, je viens très souvent par ici et j'ai la mauvaise habitude d'interroger les serveurs immigrants sur leur pays d'origine. C'est ainsi que j'ai découvert que les Mexicains employés dans les restaurants de New York et des environs étaient presque toujours de Puebla.

Cette conversation inepte commençait à me fatiguer et je décidai de couper court aux anecdotes et aux potins pour aller droit au but.

— Comment avez-vous trouvé le bureau d'Einstein ?

Pawel frotta ses grosses mains velues avant de répondre.

— Aussi ennuyeux que tous les bureaux du monde universitaire. Je ne veux même pas imaginer le vieil Albert en train de piquer un roupillon dans ce fauteuil.

— Et moi qui vous prenais pour un grand défenseur du père de la relativité. Vous n'avez rien trouvé d'intéressant à Princeton ?

— Rien de nouveau sous le soleil. À part cette maudite formule qui rend tout le monde cinglé.

J'étais content que Pawel ait joué cartes sur table, parce que nous en terminerions d'autant plus vite.

— Alors, vous travaillez aussi sur la formule, comme Jensen.

— Je vous en prie, protesta-t-il. Ne mêlez pas des gens vulgaires à cette discussion. En science, pour que j'accorde du crédit à quelqu'un, cette personne doit au moins posséder une maîtrise et un doctorat. Les autres feraient mieux de se taire.

— Dans ce cas, autant mettre un terme à cette conversation, dis-je, choqué de l'entendre parler ainsi d'un mort. Vous savez, je ne suis qu'un pauvre journaliste spécialisé en tout et en rien à la fois.

— Ne prenez pas mes paroles en mauvaise part, répondit-il d'un ton conciliant. Je vous considère comme une personne sensée qui évite de pontifier sur ce qu'elle ignore. Et je suis certain qu'en ce moment vous en savez bien plus que moi.

— Et, par conséquent, vous vous préparez à me tirer les vers du nez. Eh bien, navré de vous décevoir, mais je n'ai pas la moindre idée de la signification de cette formule. Comme vous l'avez dit, je n'ai pas de doctorat, ni même une maîtrise en sciences.

— La formule ne m'intéresse absolument pas. Mes recherches empruntent une direction tout à fait différente. En collaboration avec le département de neurologie de mon université, j'étudie le cerveau d'Einstein. C'est là que réside la solution, et nous allons bientôt déboucher sur des conclusions significatives.

— J'aimerais bien savoir en quoi consiste votre travail, dis-je, pris d'une soudaine curiosité.

— C'est compréhensible, mais il vaudrait mieux que je vous en parle après le dîner, parce que le sujet pourrait s'avérer quelque peu désagréable.

Ensuite, il rappela le serveur d'un nouveau claquement de doigts. L'homme de Puebla nous rejoignit, contenant son irritation à grand-peine. À cet instant, j'eus le pressentiment que cette soirée allait mal se terminer.

52

Les voyages posthumes d'Einstein

Le secret de la créativité est
de savoir cacher ses sources.

Albert EINSTEIN

Pawel ne daigna pas aborder le sujet de ses recherches avant qu'on nous ait servi le café. En préambule, il m'informa qu'il demanderait quelque chose en échange.

— Je doute de pouvoir vous offrir quoi que ce soit qui ait de la valeur, dis-je sur la défensive. Mon travail sur Einstein se limite à compléter quelques lacunes de sa biographie. Jusqu'à présent, je ne crois pas avoir découvert d'informations susceptibles d'intéresser un homme de science.

Il remonta ses lourdes lunettes le long de son nez.

— C'est à moi qu'il revient d'en juger. Je vous propose un marché, je vous parle de la biographie d'Einstein après sa mort, et vous me rendez un petit service en retour. C'est en rapport avec une personne que nous connaissons bien tous les deux.

Toutes les lumières de la salle s'éteignirent, à l'exception de celle de notre table. Difficile de nous inviter plus clairement à quitter les lieux. Je réglai la note en ajoutant les quinze pour cent de pourboire obligatoire, mais Pawel ne semblait pas pressé de se lever. Il tenait sa tasse de café en l'air, sans la porter à ses lèvres.

— Vous acceptez le marché ? insista-t-il.

— D'accord, même si je ne comprends pas bien ce dont vous me parlez. Pour tout vous dire, cette histoire de biographie *post mortem* d'Einstein m'échappe complètement. Jusque-là, j'avais la faiblesse de croire que la biographie de quelqu'un s'achevait à sa mort.

Pawel eut un rire silencieux tout en se grattant la nuque sous sa toison fournie.

— C'est vrai pour la majorité des mortels, mais pas quand il s'agit d'Einstein. Pour étrange que cela puisse paraître, son cerveau a continué à voyager après son décès. Vous ne connaissez pas cette histoire ?

Je lui répondis d'un signe de tête négatif, pendant que le serveur emportait l'addition. Son collègue montait déjà les chaises sur les tables pour commencer le nettoyage.

Imperturbable, Pawel continua ses explications.

— À la mort d'Einstein, en avril 1955, de nombreux scientifiques s'intéressèrent aux quinze mille millions de neurones qui venaient de cesser leur activité. Einstein avait soixante-seize ans lorsque son corps fut incinéré et ses cendres répandues près du fleuve Delaware. Cependant, le médecin de l'université de Princeton chargé de l'autopsie, Thomas Harvey, décida de garder le cerveau avant que la famille procède à la crémation. Et c'est le début d'une histoire fascinante.

— L'université s'est retrouvée avec le cerveau à étudier ?

— C'est plus compliqué que ça. Après avoir photographié l'organe et lui avoir trouvé un poids tout à fait normal d'un kilo et demi, Harvey le découpa en deux cent quarante parties. Puis, il étudia une des sections au microscope, espérant découvrir quelque chose d'exceptionnel, mais le cerveau d'Einstein était parfaitement ordinaire. Malgré tout, le docteur en pathologie de Princeton ne s'estima pas satisfait.

Au-dessus de notre table, la lampe clignota à deux reprises. Le message en provenance du bar était sans équivoque : « Barrez-vous ! » Mais Pawel, manifestement immunisé contre n'importe quel genre d'avertissement, poursuivit son récit.

— Après avoir partagé quelques échantillons du cerveau d'Einstein avec plusieurs collègues de sa faculté, Harvey décida de conserver le reste chez lui. L'université lui adressa des blâmes, il fut dénoncé plusieurs fois à la justice, mais comme aucun précédent ne figurait dans la jurisprudence des États-Unis, il ne put être condamné. Au milieu de la tourmente, Harvey promit à la presse et à la communauté scientifique qu'il publierait le résultat de ses recherches dans un délai d'un an.

— Il gardait l'espoir de trouver quelque chose de spécial dans le cerveau le plus puissant du XXe siècle, résumai-je, gêné par la situation présente. Et comment se termine l'histoire ?

— Mis au ban de l'université et des cercles scientifiques, Harvey a fini par s'installer dans l'Ouest. Il y a trouvé un poste de médecin dans une prison fédérale et dans plusieurs dispensaires. Après sa retraite, il s'est établi dans une petite ville du Kansas, toujours en possession du cerveau qu'il avait dérobé. Authentique. Harvey avait reçu des offres séduisantes de la part de millionnaires et de musées d'anatomie, entre autres institutions, mais il a invariablement refusé de s'en défaire. Dans une deuxième phase de ses recherches, il envoya des échantillons de son trésor à des scientifiques des cinq continents pour qu'ils collaborent à son étude. Ces expéditions n'échappèrent pas à la surveillance de la presse, et un journal à sensation annonça qu'on s'apprêtait à cloner le cerveau d'Einstein.

Soudain, la lumière s'éteignit au-dessus de notre table, et la salle resta plongée dans le noir. À l'extérieur du local, le serveur de Puebla tenait la porte en fumant une cigarette. Pour la première fois, Pawel sembla se rendre compte de la situation.

— On dirait bien qu'on nous invite à partir.

— J'ai la même impression, confirmai-je.

Nous nous levâmes enfin et traversâmes le restaurant dans le noir vers la sortie. Au moment de passer devant le serveur, l'homme jeta son mégot à terre et l'écrasa d'un geste rageur.

L'enseigne lumineuse près de laquelle nous avions garé la voiture était déjà éteinte. Je regardai ma montre. Presque minuit.

Pendant que le physicien continuait à égrener les anecdotes sur le cerveau d'Einstein, nous quittâmes le parking pour reprendre la route solitaire qui conduisait à la 95. À peine avions-nous parcouru deux kilomètres qu'une barrière surmontée d'un panneau clignotant nous orienta vers la droite.

— Allons bon. La route est barrée, maintenant, soupira Pawel. On dirait bien que quelqu'un s'acharne à vous empêcher de rejoindre votre compagne ce soir. Ou votre compagnon, bien sûr.

— Ça ne me dit rien qui vaille. Cette barrière n'était pas là il y a deux heures. Je doute qu'on commence à refaire l'asphalte à minuit, dans le New Jersey.

Pawel se pencha pour regarder à travers ma vitre la direction où nous envoyait la déviation. Il s'agissait d'une route rurale étroite, dépourvue d'éclairage. Cet aspect peu engageant ne sembla pourtant nullement inquiéter le physicien polonais.

— Les machines ne vont sans doute pas tarder. De toute façon, il est plus logique de réparer l'asphalte pendant la nuit, quand la circulation est moins chargée, que de jour. Cela dit, il y a peut-être eu un accident plus loin.

— Dans ce cas, faisons demi-tour. Nous trouverons bien un moyen de regagner l'autoroute.

— Pas question ! Ce serait un détour inutile. Faisons ce qu'indique le panneau, au moins, on est sûr d'arriver à la 95.

Puis il redémarra, et nous nous jetâmes dans la gueule du loup.

53

Le véhicule fantôme

> Nous redoutons l'arrivée de notre dernier jour alors que c'est, de fait, le début de l'éternité.
>
> SÉNÈQUE

Nous circulions à vitesse réduite sur la piste étroite et ténébreuse dont les pierres fusaient sans cesse au passage des roues. Les mains agrippées au volant pour contrôler le véhicule, Pawel continuait à dérouler la biographie *post mortem* d'Einstein, qui semblait ne pas avoir de fin.

Un journaliste avait rencontré Harvey plusieurs fois pour élaborer un reportage. Les deux hommes finirent par se lier d'amitié et partirent ensemble en voiture pour la Californie. Leur intention était de rendre visite à Evelyn Einstein, une petite-fille légitime du génie, et de lui remettre le cerveau de son grand-père pour conclure ainsi quatre décennies de pérégrinations. Après onze jours de trajet, ils arrivèrent à Berkeley, où habitait Evelyn, mais en découvrant le récipient qui contenait la relique conservée dans du formol, celle-ci refusa le présent. Harvey regagna le New Jersey, avec le fardeau dont cette longue traversée devait le débarrasser.

Nous continuions à progresser, et l'autoroute 95 ne s'annonçait toujours pas, mais Pawel semblait approcher de la conclusion.

— La biographie posthume d'Einstein a généré beaucoup d'aventures choquantes. Mais la question de fond, la partie sérieuse de ce sujet, n'est pas encore éclaircie. Personne n'a été en mesure d'expliquer ce que ce cerveau avait de spécial et où se situait sa particularité.

— La réponse ne se trouve peut-être pas dans le cerveau.

— Et où serait-elle, sinon ?

Je ne sus que dire. En fait, je commençais à m'inquiéter, autour de nous le paysage se faisait de plus en plus désolé. Les dernières maisons se trouvaient déjà à plusieurs kilomètres derrière nous. À chaque mètre parcouru, l'évidence se faisait plus criante, nous n'allions pas vers l'autoroute.

— Qu'attendez-vous de moi ? demandai-je à Pawel, changeant complètement de sujet.

— Soyez patient, je vous le dirai quand nous serons à New York. Cet endroit est trop...

Pawel s'interrompit. Au même instant, je vis dans le rétroviseur une paire de phares avancer vers nous.

— Quelqu'un arrive, annonçai-je.

Pawel tâchait de paraître calme, mais semblait tout de même secoué par cette nouvelle péripétie. Il pila et sortit la tête par la vitre pour regarder ce qui se passait derrière.

Les lumières continuaient à s'approcher, mais se déplaçaient plus lentement.

— Nous allons leur demander de l'aide, dis-je en descendant de la voiture. Si ce sont des gens d'ici, ils pourront nous indiquer comment retrouver l'autoroute.

— Je préfère rester dans la voiture, si ça ne vous dérange pas, répondit Pawel en verrouillant les portières.

Surpris de cet excès de précautions, je partis à grands pas vers les phares. Une armée de grillons chantait à tue-tête dans la nuit étoilée. La voiture qui nous avait suivis avait brusquement disparu.

C'était à n'y rien comprendre.

J'avançai encore un peu, puis j'avisai un gros rocher au bord de la piste. J'y grimpai pour essayer de repérer le véhicule fantôme à la faible lueur des étoiles.

Soudain, je le vis. Il était très volumineux, garé sur un terre-plein le long du sentier, tous phares éteints. Le chauffeur était peut-être sorti se soulager. Ou encore un couple du cru avait choisi cet endroit écarté pour ses ébats en habitacle.

Décidé à ne pas accorder plus d'importance à la question, je revins sur mes pas jusqu'au petit monospace de Pawel. Pour une obscure raison, il avait pris peur, et je craignais qu'il ne redémarre en me plantant au milieu de nulle part.

Quand je le retrouvai, il avait encore la tête passée par la vitre ouverte et paraissait tout aussi nerveux qu'à mon départ. Je repris ma place.

— Alors, quelqu'un nous suit ?

— Je ne crois pas. Combien d'essence nous reste-t-il ?

— Assez pour sortir de ce sentier de chèvres, dit-il en redémarrant. Vous aviez raison, il aurait mieux valu faire demi-tour sur la route du Friendly's.

— Ce n'est pas grave, répondis-je, essayant de le rassurer. Avançons, nous verrons bien où ça nous mènera.

J'avais à peine fini de prononcer ces paroles que les phares apparurent de nouveau derrière nous. Maintenant, ils approchaient de notre véhicule à pleine vitesse.

Pendant les deux ou trois secondes qui précédèrent l'impact, un énorme Hummer occupa tout le rétroviseur, massif comme un char d'assaut. J'entrevis un visage jeune et pâle comme la lune derrière le volant.

Ce fut mon ultime vision avant que notre voiture ne décolle avec un horrible grincement de ferraille, dans un fracas de verre brisé. Un tonneau. Un second. Soudain, le temps sembla s'écouler au ralenti. J'eus conscience qu'un fragment métallique chauffé à blanc m'entamait la joue, mais curieusement, je ne ressentis aucune douleur.

Un voile noir recouvrit le monde.

54

La mort bleue

> Il prend sur lui risque et péril, c'est une partie de dés contre la mort.
>
> Friedrich NIETZSCHE

J'ouvris les yeux, surpris d'être encore vivant. Je n'étais plus dans l'habitacle, mais sous les étoiles. L'odeur de l'herbe fraîche imprégnait l'air autour de moi. Au prix d'un douloureux effort, je parvins à tourner la tête sur le côté. La voiture n'était plus qu'un amas de ferraille en flammes.

Le feu flambait encore haut dans le ciel. La collision ne devait remonter qu'à quelques minutes, voire à une poignée de secondes. Comme par miracle, je me retrouvais allongé à une vingtaine de mètres de la carcasse, relativement à l'abri. Je n'étais pas certain de pouvoir remarcher un jour, mais pour le moment, j'étais là.

Une bouffée d'air fétide me parvint brusquement – essence et chair brûlée mêlées. Pawel n'avait pas eu autant de chance que moi, même si je ne comprenais toujours pas comment j'avais pu atterrir aussi loin de la voiture et être encore en vie.

Mon bras droit étant entièrement inerte, je nettoyai mon visage couvert de sang de la main gauche. Puis, je tentai de déplacer une de mes jambes, mais je ne réussis qu'à soulever légèrement le genou au prix d'une tension de tout le corps.

Je m'apprêtai à renouveler l'opération avec l'autre jambe lorsque le contact d'un tissu glacé sur ma pommette ouverte me fit hurler.

Le murmure d'une voix familière s'éleva derrière moi.

— Ça fait mal ?

J'attendis qu'elle enlève le mouchoir de ma joue blessée avant de répondre.

— Lorelei, cette question, c'est vraiment le comble du cynisme. Laisse-moi mourir en paix.

— Je ne veux pas que tu meures, dit-elle en se penchant au-dessus de moi. Ma sœur serait trop triste.

— Qui diable est ta sœur ?

Une pointe de douleur me paralysa la mâchoire. La fille aux cheveux bleus inclina la tête, comme si elle espérait évaluer les fractures à travers la peau.

Elle n'avait pas répondu à ma question, mais en réalité, c'était inutile. Son demi-sourire éveillait des souvenirs familiers. Je rassemblai mes forces.

— Sarah, parvins-je à prononcer.

— Bon, nous avons grandi dans des pays différents, mais les liens du sang sont puissants.

— Évidemment. Dommage que je me retrouve au milieu.

— Dis donc, espèce d'idiot, je viens de te sauver la vie.

Comme pour souligner cette affirmation, elle appliqua de nouveau le mouchoir mouillé sur ma joue. Cette fois, je ne pus retenir un cri de douleur.

— Sans moi, tu étais mort. Si vous aviez continué encore quelques kilomètres, à l'heure actuelle, tu serais six pieds sous terre.

— Qu'est-ce que tu racontes ?

Lorelei souffla doucement sur ma plaie à la joue.

— Je vous ai suivis depuis Princeton. Quand vous avez dévié vers le restaurant, j'ai flairé un truc pas clair. J'ai attendu que vous soyez entrés pour garer ma voiture pas trop loin. En allant faire une petite balade, j'ai repéré un type pas net. Il fumait dans une fourgonnette rangée sur le bas-côté. À un moment, il a consulté son mobile, sans doute un message de Pawel, avant de repartir à toute vitesse. Il s'est arrêté un peu plus loin et il a sorti le panneau de déviation de l'arrière de son véhicule. Après avoir branché le signal lumineux, le type s'est engagé dans le chemin avant que Pawel ne t'emmène faire un tour à la campagne. Encore un peu et tu tombais dans le piège.

— Je dirais plutôt que j'étais à deux doigts de me retrouver écrabouillé dans ce tas de ferraille, protestai-je avec un filet de voix. Tu as une drôle de manière de sauver les gens, tu sais ?

Lorelei s'assit près de moi, les jambes en tailleur, comme si elle ne venait pas d'éponger mon visage en sang et que nous avions tout le temps de bavarder.

— J'ai eu la main un peu lourde, je le reconnais. Mais je ne pensais pas que ce bestiau avait tant d'inertie ! Je voulais seulement vous faire quitter la route d'une petite pichenette. J'espère que le Hummer n'a pas trop souffert. J'ai pris une assurance tous risques, mais ce ne serait pas cool de le rendre avec le capot en accordéon.

Une vague d'indignation traversa mon corps plus mort que vif. Si sa carrosserie la préoccupait plus que la perte de vies humaines, Lorelei était une vraie psychopathe.

Je fermai à moitié les yeux, comme si cela pouvait atténuer la douleur.

— Sarah t'a demandé de me protéger ?

Un vertige me saisit. Je n'allais pas tarder à m'évanouir de nouveau.

— Pas du tout. Si je l'avais écoutée, je serais encore en train de mourir d'ennui à Zurich. J'ai décidé seule de venir ici, mais je ne veux pas que Sarah risque sa vie. C'est pour ça que je vous surveille.

Après plusieurs essais infructueux, je renonçai à me lever. Mes forces déclinaient progressivement. J'avais perdu beaucoup de sang. Si Lorelei n'appelait pas une ambulance, ce qui paraissait bien improbable, ma vie s'achèverait dans cet endroit.

Cette certitude me conféra une tranquillité inattendue, comme s'il importait peu de vivre ou de mourir dans un monde que j'avais cessé de comprendre. Dans cet état de détachement, je continuais à murmurer des questions.

— Où est Pawel ?

— Quelque part dans ce tas de ferraille. Un de moins, qu'il aille en enfer.

— Et ta sœur... Elle approuve tes méthodes ?

— Loin de là, c'est une rêveuse. Elle pense que les gens sont prêts à manifester leur bonté si on leur en donne l'occasion. Ma vision des choses est différente. Pour moi, il y a deux genres de personnes dans le monde. Ceux qui sont de trop et les autres. Une fois que tu as compris ça, tout devient clair comme de l'eau de roche.

— De l'eau...

Je glissais irrésistiblement dans une inconscience dont j'espérais ne jamais émerger.

Pendant que je m'enfouissais dans des strates obscures de plus en plus profondes, je perçus l'écho des paroles de Lorelei :

— Je suis le bras exécuteur du destin. La mort bleue.

55

La sœur rebelle

Dieu est compliqué, mais il n'est pas mauvais.

Albert EINSTEIN

J'émergeai de l'abîme sous un regard bleu. Impossible d'imaginer retour à la vie plus agréable. Je contemplai le doux visage de Sarah en silence.

— Bienvenue ici-bas, dit-elle en effleurant mon front d'un baiser.

J'entrepris de bouger la tête avec précaution pour me faire une idée du lieu où je venais de reprendre le cours de mon existence. Sans savoir comment j'y étais arrivé, je me trouvais à Williamsburg, dans le lit du loft que j'avais quitté pour aller à Princeton.

Entre-temps, j'avais l'impression d'avoir traversé l'enfer.

Je tentai de me redresser, mais une douleur aiguë à l'épaule me rendit à l'horizontalité.

— Ne sois pas trop pressé, dit Sarah. Tu es entier, mais couvert de contusions. C'est un miracle que tu t'en tires simplement avec un bras cassé.

J'examinai la gangue de plâtre qui enrobait mon bras gauche. Elle était constellée de petits cœurs bleus.

— Qui a fait ça ?

Sarah étouffa un gloussement.

— C'est moi, en attendant que tu te réveilles. Tu as dormi pendant deux jours, tu sais.

Le vertige me reprit en apprenant combien de temps j'étais resté inconscient.

— Comment suis-je arrivé ici ?

— On m'a appelée du Brooklyn Hospital Center. La personne qui t'a déposé là-bas leur a donné mon numéro de portable, et ils m'ont prévenue. Avant de te mettre dans l'ambulance pour te ramener ici, ils ont présenté une facture avec cinq zéros pour les soins. Mais ne te soucie pas de ça.

— Merci bien, répondis-je en songeant au déclin de mes finances. Et ils t'ont dit qui m'a transporté à l'hôpital ?

— D'après le médecin de garde, une fille t'a emmené là-bas dans sa voiture après que tu aurais eu un accident. Ça m'a étonnée, je croyais que tu étais allé dans le New Jersey en train. Que faisais-tu dans une voiture ?

— Je vais t'expliquer, mais laisse-moi te poser d'abord une question. Tu as une petite idée de l'identité de la personne qui m'a tiré d'affaire ?

Sarah passa l'ongle de son pouce sur sa lèvre inférieure, trahissant sa nervosité.

— À l'hôpital, ils m'ont seulement dit que c'était une fille assez jeune. Elle est partie avant que la police ne puisse l'interroger sur l'accident. C'est moi qui ai dû régler le problème pour te permettre de sortir.

— Régler quoi ? Que leur as-tu dit ?

— Que tu étais dans un taxi qui est rentré dans un réverbère. Le chauffeur t'a laissé sur place et s'est sauvé parce qu'il avait peur du contrôle d'alcoolémie. Une passante t'a recueilli dans sa voiture et a trouvé mon numéro de téléphone dans ta poche. C'est tout.

Je pris une profonde inspiration pendant que Sarah soulignait d'un doigt léger ma balafre à la joue droite.

— Il a fallu douze points de suture pour te raccommoder le visage, dit-elle en changeant brusquement de sujet. Vas-tu me raconter ce qui est vraiment arrivé ?

Je levai légèrement la tête vers la baie vitrée. Le soir commençait à jeter ses ombres sur Brooklyn. Je retins la main de Sarah contre ma joue avant d'entamer mon récit. Je réservai le « petit secret » du bureau d'Einstein pour le coup de théâtre final, mais je racontai le reste avec un luxe de détails. La fonctionnaire de l'Institut, la formule sur le tableau, la rencontre avec Pawel et tous les événements jusqu'à l'accident.

Avant ma surprise du chef, je portai l'estocade.

— Ta sœur m'a évité de tomber dans l'embuscade, mais son *modus operandi* a été si expéditif que je m'en suis sorti vivant par miracle. Elle s'appelle vraiment Lorelei ? Ou c'est juste son nom de guerre ?

Sarah pâlit avant de répondre.

— Non, c'est son nom. Je me doutais bien qu'elle était mêlée à tout ça, mais je refusais d'y croire.

— Pourquoi ? Tu me fais traverser la moitié du monde à l'aveuglette et tu ne joues pas franc-jeu avec moi ?

— Il reste quelques petites choses que tu ignores. Mais crois-moi, il vaut mieux ne pas tout apprendre d'un coup. Bon, tu sais déjà qui est Lorelei. J'espère que nous ne la retrouverons plus sur notre chemin, mais j'ai bien peur qu'elle ne cherche la même chose que nous.

— Et que cherchons-nous ? m'enquis-je, sarcastique.

— L'ultime réponse.

— Lore prétend qu'elle veut te protéger et qu'elle m'a sauvé parce qu'elle ne tient pas à te voir triste.

— Ne fais pas attention à ce qu'elle raconte, dit Sarah d'un ton subitement plus sec. Ma sœur est complètement imprévisible, excepté pour une chose. Depuis toute petite, elle a toujours essayé d'entrer en concurrence avec moi. Comme elle n'a aucune existence personnelle, elle adore reproduire ce que je fais, même si elle ne comprend rien au sujet. Elle s'est lancée dans cette aventure à ses risques et périls, sans en saisir la portée.

— Moi non plus, je ne comprends pas tout.

Sarah enleva sa main de mon front et passa les doigts dans ses fins cheveux noirs.

— C'est pareil pour tout le monde... En tout cas, pour l'instant.

— Visiblement, tu n'apprécies guère de voir Lore mêlée à cette histoire.

— Disons que la prudence n'est pas sa vertu cardinale. En fait, il lui arrive d'être assez violente. Sa vision du monde se limite à la division entre les bons et les mauvais. Si tu ajoutes à ça que la deuxième épouse de mon père est une millionnaire irresponsable qui a toujours cédé aux caprices de sa fille, tu disposes de tous les éléments pour comprendre que Lorelei est une bombe à retardement. Plus elle sera loin de nous, plus nous serons en sécurité.

— Ce n'est qu'une gamine, marmonnai-je pendant que le sommeil m'embrumait à nouveau l'esprit.

— Je dirais plutôt que c'est une psychopathe de dix-huit ans à qui, de temps à autre, il arrive de faire une bonne action, même si c'est involontaire. Comme t'emmener à l'hôpital, par exemple...

Ses lèvres se posèrent sur les miennes un bref instant. Le contact fut subtil, à peine ébauché, mais une flamme inconnue se mit à brûler doucement en moi.

J'ouvris les yeux.

— Si tu m'en donnes un autre, je te confierai le secret qu'Einstein avait caché dans son bureau.

Sarah sourit en fronçant les sourcils.

— Seulement si tu me promets que tu ne m'en demanderas pas un troisième.

— Juré.

— D'accord. Je t'écoute.

— C'est une lettre, dis-je avec émotion. Je l'ai recopiée sur la dernière page de mon carnet. Il est dans la poche de ma veste.

Sarah fouilla le vêtement et revint avec le calepin. Elle le libéra de son élastique et ouvrit avec lenteur la couverture de moleskine à la fin du livret. En lisant la transcription de la lettre de Mileva à son grand-père, elle laissa échapper un soupir, gagnée à son tour par l'émotion.

Puis, elle remit le carnet en place.

— Dors, maintenant. Tu dois reprendre des forces. Nous devons partir dès que possible.

— N'oublie pas de me payer, protestai-je.

Les lèvres pulpeuses de Sarah voyagèrent lentement vers les miennes, m'entraînant dans le lieu le plus agréable de l'univers. Lorsqu'elles s'éloignèrent, je mesurai la solitude de l'astronaute dont l'amarre qui le retient au vaisseau vient de se rompre et qui flotte à la dérive dans le froid cosmique.

56

La Fraternité

> La vérité est un fruit qui ne doit être cueilli que s'il est tout à fait mûr.
>
> VOLTAIRE

Durant toute ma convalescence, je me nourris de soupe que Sarah allait me chercher dans un restaurant juif voisin. Il n'y avait pas eu d'autre baiser, mais elle me semblait si proche que sa seule présence me remplissait de félicité.

Je me sentais stupidement romantique.

Les personnages de cette machination commençaient à prendre corps, même si la matière noire cernait encore les petites rainures de lumière qui s'ouvraient dans le labyrinthe où nous progressions à tâtons.

Un beau jour, j'apostrophai Sarah pendant qu'elle pianotait nerveusement sur son portable.

— Dis donc, tu crois que Pawel a liquidé lui-même Yoshimura juste pour l'empêcher d'accéder au secret caché dans le bureau d'Einstein ?

— Ses mobiles étaient sans doute plus complexes. Selon moi, il est revenu dans la maison pendant la nuit et a voulu forcer Yoshimura à révéler des informations qu'il ne connaissait pas encore. En tout cas, Pawel n'était qu'un pion dans une organisation qui compte des agents dans le monde entier, comme la nôtre.

— Comment ça, la nôtre ? Tu ne m'as jamais demandé si je voulais faire partie d'une organisation.

Sarah soupira.

— Tu y appartiens spirituellement, que ça te plaise ou non. En choisissant de m'accompagner, tu as pris parti. Yoshimura, le guide de Berne, Meret Wolkenweg, le mystérieux éditeur qui finance tes voyages... Tous travaillent à découvrir la formule secrète d'Einstein capable de libérer une énergie plus puissante qu'aucune autre.

— Un instant. Tu viens de m'expliquer que Raymond L. Müller du PQI n'a aucune intention de publier le livre ?

— Exactement. D'ailleurs, il n'existe pas. Tout cela est un écran de fumée, il fallait bien te verser de quoi m'accompagner jusqu'ici. Il n'y a pas d'institut quantique à Princeton. Dans cette aventure, notre seule protection est de conserver l'anonymat, tu comprends ?

C'était plus que ce que j'étais capable d'assimiler d'un seul coup. Je tentai sans succès de me redresser. Je tenais à voir le regard de Sarah au moment où elle mettrait cartes sur table pour la première fois.

— Alors, tout mon travail ne servira à rien, commençai-je avec indignation.

Elle me posa la main sur l'épaule d'un geste apaisant.

— Au contraire. Ce que tu fais nous aide considérablement dans notre quête de l'ultime réponse. Nous voulons que tu continues ton travail. Quand tout cela sera terminé, tu toucheras le reste de la somme prévue.

Je m'abandonnai de nouveau sur le divan.

— Bon, d'accord, je suis un mercenaire au service d'une organisation dont je ne connais même pas le nom.

— Nos ennemis nous appellent la Quintessence, pour des raisons qu'il n'est pas opportun d'expliquer maintenant. En tout cas, ce n'est absolument pas une structure pyramidale, avec des dirigeants et des règles, surtout depuis la mort de Yoshimura. Nous sommes des individus indépendants qui convergeons librement vers l'ultime réponse, chacun selon sa propre voie. Cet objectif commun nous unit et nous incite à nous soutenir mutuellement dans cette course contre la montre.

Je réfléchis en silence pendant quelques instants, tout en essayant d'emboîter les pièces de cet étrange puzzle, qui commençait vaguement à prendre un sens.

— Si je comprends bien, Yoshimura était un personnage important de la Quintessence.

— Il l'a été pour moi du moins, répondit-elle d'une voix tremblante. C'était mon directeur de thèse. Il était ce qui se rapprochait le plus d'un père pour moi. Je suis venue à Cadaqués dans l'espoir de le protéger. Nous savions que des ennemis de la Quintessence se trouvaient parmi l'assistance. De toute évidence, j'ai échoué dans ma mission.

Une grosse larme roula le long de sa joue et s'immobilisa un instant, avant de se fractionner en minces affluents de tristesse.

J'avais envie de me lever pour la prendre dans mes bras, mais j'étais encore trop endolori. D'autre part, puisque l'heure était à la vérité, autant aller jusqu'au bout.

— Il était aussi le protecteur de Lorelei ?

— Ils se connaissaient peu. Elle a toujours vécu en Suisse. Quand mon père est mort, elle n'avait que cinq ans, et nous n'avons pas la même mère. Notre famille est assez compliquée. Pour faire court, disons que je suis seule au monde.

Un silence mélancolique descendit sur notre petit nid au troisième étage du Space, déserté à cette heure de la soirée.

— Et les bourreaux ? dis-je, reprenant soudain mon rôle de journaliste. Ceux qui s'appliquent à liquider tous ceux qui se rapprochent de la formule secrète, eux aussi, ce sont des esprits libres qui ont choisi le meurtre comme voie de développement spirituel ?

Sarah retrouva immédiatement tout son aplomb.

— Ils font également partie d'une structure. Le mal s'organise toujours, alors que la bonté ne connaît pas de limites. Mais, pour être sincère, je ne discerne pas très bien leurs objectifs. Nous savons seulement qu'ils veulent arriver à l'ultime réponse avant nous. Grâce aux rares documents que nous avons pu intercepter, nous avons appris qu'ils se font appeler la Fraternité.

Ce nom me rappela la Fraternité de la Bombe, ce groupe secret auquel avait prétendument appartenu Oppenheimer durant la guerre froide. Dans la paranoïa de l'époque, on les avait accusés d'être des espions russes au service de l'Union soviétique. Je formulai mes réflexions à voix haute.

— Cette Fraternité a peut-être l'intention de s'approprier une éventuelle nouvelle source d'énergie pour la contrôler.

— Possible. Ou, plus simplement, ils veulent empêcher qu'elle soit rendue publique pour garder les choses en l'état actuel.

— Quel état ? demandai-je d'un ton ingénu.

— Horrible. C'est pour cela que nous devons le changer.

57

Le lieu le plus triste du monde

> Le plus triste est que la guerre utilise le meilleur de l'être humain pour accomplir le pire de ce que peut faire un être humain.
>
> Henry FOSDICK

Le dimanche, je me réveillai à midi. Ce comportement insolite avait commencé depuis notre installation à Williamsburg, quartier général de notre voyage vers nulle part. Ces grasses matinées me permettaient de me sentir de nouveau entier après plusieurs jours où j'avais été perclus de douleurs.

À la raideur de mon membre plâtré et à la cicatrice encore cuisante sur ma joue, s'ajoutait un léger fourmillement dans le bras droit. La sensation me parut curieuse, car ce côté était indemne. Lorsque je soulevai mes paupières lourdes, je retins de justesse un cri horrifié.

La formule qui nous hantait depuis le début de l'aventure apparaissait sur mon avant-bras. $E = ac^2$. Je me passai le doigt sur la peau pour vérifier qu'il ne s'agissait pas d'une nouvelle farce de Sarah, qui s'était déjà amusée à dessiner des petits cœurs sur mon plâtre.

Consterné, je me rendis compte que c'était un tatouage. Permanent.

Je profitai de ma mobilité récemment retrouvée pour sauter du lit et foncer jusqu'à l'aire du Coucou, principal suspect de ce mauvais tour.

Le tatoueur penchait sa masse grasse et chevelue sur le dos maigre d'une jeune fille, qui réagissait au poinçon électrique en poussant de petits gémissements de douleur. Avant de l'affronter, j'eus le temps de voir que le dessin qui prenait forme entre les omoplates saillantes représentait une rose musquée accompagnée de la devise : « Il n'y a pas de rose sans épines. »

Je ne m'arrêtai pas au fait qu'il était en plein travail sur un jeune sujet féminin dénudé jusqu'à la taille.

— On peut savoir quand et pourquoi tu m'as fait un tatouage sans mon autorisation ?

— Tu dormais comme un ange, répondit-il avec son accent costaricain. Et puis, c'est ta femme qui m'a dit que c'était le bon moment. Ça te portera chance pour votre voyage de cet après-midi. Tu te souviens de ce que je t'ai expliqué ? Si tu te tatoues une question, la peau te parlera dans tes rêves et tu travailleras sur la réponse pendant la nuit.

— Eh bien, je n'ai toujours pas la solution, dis-je, furieux. Et je ne sais pas de quel voyage il s'agit.

La fille au tatouage protesta en anglais, trouvant qu'il ne prêtait pas assez d'attention à son ouvrage.

— Écoute, va la voir et expliquez-vous, conclut-il avant de retourner à son poinçon électrique. Je me suis contenté d'exécuter une commande.

En revenant d'une petite balade dans la rue, ma première sortie depuis mon arrivée au Space en ambulance, je fus accueilli par Sarah. Elle m'annonça effectivement que nous partions pour ce qui pourrait être la dernière étape de notre voyage.

Il fut également question de s'acquitter auprès de Baby de notre dû pour la location de l'espace et des meubles, les chances que nous séjournions de nouveau à New York étaient minces.

Déjà nostalgique, je contemplai notre petit nid. Maintenant que le départ approchait, je mesurais à quel point ces quelques semaines partagées avec Sarah m'avaient rendu heureux, malgré la guerre obscure à laquelle j'étais mêlé et même l'« accident ».

— Comment peux-tu être aussi certaine que nous n'allons pas revenir ?

— J'ai compris tout d'un coup, dit-elle avec une expression radieuse. La lettre cachée dans le bureau d'Einstein date de 1955. En considérant que Lieserl a émigré à Boston juste après la guerre et qu'elle a eu un premier fils avant de s'installer à New York, j'ai calculé que Mileva a écrit à son grand-père quand elle avait à peu près seize ans. Si nous imaginons que Lieserl a conçu ses deux enfants sur le tard, Mileva doit donc avoir aux alentours de soixante-dix ans, et quelque chose me dit qu'elle continue à vivre du côté de Trinity.

— D'où te vient tant de certitude ? Et où diable se trouve Trinity ? J'ai trouvé une demi-douzaine de villages de ce nom.

— Ce n'est pas un village, dit Sarah avec un sourire énigmatique. Mais je vais d'abord répondre à ta première question. Tu te souviens de ce qu'a écrit la petite Mileva dans sa carte postale ? « Si cette force existe, il faut la libérer ici, dans le lieu le plus triste du monde. Nous y resterons pour cela. » Espérons qu'elle a tenu la promesse faite à son grand-père et qu'elle continue à vivre près de Trinity.

— Tu ne réponds toujours pas à ma question. Où se trouve le Trinity de Mileva ?

— Pense aux mots de la carte postale. « Le lieu le plus triste du monde. » Qu'est-ce que ça t'évoque ?

— Le plus logique serait Hiroshima, mais je crois savoir que, de nos jours, c'est une ville méridionale assez gaie.

— Tu es sur la bonne piste, dit Sarah avec enthousiasme. Oublie Hiroshima ou Nagasaki, mais pense à une étape immédiatement antérieure.

Tout en réfléchissant à cette information, je flânai dans ce foyer qui, sous peu, redeviendrait un espace vide. Puis je finis par proposer une réponse.

— L'étape immédiatement antérieure aux attaques nucléaires, ce sont les essais dans les lieux inhabités. C'est à ça que tu penses ?

— Bravo ! Plus précisément, au premier endroit de la Terre qui a subi une explosion atomique. C'est « le lieu le plus triste du monde ».

— Je devrais consulter Wikipédia, dis-je avec un clin d'œil. Je ne suis pas très versé dans l'histoire des essais nucléaires.

— Inutile, je vais te donner le nom de ce lieu d'infamie. Trinity. C'est de là-bas que Mileva a écrit à son grand-père et lui a fait part de son intention de rester sur place, pour y libérer l'énergie secrète susceptible de compenser le premier essai atomique.

— Mais où est-ce ?

— Le nom géographique est tout à fait adéquat. Trinity se situe près de la ville de Socorro, dans un désert du Nouveau-Mexique appelé Jornada del Muerto, l'étape de l'homme mort. À l'épicentre de l'explosion, il y a un obélisque de lave noire, où les pacifistes ont commencé à se réunir à partir de 1953. Des messes en plein air rassemblaient plus de six cents personnes. Tu ne crois pas que c'est un lieu idéal pour que Mileva répare l'erreur de son grand-père en dévoilant le pouvoir de son ultime réponse ?

— Bien sûr. Si la petite-fille d'Einstein est vivante et qu'elle continue l'activisme, ce serait un bon endroit pour la chercher.

— Le problème est que du côté du Jornada del Muerto, il fait une chaleur extrême en été.

— Mais Mileva Einstein ne doit pas camper en permanence devant l'obélisque, elle habite sans doute dans une maison d'une localité voisine.

— C'est bien ce que je pensais. Il existe un village plus proche de Trinity que Socorro. Il a un nom bizarre. Carrizozo. Nous devrions commencer par là.

Ensuite, elle m'étreignit avec enthousiasme.

— Je suis heureuse que tu viennes avec moi, me glissa-t-elle à l'oreille.

QUATRIÈME PARTIE

FEU

Le Feu est l'élément de la volonté,
de la transformation et de la passion.

C'est le symbole du désir, de l'énergie créatrice
et de l'élan vital,
du pouvoir, de la motivation et de la puissance de la volonté,
mais aussi de la séduction et de la sensualité.

Le Feu est le fruit d'une énergie puissante,
d'une volonté instantanée, c'est pour cela
qu'il est lié à l'instinct et à l'intuition.

Il ne prête pas attention aux obstacles,
aux considérations ou aux craintes. Il agit et se propage
avec une extrême vélocité.

Le Feu peut être destructeur ou régénérateur.
Sa présence est symbole de destruction
pour une renaissance.
Allumer une flamme, c'est aussi susciter la naissance
d'une espérance.

Coûte que coûte, il abrite la force vitale et sa présence
est essentielle pour la vie, la lumière et la chaleur.

Le Feu réchauffe ou consume, réconforte ou détruit,
selon que nous nous plaçons près ou loin de lui
et la manière dont nous le laissons s'exprimer.

Il est dans la chaleur d'un baiser, mais constitue
aussi l'âme d'une arme mortelle.

Nous portons le Feu dans notre âme,
et c'est pour cela que nous sommes vivants.

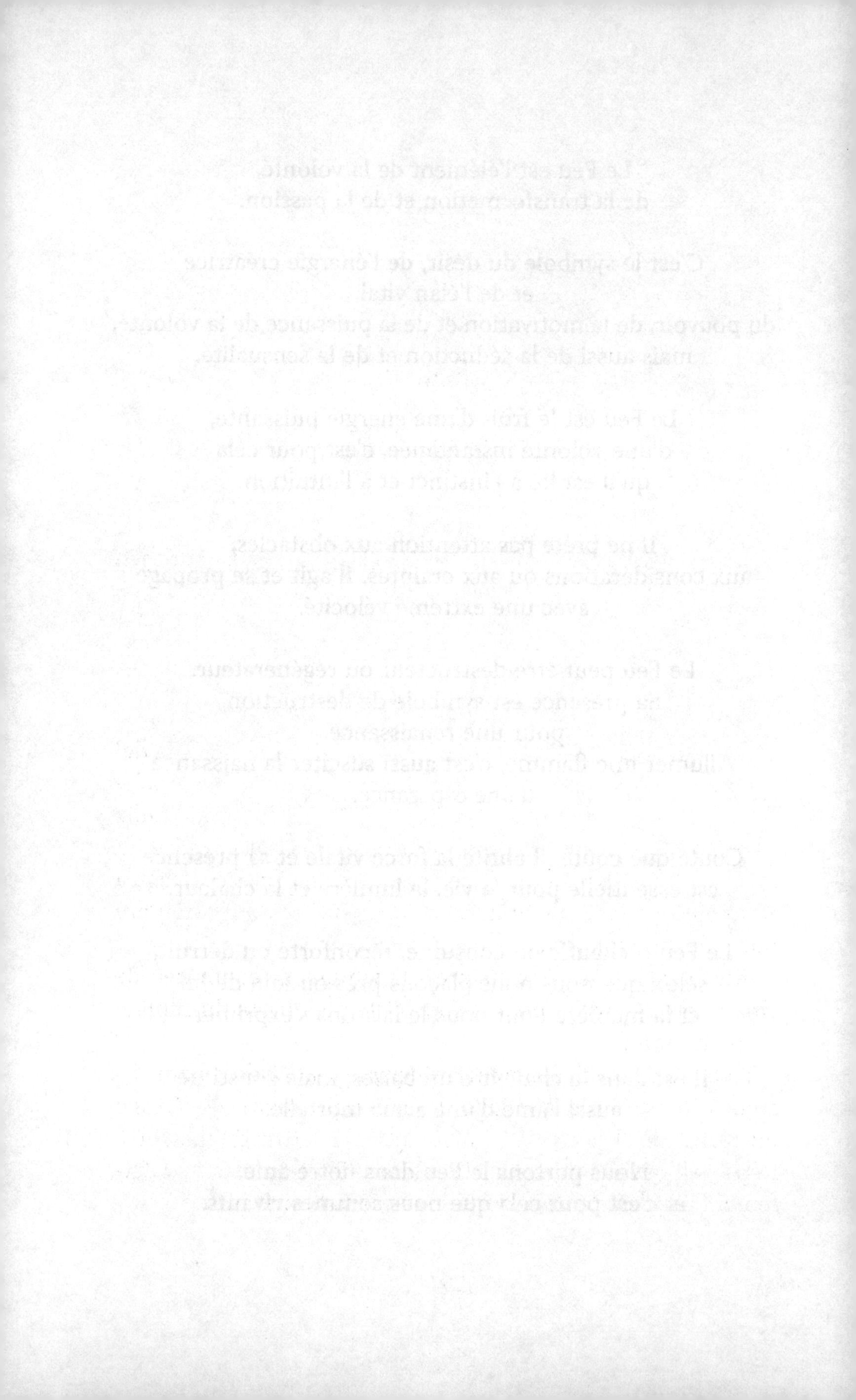

58

Le Projet Manhattan

Si j'avais su, je serais devenu horloger.

Albert EINSTEIN

Se rendre un dimanche de juin dans le désert de Jornada del Muerto n'était pas tâche facile. La localité la plus proche était Carrizozo, un village de mille âmes au milieu de nulle part. Pour y parvenir depuis New York, il fallait prendre un avion pour Minneapolis, puis une correspondance jusqu'à Albuquerque et, pour finir, louer une voiture pour atteindre notre destination finale.

Au total, plus de neuf heures de voyage. Avec un peu de chance, nous arriverions à l'endroit le plus triste du monde au petit matin.

La thèse de Sarah était renforcée par le « show de la bombe » auquel nous avait conduits le message anonyme. L'essai nucléaire de Trinity se situait entre la lettre d'Einstein à Roosevelt et la bombe sur Hiroshima. Tout s'ajustait parfaitement. Aucun doute, nous étions sur la bonne piste.

Tout en attendant le départ du vol à Minneapolis, j'entamai la lecture du chapitre consacré au Projet Manhattan dans le manuscrit de Yoshimura. Je l'avais imprimé pour comprendre ce qui avait conduit au premier essai nucléaire de l'histoire.

Après la célèbre lettre d'Einstein et l'attaque japonaise à Pearl Harbor en 1941, pour le gouvernement de Roosevelt, il était clair qu'il fallait développer la bombe atomique avant que leurs ennemis de l'Axe n'y parviennent. Après quelques débuts hésitants, en septembre 1942, le colonel Leslie Groves prit la tête du projet avec un important groupe de scientifiques, d'ingénieurs et techniciens, à qui l'on donna tous les moyens nécessaires pour faire progresser l'opération.

Lors de son premier jour d'entrée en fonction, Groves commanda mille deux cent cinquante tonnes d'uranium au Congo belge, lesquelles furent conservées dans un entrepôt de Staten Island. L'étape suivante fut de construire une usine pour réaliser la fission. En octobre de cette même année, Julius Oppenheimer fut nommé directeur de l'équipe scientifique – la majorité était des immigrants européens – qui travaillerait jour et nuit à la fabrication de la bombe. Les laboratoires secrets se trouvaient dans le désert de Los Alamos au Nouveau-Mexique.

Deux ans plus tard, le Projet Manhattan n'avait pas donné les résultats escomptés. En septembre 1944, aucun concept viable ne permettait de faire exploser l'arme atomique. Cependant, la situation s'améliora à la fin de cette année et, au début de 1945, on annonça une date de livraison pour deux bombes différentes, l'une au plutonium, l'autre à l'uranium.

La plus grande préoccupation de Groves, devenu général entre-temps, était le risque que la Seconde Guerre mondiale se termine avant qu'ils ne puissent utiliser les bombes. À quoi servirait l'arme nucléaire sans un ennemi à détruire ?

L'armée japonaise avait déjà plié, et des bombardements conventionnels auraient suffi à obtenir la reddition, mais on opta pour le largage de la bombe, sous couvert d'une action « diplomatique » du président Truman. Plus tôt, le 16 juillet, les scientifiques du Projet Manhattan avaient réussi à faire exploser une bombe au plutonium dans le désert du Nouveau-Mexique.

Yoshimura rapportait un article très éclairant sur le bricolage qui avait entouré le largage de *Little Boy* sur Hiroshima. Aucun essai n'avait jamais été réalisé avec une bombe à l'uranium. Parmi les effets indésirables, l'on redoutait que l'explosion ne provoque une réaction en chaîne qui s'étendrait dans l'atmosphère de toute la planète. Malgré ces craintes, l'*Enola Gay* emporta dans sa soute la bombe à l'uranium au lieu de celle au plutonium, dont les conséquences étaient déjà connues.

Autre risque – d'ordre stratégique, cette fois –, un petit parachute était prévu pour ralentir la chute de la bombe. Un délicat mécanisme de mise à feu impliquant la pression atmosphérique devait déclencher la déflagration à six cents mètres d'altitude.

À l'époque, dix pour cent des bombes faisaient long feu, et si l'on y ajoutait la complexité du dispositif, les probabilités pour que *Little Boy* arrive au sol sans avoir explosé n'étaient pas négligeables. Dans ce cas, les Japonais, dont la technologie était déjà très avancée, n'auraient eu qu'à s'approprier la bombe et la larguer sur la ville américaine de leur choix.

Malgré tout, les bombes d'Hiroshima et de Nagasaki explosèrent avec efficacité, causant un grand émoi dans le monde entier. En apprenant leur effet dévastateur, Einstein, qui avait encouragé leur conception, devint un activiste infatigable, militant contre l'arme nucléaire. En 1950, il fit une déclaration à la télévision sur la course à l'armement entre les États-Unis et l'Union soviétique :

> « Nous pouvons avoir vaincu un ennemi extérieur, mais nous sommes incapables de nous libérer de la mentalité créée par la guerre. Il est impossible d'atteindre la paix, alors que chaque action est décidée dans la perspective d'un conflit possible. »

Quand le vieux Boeing décolla de l'aéroport de La Guardia, je venais de terminer le chapitre sur le Projet Manhattan. Finalement, l'état du monde n'avait pas autant empiré qu'on le disait. Le 11 Septembre et la guerre globale contre le terrorisme ressemblaient à un jeu d'enfant en comparaison de la guerre froide, à l'époque où des milliers de têtes nucléaires menaçaient de rayer les grandes villes de la carte, probablement toutes en même temps.

Une fois, j'avais entendu un commentateur militaire dire que l'humanité doit comporter plus de bonnes personnes que nous ne l'imaginons, car avec tant de bombes nucléaires dans le monde, on n'en avait utilisé que deux.

Moins encourageant, les bombes étaient encore là, et depuis, les conflits dans le monde ne s'étaient pas précisément simplifiés.

Pendant que je m'angoissais en pensant à tout ça, Sarah ouvrit les yeux après un bref somme et me fixa avec curiosité. La couleur de son regard me rappela les cheveux de Lorelei. La demi-sœur de la femme que j'aimais m'avait sauvé de Pawel, mais je ne lui faisais pas confiance pour autant. Elle me semblait parfaitement capable de presser sur le bouton nucléaire, s'il se trouvait à sa portée.

Pour ce qui était de notre enquête, elle avait été constamment sur nos talons, jusqu'à présent. Je m'étais assuré qu'elle ne voyageait pas dans notre avion, mais je n'écartais pas l'hypothèse qu'elle finisse par apparaître au milieu de ce désert au taux de radiation dix fois plus élevé que la dose recommandée.

— À quoi penses-tu ? me demanda Sarah.

— À Lore. Il y a quelques jours, tu m'as parlé de deux factions. La Quintessence, celle qui cherche l'ultime réponse pour résoudre les problèmes du monde, et la Fraternité, qui tente de s'approprier le secret d'Einstein à des fins égoïstes. À laquelle des deux appartient ta sœur ?

Sarah médita quelques secondes en silence avant de me répondre.

— À aucune d'entre elles. Elle agit à sa guise et n'obéit qu'à des motifs personnels.

— Dans ce cas, je ne comprends pas pourquoi elle a traversé la moitié du monde pour nous suivre. Est-ce uniquement pour te protéger ?

— J'en doute.

— Alors, pourquoi ?

— S'agissant de Lorelei, ça peut vraiment être n'importe quoi. Qui sait, tu lui plais peut-être, et elle cherche un moyen de se débarrasser de moi.

Je fixai Sarah avec stupéfaction pendant que le Boeing amorçait ses manœuvres de descente.

59

L'histoire du désert

> Le verbeux m'a appris le silence, le fanatique, la tolérance et le cruel, la bonté. Étrange, je ne leur porte guère de reconnaissance.
>
> Khalil GIBRAN

Le reste du trajet jusqu'à Carrizozo fut une odyssée tortueuse. Après plus de trois heures d'attente à Minneapolis, nous prîmes une correspondance pour Albuquerque. Le vol se déroula au milieu de terrifiantes turbulences.

Quand l'avion se posa enfin dans la ville la plus peuplée du Nouveau-Mexique, il était déjà onze heures. Vers minuit, nous quittâmes l'aéroport dans une Ford Focus de location. Il nous restait presque deux cents kilomètres à parcourir avant d'atteindre la bourgade du désert.

Mon bras plâtré ne me permettait pas de conduire, Sarah prit donc le volant et appuya sur l'accélérateur pour nous emmener loin des faubourgs de la ville.

Peu de temps après, nous roulions dans une plaine désertique qui semblait s'étendre à l'infini. L'autoroute se perdait à l'horizon des rochers aux reflets argentés sous la lune et je commençais à avoir le sentiment que nous avions été transportés à la surface de notre satellite.

Peut-être à cause de l'heure tardive ce dimanche-là, ou plutôt ce lundi, nous n'avions pas croisé le moindre véhicule depuis la périphérie de la ville. Il était une heure du matin et soixante-dix kilomètres nous séparaient encore de Socorro, l'agglomération la plus proche, d'où nous prendrions la direction de Carrizozo, une nouvelle étape d'au moins cent kilomètres.

Je m'abîmai peu à peu dans la contemplation du paysage lunaire, quand Sarah me tira de mes pensées.

— Je suis moulue, sans compter que je ne vois pas très bien de nuit.

— Ne t'inquiète pas. Les probabilités que tu emboutisses une autre voiture sur cette autoroute sont extrêmement réduites. À moins que ta sœur ne trouve le moyen de nous rentrer dedans.

— Je ne pense pas qu'elle ose venir jusqu'ici. En tout cas, tu ne devrais pas avoir peur d'elle. Je ne vois vraiment pas pourquoi quelqu'un qui t'a sauvé la vie chercherait à te tuer ensuite.

— On ne sait jamais.

La traversée nocturne se poursuivit en silence. Le territoire qui s'étendait de part et d'autre de la route était si immense et si vide que nous avions à peine conscience de notre déplacement.

Un long moment s'écoula sans le moindre changement.

— Raconte-moi quelque chose, finit par dire Sarah. J'ai les paupières lourdes.

— Que veux-tu que je te raconte ?

— Un truc sympa. Une histoire de désert.

Comme ça, de but en blanc, c'était un sacré défi. Je commençai à repasser mentalement les légendes dont je m'étais inspiré pour rédiger des textes radiophoniques, avant de travailler pour *La Red*, et j'en trouvai une susceptible de s'adapter à ce décor bleu argenté solitaire.

— Je crois que c'est de Khalil Gibran, le poète libanais. Ça parle d'un homme qui avait marché toute sa vie dans le désert. À la fin de son existence, il se retourna pour regarder le chemin parcouru. Il remarqua qu'à certains endroits il y avait deux séries d'empreintes et à d'autres seulement une. L'homme médita alors sur son passé, puis il comprit qu'il s'agissait de ses propres empreintes, accompagnées de celles de Dieu. Alors, il leva les yeux et interrogea le ciel. « Mon Dieu, pourquoi m'as-tu abandonné aux pires moments ? » Dieu lui répondit : « Je ne t'ai jamais abandonné. Là où tu ne vois qu'une seule série d'empreintes, c'est que je te portais dans mes bras. »

Sarah sembla émue par cette histoire et effleura ma main valide du bout des doigts.

— À toi, maintenant. Raconte-moi quelque chose. Je ne sais presque rien de toi.

— Tu en sais plus que quiconque, rectifia-t-elle. Depuis Berne, nous avons tous les deux réfléchi sur ces mystères, nous avons mangé, dormi, nous nous sommes réveillés ensemble. Nous avons voyagé dans la même direction... Tout cela crée une certaine intimité, tu ne crois pas ?

— D'accord, mais je ne sais rien de ton passé. Ah, si ! Tu as une sœur cinglée qui te suit à travers le monde et élimine ceux dont elle trouve l'existence superflue.

— À quoi ça t'avancerait de connaître mon passé ? Ce que je suis en ce moment, dans cette voiture, sous les étoiles, ne te suffit pas ?

Je méditai quelques secondes pendant que l'autoroute continuait à dérouler son immuable rectitude au milieu du désert.

— Ça me suffit en ce moment, finis-je par dire. Mais, d'un autre côté, je sais que notre voyage va se terminer, bien ou mal, et l'idée que nous devions bientôt nous séparer ne me plaît pas. Je me suis habitué à toi, tu sais.

Pour toute réponse, Sarah sourit, sans détourner ses yeux de l'horizon qui semblait se dérober sans cesse.

En arrivant à Socorro, une vilaine petite ville de l'Ouest américain, Sarah s'arrêta près d'un modeste Holiday Inn et poussa un soupir.

— Je n'en peux plus. Il est deux heures du matin, et je tombe de sommeil. Ça t'ennuie si on remet la dernière partie du trajet à demain ?

Le réceptionniste de l'hôtel, un homme rachitique aux lunettes à la monture démodée, examina nos passeports étrangers avec grand intérêt.

— Vous êtes des chasseurs d'ovnis ?

La question nous désarçonna, mais je finis par trouver une réponse.

— Absolument. Ça se voit tant que ça ?

— Pas spécialement, mais les rares Européens qui passent par ici viennent étudier les sites. Le plus fameux atterrissage a eu lieu en 1964. Ça a bouleversé le monde. Vous n'en avez pas entendu parler ? Un policier appelé Lonnie Zamora a vu un vaisseau extraterrestre se fracasser dans un ravin près d'ici. On a entendu le bruit du crash dans toute la ville, et beaucoup de gens de Socorro ont aperçu les flammes et la fumée après l'accident.

Il valait mieux couper court à la conversation.

— En fait, nous allons à Carrizozo, dis-je.

— Oh, mais c'est dans le trou du cul du monde. Y a rien du tout là-bas, même pas des soucoupes volantes.

60

Carrizozo

Le désert est un lieu sans perspective.

Nadine GORDIMER

Après avoir dormi dix heures de suite seul dans un lit *king size*, je rejoignis Sarah pour un déjeuner américain, et nous reprîmes notre périple sous un soleil impitoyable.

De jour, le paysage avait perdu son charme lunaire, ce n'était plus qu'une friche juste bonne pour les lézards qui se faufilaient entre les pierres et les mauvaises herbes. Pour le reste, des kilomètres et des kilomètres de terrain pelé cuisaient sous les rayons de l'astre roi.

Nous laissâmes derrière nous les églises coloniales de Socorro pour traverser le Rio Grande vers San Antonio. Là, nous prîmes la route 380 en direction de l'est. Destination Carrizozo. Une centaine de kilomètres nous séparaient du lieu où nous espérions reprendre notre quête.

Pendant que Sarah se concentrait sur la conduite, les yeux protégés par des lunettes de soleil sophistiquées, je me perdis dans la contemplation des montagnes arides qui bordaient la route.

Je finis par sortir de ma fascination.

— Si Mileva vit dans ce village au nom bizarre, ça ne devrait pas être très compliqué de la trouver.

— Tu me parais bien sûr de toi.

— Il n'y a que mille habitants. D'après la carte, la région est extrêmement dépeuplée. Pas étonnant qu'ils aient choisi ce coin pour faire exploser la bombe au plutonium.

— Je te conseille de garder ce genre d'opinions pour toi, si tu ne veux pas finir lynché par les gens du coin.

— Si d'autres ne s'en sont pas déjà chargés, ajoutai-je.

Après une heure de trajet dans le désert, un panneau marron entre deux poteaux annonça que nous entrions à Carrizozo. Le village semblait ne compter qu'une seule rue, ponctuée de quelques établissements des deux côtés.

À midi ce lundi-là, presque personne n'était dehors.

Après une brève exploration de cette agglomération désolée, nous ne trouvâmes aucun hôtel. Finalement, Sarah arrêta la voiture devant une pompe à essence, dont s'approcha un jeune homme de type mexicain, à l'épaisse chevelure retenue par une queue-de-cheval.

— Le plein ? proposa-t-il en brandissant le pistolet du distributeur. Selon votre destination, vous pourriez avoir du mal à trouver du carburant.

— Nous restons ici, dit Sarah. Justement, nous cherchions un endroit où loger quelques jours.

— Quelques jours ! s'exclama le garçon. Deux heures suffiront largement. Si vous visitez le musée de l'Histoire de Carrizozo, vous aurez tout vu.

— Nous ne voulons rien visiter, nous avons seulement besoin d'une chambre.

— Une chambre... répéta-t-il, stupéfait. Mon père a bien une chambre ici, au-dessus de l'entrepôt.

Il désigna un édifice de brique marron à deux étages, de l'autre côté de la route. L'endroit avait l'air abandonné depuis une éternité.

— Il y amène ses petites amies, d'habitude. Mais je vais l'appeler pour voir s'il est prêt à le louer.

Quelques secondes plus tard, il avait composé un numéro sur son mobile et entamait une conversation animée avec son père. L'échange était ponctué de cris, d'insultes et de plaisanteries à usage interne. Pour finir, il leva le pouce en signe de triomphe.

— Il dit que si vous faites le plein ici et que vous prenez vos repas dans le restaurant de mon oncle, il vous cède volontiers la chambre. Gratuitement, souligna-t-il. Vous voulez visiter ?

Nous hochâmes la tête en même temps et le jeune homme regagna son minuscule bureau en trottinant. Il en revint avec un trousseau de clés.

— Faites attention en traversant, nous dit-il. N'allez pas vous faire renverser.

Je regardai des deux côtés de la route absolument déserte, avant de comprendre la plaisanterie.

La « chambre » du père était un entrepôt de barils d'essence, équipé d'une paillasse contre un mur. Sur la vitre de l'unique fenêtre, une épaisse couche de poussière masquait presque entièrement la rue.

— Il y a aussi l'air conditionné, annonça le gamin.

Il alluma un engin qui démarra en émettant un rugissement de moteur géant.

Je pensais qu'à aucun prix cette chambre sordide à un seul lit ne pouvait convenir à Sarah. Quelques revues pornographiques, vraisemblablement en service depuis plusieurs années, traînaient sur la table.

— La vérité est que nous ne voulons pas offenser ton père, commençai-je. Remercie-le de notre part pour sa proposition et dis-lui...

— Que nous sommes ravis d'accepter son hospitalité, conclut Sarah, à mon plus grand étonnement.

— Je lui dirai, assura le garçon avec fierté. Ne vous faites pas une mauvaise opinion de lui. C'est un homme bien. Ma mère est morte quand j'étais encore enfant, et papa se console avec celles qui restent. Une chance qu'il ne vous ait pas vue, señora, parce qu'il aurait certainement eu une crise cardiaque. Il est parti quelques jours rendre visite à son cousin de Madrid, c'est pour ça qu'il n'a pas besoin de la chambre.

— À Madrid ! m'exclamai-je. Mais il faut au moins deux jours, rien que pour le voyage.

— Pas du tout ! C'est sûr qu'il y a un bon bout jusqu'à Albuquerque, mais ensuite, il ne reste que vingt-cinq kilomètres pour arriver à Madrid. C'est un tout petit village.

Il parlait certainement d'un Madrid qui se situait au Nouveau-Mexique. Je compris aussi qu'à Carrizozo les distractions étaient rares, parce que le gamin ne semblait pas près d'abandonner la garçonnière de son père. Entre-temps, le village manquait cruellement d'approvisionnement en carburant.

— En plus du musée, quand le soleil descendra, vous pourrez aller à la Vallée de Feu, à quelques kilomètres d'ici. Vous verrez de la lave solidifiée depuis mille cinq cents ans.

Sarah s'était assise au bord du lit. Elle devait considérer que le garçon était digne de confiance, car elle lui exposa une partie de nos plans.

— En fait, nous cherchons quelqu'un. Tu peux peut-être nous aider ?

— Évidemment ! Je connais tout le monde ici.

Je m'installai sur le lit près de Sarah, attentif à ses explications.

— Nous cherchons une femme de soixante-dix ans, appelée Mileva, si elle n'a pas changé de nom. Autrefois, elle faisait partie des activistes qui protestaient contre les armes nucléaires, comme ceux qui se rassemblent à Trinity.

Cette information sembla scandaliser le gamin, comme si l'activisme était synonyme de terrorisme.

Il se rapprocha de la porte, soudain pressé.

— Personne de ce genre ne vit ici, je vous assure. Il n'y a que des gens normaux à Carrizozo. Pour n'importe quoi d'autre, je m'appelle Moïse, pour vous servir. Maintenant, il faut que je m'en aille, mais si vous avez besoin de quoi que ce soit, appelez-moi par la fenêtre. En plus de tenir la pompe, je fais aussi des courses. Vous savez, apporter et transporter des choses.

Je ne sus pas si cette dernière phrase avait un double sens ou s'il s'agissait de la manière de parler de ce Moïse. Quand la porte de la chambre se referma, Sarah et moi échangeâmes un regard. Que diable faisions-nous ici ?

61

Des lettres pour sauver le monde

> Comme notre situation est étrange, à nous, enfants de la Terre ! Nous ne faisons que passer. Nous ne savons pas pourquoi nous sommes là, même si parfois nous croyons le sentir. Mais, dans notre vie de tous les jours, sans qu'il soit besoin de beaucoup réfléchir, nous savons une chose : nous sommes là pour les autres.
>
> Albert EINSTEIN

Je laissai Sarah endormie tout habillée sur le lit, pour cause de draps constellés de taches et de brûlures de cigarettes, et je sortis faire une reconnaissance de Carrizozo. En ce lundi à la mi-journée, la petite bourgade me paraissait le lieu le plus hostile du monde.

Après avoir acheté deux bouteilles d'eau et un paquet de biscuits à la même station-service, je regagnai notre nouveau quartier général, aux antipodes de notre précédente résidence de Brooklyn.

Mon associée dormait encore. Je me dis que, même s'il n'y avait qu'un seul lit, cela ne poserait pas trop de problèmes, puisque aucun de nous deux n'allait se glisser entre ces draps.

Faute de mieux, je me rafraîchis le visage dans une minuscule salle d'eau contiguë à la chambre. Puis je m'installai du côté libre du lit avec la partie du manuscrit qui me restait à étudier. Depuis que nous avions intensifié la recherche de Mileva, mon travail éditorial était passé au second plan. J'avais peu d'espoir de terminer à la date impartie.

Bien sûr, il n'y avait ni publication prévue, ni éditeur, mais Sarah m'avait fait comprendre que la Quintessence exigeait que j'honore ma promesse. Je devrais donc compléter la biographie, même s'ils ne savaient pas avec certitude ce qu'ils cherchaient.

Le temps filait, l'argent disponible se réduisait, et tout ce que j'avais gagné, c'était une femme adorable, endormie sur une couche immonde. Étrange compensation pour un aussi long voyage.

Je parcourus la correspondance qu'Einstein avait échangée avec Sigmund Freud. « Est-il possible de contrôler l'évolution mentale de l'homme pour le mettre à l'abri de ces psychoses génératrices de haine et de destruction ? » avait-il demandé au père de la psychanalyse. Je m'apprêtais à lire la réponse du médecin autrichien quand on frappa deux grands coups à la porte. Je fus aussitôt en alerte.

Sarah ouvrit les yeux, en pleine confusion.

— Moïse ?

— Police, dit une grosse voix.

Durant le bref trajet du lit à l'entrée, les fantasmes que j'avais laissés à Barcelone déboulèrent à nouveau sous mon crâne. On m'avait peut-être relié à un des crimes et on allait me réclamer toutes sortes d'explications.

Cependant, en découvrant de l'autre côté du battant un gros policier en sueur, un cigare fiché au coin de la bouche, je compris qu'Interpol n'était pas sur mes traces. Après avoir montré sa plaque, il entra dans la pièce sans demander la permission et prit appui contre le dossier d'une chaise.

Sarah s'était de nouveau assise au bord du lit, sous le regard admiratif du nouveau venu. Puis, il me dévisagea quelques secondes avant de s'expliquer.

— En tant que shérif de cet endroit, j'ai pour obligation de me tenir au courant des allées et venues des gens, par ici. Tout se sait très vite dans le coin, et nous sommes habitués à trancher dans le vif.

Je lui remis mon passeport, et Sarah fit de même avec le sien. Cependant, le policier ne daigna pas les ouvrir et nous rendit les documents d'un geste dédaigneux.

— Ce qui m'intéresse, c'est qui vous cherchez. Dans le village, on raconte que vous êtes sur les traces d'une agitatrice étrangère, d'où mon inquiétude. Il ne se passe jamais rien ici, et je n'aime guère que les étrangers viennent faire des embrouilles. Vous comprenez ? Tout le monde aime être maître chez soi et Carrizozo ne fait pas exception à la règle.

— Nous n'avons pas l'intention de créer des problèmes dans le village, intervins-je de mon ton le plus diplomatique. Nous souhaiterions simplement savoir…

— Qui diable cherchez-vous ? m'interrompit-il d'un air méfiant.

Sarah répéta ce qu'elle avait révélé à Moïse sur Mileva, sans préciser toutefois qu'il s'agissait de la petite-fille d'Einstein.

— Vous perdez votre temps, assura le policier en se redressant avec effort. Personne ici ne correspond à cette description, croyez-moi. Si vous voulez voir ce genre d'individus, il faut que vous alliez à Capitan, à Lincoln ou à Roswell, les trois villages qui suivent celui-ci. Surtout à Roswell. Vous savez ce qui s'est passé là-bas en 1947, ils ont capturé un Martien et lui ont fait une autopsie. Il y a eu un documentaire et tout le bazar.

— Merci du conseil, intervins-je à mon tour. De toute façon, nous avions prévu de visiter Trinity.

En entendant ce nom, l'agent carra soudain les épaules, comme s'il venait d'avoir la confirmation que nous trempions dans des affaires louches. Après avoir écrasé son mégot de cigare sur le sol, il n'hésita pas à passer au stade de la menace tacite.

— Je vous préviens que, si vous avez l'intention de pénétrer dans la zone interdite sans autorisation, ça vous coûtera très cher. On ne peut visiter l'obélisque de Trinity que le premier samedi d'avril et le premier samedi d'octobre.

— Seulement deux jours par an ? s'étonna Sarah.

— Exactement, répondit le policier en effleurant l'étui de son arme. Pourquoi plus ? Ce n'est pas comme si ce truc était la statue de la Liberté !

— Vous pouvez être tranquille, dis-je. Nous n'irons pas à Trinity en dehors de la période autorisée.

— Ça vaudra mieux pour vous, conclut-il.

Il ouvrit la porte. Avant de quitter la pièce, il contempla longuement Sarah, réservant à ma personne un regard plus bref et tout aussi méprisant qu'à son arrivée, insistant légèrement sur mon bras plâtré.

— Si j'étais vous, je partirais vers le nord. À Santa Fe, vous trouverez des bars et des salles de bal. De quoi vous amuser. À Carrizozo, il n'y a qu'un club de femmes et des rues désertes. Croyez-moi, ce n'est pas un endroit pour vous.

Quand le policier eut fermé la porte, je laissai échapper un léger soupir. Puis je me tournai vers Sarah.

— Bon. Et maintenant ?

62

Les champs unifiés

> Celui qui n'est pas rebuté en commençant la mécanique quantique n'y a absolument rien compris.
>
> Niels Bohr

Après avoir étudié la carte du Nouveau-Mexique, nous avions décidé de suivre la recommandation du policier et de quitter Carrizozo dès le lendemain matin. Pas à cause de notre intérêt, très mesuré, pour le spécimen extraterrestre disséqué à Roswell, mais plutôt parce que les deux agglomérations précédentes se situaient plus près de l'obélisque interdit de Trinity.

Selon la carte, pour approcher de l'épicentre de l'explosion nucléaire à partir de notre position, nous pouvions prendre une route qui menait aux villages de Ruidoso et Mescalero.

Cependant, rien ne nous assurait que nous trouverions la trace de Mileva.

Nous avions discuté de tout cela devant un dîner *tex-mex* dans le restaurant de l'oncle de Moïse, où notre arrivée avait soulevé de grandes interrogations parmi les rares clients.

À dix heures du soir, nous lisions tous les deux au lit, dans le rugissement léonin du climatiseur, tel un vieux couple accusant un grand nombre d'heures de vol. Le livre de Sarah s'intitulait *Construyendo Babel*[12], l'histoire romancée d'une bibliothèque personnelle ; de mon côté, je continuais le manuscrit en griffonnant sur des feuilles blanches que je sortais au fur et à mesure de ma valise, après y avoir rangé la précédente.

La partie la plus frustrante du travail d'Einstein avait été sa tentative de découvrir une théorie unique qui expliquerait toutes les forces en action dans l'Univers, une formule qui résoudrait une question : qu'est-ce qui unifie tout ?

Selon les sources académiques officielles, Einstein était mort sans trouver la solution à ce problème – l'ultime réponse.

Avant d'abandonner mon travail pour le reste de la journée, je lus le résumé qu'avait donné Yoshimura des derniers temps du physicien.

> Einstein consacra les ultimes années de son existence à répondre aux centaines de lettres qu'il recevait chaque jour, exprimant toutes sortes de demandes. Jusqu'à la fin de sa vie, il s'étonna d'être un personnage aussi médiatique.
>
> Au-delà de cette tâche épistolaire, Einstein travailla également à creuser une question qui n'a pas encore été résolue aujourd'hui : la fameuse unification des champs. Il croyait que les quatre forces fondamentales de la nature – la gravité, l'électromagnétisme, l'énergie nucléaire forte et l'énergie nucléaire faible – étaient des manifestations différentes d'une force unique. Les trois dernières s'étaient déjà fondues dans une même théorie, mais la gravité continuait à poser problème, et il ne trouvait pas le moyen de l'unifier aux trois autres.

J'interrompis ma lecture en constatant que Sarah dormait déjà, la tête sous le coussin pour éviter la clarté de la petite lampe.

---

12. *Construyendo Babel* de Hilario J. Rodríguez, Tropismos, 2004.

Après avoir éteint, je restai assis quelques minutes, réfléchissant à l'absurdité de l'existence pendant que la lune filtrait à travers la fenêtre sale. Dans cette pièce remplie de bidons d'essence, de revues mille fois manipulées et de désespoir, je me sentis soudain perdu. J'étais loin de tout. Loin de moi-même. Et la seule personne auprès de qui je souhaitais être regagnerait son monde dès qu'elle admettrait que notre quête était aussi infructueuse que celle de l'unification des champs.

Avant d'essayer de trouver le sommeil, j'inspirai profondément le parfum de jasmin de ma belle endormie.

J'étais sur le point de fermer les yeux quand je sursautai en saisissant du coin de l'œil un bref éclat à la fenêtre. Si la lueur avait été plus fugace, j'aurais cru qu'il s'agissait d'une mouche ou d'une libellule qui s'était écrasée contre la vitre. Mais l'impact avait produit un bruit plus net, plus percutant, comme celui d'un objet solide lancé de l'extérieur.

Un deuxième coup sec se fit entendre, je sautai du lit et courus ouvrir la fenêtre. Le ciel limpide et la clarté lunaire me permirent de reconnaître la silhouette qui se tenait au pied du bâtiment en brique. Moïse.

J'oubliai que Sarah dormait et me penchai par l'ouverture.

— Qu'est-ce que tu fabriques ? criai-je, furieux.

— Ça fait un moment que je vous appelle, mais avec le climatiseur à fond, vous ne m'avez pas entendu. Et j'ai laissé les clés de l'entrepôt à la maison. C'est pour ça que j'ai lancé les pièces.

Sarah me rejoignit à la fenêtre.

— Explique-nous ce qui se passe, Moïse, demanda-t-elle au gamin.

— Ce n'est qu'une idée, dit-il en ébauchant un sourire, mais je crois que je tiens quelque chose. J'y ai pensé pendant que je me préparais à dîner. Il y a deux ans, j'ai été camper dans la Vallée de Feu, je l'ai rencontrée, et elle m'a invité à prendre un bol de soupe. Pas de doute, c'est sûrement elle, la femme pierre.

— La femme pierre ? répétai-je avec surprise. Je ne comprends pas de quoi tu parles.

— L'étrangère que vous cherchez, cette...

— Mileva, compléta Sarah avec émotion.

— C'est bien ça. J'ai brusquement compris que c'était la femme pierre, parce qu'elle m'a parlé de ce genre de chose. La bombe la préoccupait beaucoup.

— Pourquoi l'appelles-tu la femme pierre ? demandai-je, contaminé par l'émotion de Sarah.

— C'est ainsi qu'on l'appelle par ici, répondit Moïse. Mais peu de gens l'ont vue. C'est une femme blanche qui passe beaucoup de temps dans une grotte de la Vallée de Feu. On dit qu'elle peut passer des jours entiers sans bouger de l'entrée de la grotte. Qu'il pleuve ou qu'il fasse chaud, elle reste là, comme une pierre. Vous voulez faire sa connaissance ?

— Évidemment, s'exclama Sarah. Quand pourras-tu nous conduire à la grotte ?

— Tout de suite. J'aime autant que ceux du village ne sachent pas que je vous ai emmenés là-bas.

63

La femme pierre

Quand l'élève est prêt, le maître apparaît.

Proverbe zen

Moïse préféra prendre la tête de l'expédition sur sa moto, nous le suivions dans la voiture de location. Notre convoi roulait vers une partie de la Vallée de Feu que les gens de la région appelaient Malpais à cause de son extrême aridité.

Au bout d'environ six kilomètres et demi d'un trajet solitaire sur la NM 380, nous empruntâmes une route secondaire qui s'arrêtait devant un camping. Notre guide gara sa moto et nous indiqua que nous pouvions laisser notre véhicule sur place.

Dans le ciel dégagé, les étoiles brillaient avec intensité, la terre entière resplendissait d'une clarté bleuâtre.

Moïse nous conduisit jusqu'à un promontoire du camping qui dominait une gigantesque formation de lave. Des fleuves de pierre carbonisée dessinaient de douces collines et des ravins dans un paysage insensé. En une étonnante démonstration de la persévérance de la nature quelques arbustes luttaient pour se frayer un chemin entre les roches crachées par le volcan, mille cinq cents années plus tôt.

— J'ai du mal à imaginer que quelqu'un puisse vivre ici, commentai-je, fasciné par ce paysage.

— Seule la femme pierre le peut, répondit notre guide. C'est pour cela que nous lui donnons ce nom.

Je parcourus du regard le terrain de camping, vierge de toute tente. Le lieu était trop solitaire et ténébreux pour inspirer l'envie d'y passer la nuit.

— Voyons si nous la trouvons, dit Moïse.

Il nous montra un sentier étroit qui s'enfonçait dans la vaste mer de lave.

Sarah et moi portions des chaussures de sport, mais les cailloux pointus se fichaient dans nos semelles, entravant notre progression.

Nous cheminâmes plus d'une demi-heure dans ce paysage dantesque, éclairé par une gigantesque lune qui semblait suspendue juste à quelques dizaines de mètres au-dessus de nos têtes.

Si Carrizozo m'avait paru l'endroit le plus retiré du monde, Malpais était le lieu le plus désolé de la Terre. Pendant que nous grimpions une éminence rocheuse, je me réjouissais que notre randonnée soit nocturne. En plein soleil, on devait frire comme en enfer dans ces champs de lave.

Moïse nous montra l'entrée d'une grotte de l'autre côté de la colline.

— Nous sommes arrivés. Attendez-moi ici. Si nous sommes trop nombreux, la femme pierre risque d'être effrayée.

Puis il descendit la pente en trottinant. En atteignant l'entrée, il fit clignoter sa torche plusieurs fois. Cela ressemblait à un signal. Puis, il attendit, les mains passées dans la ceinture, mais rien ne se produisit. Finalement, il pénétra dans la grotte.

Quelques secondes plus tard, il ressortit, puis écarta légèrement les bras, en signe d'impuissance. Pas de chance. Mais les nouvelles n'étaient pas entièrement mauvaises.

— Elle vit toujours ici, déclara-t-il. J'ai vu les restes d'un feu et un panier de fruits secs. Elle doit être sortie.

J'embrassai du regard l'immense mer de lave.

— Sortie ? Mais où ?

— La femme pierre connaît bien les environs et elle a l'habitude de ramasser des herbes médicinales pour soigner toutes sortes de maladies. Elle est vieille. Vous voulez voir où elle vit ?

— Ce ne serait pas correct, répondit Sarah. Nous l'attendrons ici.

— Il se peut qu'elle ne revienne pas de la nuit, nous prévint Moïse. La femme pierre aime marcher la nuit. Parfois, elle va jusqu'à Ruidoso, un petit village pas très loin d'ici, ou à Alamogordo, même si c'est interdit.

— Alamogordo ? Où ça se trouve ? demandai-je.

— Du côté de Jornada del Muerto, répondit-il. Là où ils ont fait exploser cette bombe dont tout le monde parle.

Sarah me regarda et je compris que nous avions le même nom en tête : Trinity. Mais Moïse continuait déjà ses explications.

— Mais je suis certain qu'elle n'est pas partie loin, parce qu'elle a laissé les fruits. La femme pierre ne mange pas de viande.

— D'où sort-elle ces fruits ? demandai-je, intrigué. Elle va les acheter au village ?

— Jamais ! Elle ne serait pas bien reçue. Au village, on dit que c'est une sorcière, parce que les gens viennent de loin pour lui rendre visite et lui demander des remèdes. Ils lui apportent de quoi manger, et elle leur demande en plus de faire des choses très loin d'ici.

Ma fascination était sans bornes.

— Quelles choses ? Comment ça, loin d'ici ?

Moïse haussa les épaules, puis bâilla. Il nous avait dit tout ce qu'il savait, il était prêt à repartir.

— Vous êtes certains de vouloir passer la nuit ici ?

— Nous l'attendrons, confirma Sarah d'une voix sereine.

Après nous avoir salués, le garçon repartit en trottinant, puis reprit le petit sentier en direction du camping et disparut dans le bleu céleste des roches volcaniques.

Dans ce silence absolu, nous avions presque mal aux oreilles.

Nous nous installâmes sur un espace dégagé au flanc de la colline. Sarah passa le bras autour de ma taille et posa la tête sur mon épaule. Un long moment s'écoula ainsi, nous étions comme un couple arrivé à la fin du monde et qui n'espérait plus que quoi que ce soit puisse encore se produire.

Je ne me souvenais pas de m'être endormi, mais lorsque j'ouvris les yeux, ma tête reposait sur les cuisses de Sarah qui me caressait doucement les cheveux. La nuit du désert se nuançait d'une teinte violette, montant comme une cape à l'horizon.

Le silence n'était plus absolu. Je me redressai en percevant un léger crépitement, curieux de sa provenance.

— Là, dit Sarah d'une voix tremblante d'émotion.

Elle me montra l'entrée de la grotte.

Une faible clarté vacillait à l'intérieur.

64

Histoire de Mileva

> Si l'on sépare le judaïsme des prophètes et le christianisme tel qu'il fut enseigné par Jésus-Christ de tous les ajouts ultérieurs, en particulier ceux des prêtres, il subsiste une doctrine capable de guérir l'humanité de toutes les maladies sociales.
>
> Albert EINSTEIN

La femme pierre avait une longue crinière blanche et la peau crevassée comme la terre sèche. Cependant, son regard possédait la même vivacité que celui de Lieserl sur la photo que nous avions vue à Staten Island. Il brillait de la curiosité qui caractérisait tous les portraits d'Einstein.

Aucun doute, cette femme prématurément vieillie était Mileva, fille de Lieserl et de son second mari, petite-fille d'Albert et de la première Mileva.

Nous avions accompli notre destin.

Elle nous invita à entrer dans la grotte. Je retrouvais la voix douce qui m'avait parlé au téléphone et qui lisait la lettre d'Einstein à Roosevelt sur l'enregistrement du Monkey Town. Et sans doute ces mains ridées avaient-elles rédigé les enveloppes et les cartes postales qui avaient réuni des inconnus à des milliers de kilomètres d'ici.

Comme s'y était-elle prise ? Voilà un mystère que nous n'allions pas tarder à résoudre. Mais des questions plus pressantes planaient dans l'air, comme la vapeur s'élevant du chaudron où chauffait une infusion qu'elle agitait régulièrement avec une louche.

Nous avions pris place sur une peau de mouton, devant une large pierre plate qui faisait office de table.

— Voilà pour toi. Et pour toi, dit-elle en espagnol avec une pointe d'accent mexicain.

Après avoir servi trois tasses d'infusion et les avoir posées sur la grande pierre, Mileva s'installa face à nous. Sa longue chevelure blanche retombait sur un de ces ponchos que portent les femmes indiennes.

— Vous avez fait un bien long voyage pour faire la connaissance d'une vieille femme oubliée du monde, reprit-elle. Cependant, j'ai peur que vous n'alliez au-devant d'une déconvenue. Je pourrai vous fournir bien des réponses, mais pas celle que vous cherchez.

Je décidai de lui rendre son tutoiement.

— Si ce que tu as à révéler n'a pas d'importance, pourquoi as-tu semé des indices à travers deux continents pour nous permettre d'arriver jusqu'ici ?

Mileva m'adressa un sourire bienveillant.

— Je n'ai pas dit que ce n'était pas important. Je tiens à partager avec vous quelque chose qui me paraît essentiel pour le monde, mais ce ne sera pas moi qui ouvrirai la dernière porte. Cela ne me revient pas. Et pour être sincère, j'ignore ce qui se trouve derrière.

Sarah contemplait la dame du désert, les yeux humides d'émotion. De toute évidence, le simple fait de se retrouver devant la fille de Mileva Marić représentait pour elle un prix qui compensait toute cette odyssée. Mais j'étais d'un autre avis.

— Certaines personnes s'ingénient à assassiner ceux qui arrivent trop près de l'ultime réponse. Il doit y avoir quelque chose d'important derrière cette porte, pour qu'ils infligent la mort à tous ceux qui tentent de se l'approprier.

— On peut tuer pour quelque chose qu'on ne connaît pas, qu'on n'a jamais vu. Pensez aux Européens qui voulaient trouver l'Eldorado ou à ceux qui commettent des attentats-suicides au nom de Dieu. Mais n'ayez crainte, le désert nous protège.

Je songeai à notre Moïse. Si ceux qui cherchaient à s'emparer de l'ultime réponse lui tombaient dessus, ils découvriraient le chemin jusqu'à ce refuge.

— Mais qu'espèrent-ils obtenir ? intervint Sarah, qui ne parvenait pas à surmonter son émotion.

— Des choses diverses. Peut-être une nouvelle source d'énergie pour alimenter les machines de ce monde en folie. Ou seulement s'approprier la théorie de l'unification pour gagner un Nobel de physique. Toutes les ambitions peuvent conduire au crime. Mais j'ai peur que quelque chose de bien différent nous attende derrière la porte.

Ce discours circulaire et métaphorique me rendait nerveux, et je décidai de faire appel à mon côté pragmatique de journaliste.

— Il n'est pas encore temps d'ouvrir cette « dernière porte » dont tu parles, soit. Mais tu peux peut-être nous montrer d'autres pièces de la maison de ton grand-père ? A-t-il finalement trouvé une formule commune aux quatre forces fondamentales ?

— Oui, à sa manière, mais vous n'êtes pas encore prêts à le comprendre.

— Quand penses-tu que nous le serons ?

— Impossible à dire. Chacun chemine selon son propre rythme. Ce qui compte, c'est d'arriver à destination.

Un silence qui n'avait rien d'inconfortable s'installa. Avec Sarah près de moi, en compagnie de cette vieille dame à la voix douce, j'avais la sensation d'être à la maison. C'était un foyer isolé, dans le plus désolé des parages, mais incontestablement un foyer.

Les braises crépitaient, illuminant un espace meublé de quelques tapis, de deux caisses de vivres et d'une étagère fixée à la paroi destinée aux ustensiles de cuisine.

— Comment es-tu arrivée ici ? demanda Sarah.

— Après s'être séparée de son premier mari, ma mère a brièvement vécu à New York, puis s'est installée à Cloudcroft, un village de montagne, tout près de Trinity. Elle n'avait jamais voulu connaître son père, mais se sentait néanmoins coupable, parce que ses découvertes avaient engendré la formule de la bombe atomique. À Cloudcroft, un domaine skiable, elle a rencontré un veuf qui gérait un petit restaurant et en est tombée amoureuse. Malgré ses quarante ans passés, elle a eu un deuxième enfant avec lui. Et me voilà.

— Alors, tu as poursuivi le travail de ta mère, soulignai-je.

— En effet, même si elle ne m'a jamais pardonné d'avoir repris contact avec son père. En plus de l'avoir abandonnée, elle le chargeait de tous les maux de l'humanité. C'est la raison pour laquelle j'ai quitté Cloudcroft à l'âge de dix-huit ans. Je suis partie pour l'Europe avec l'argent que m'avait légué mon grand-père. J'ai vécu beaucoup de choses là-bas, tristes et gaies. J'ai habité deux ans à Paris, je suis entrée en relation avec des personnes qui auraient pu recevoir l'ultime réponse. Puis je suis rentrée au Nouveau-Mexique et je me suis établie à Capitan, un village bien tranquille. J'ai une petite maison là-bas, mais tant que ma santé le permet, je préfère vivre dans ce désert. Je m'y sens plus près de Dieu.

Je me souvins de l'histoire de Khalil Gibran en regardant la femme pierre remplir de nouveau les tasses avec l'infusion du chaudron. Puis, elle observa la clarté qui commençait à se répandre par l'entrée de la grotte.

— Il fait déjà jour, dit-elle. Vous devriez partir avant que le soleil ne tape trop fort sur le chemin du retour.

— Quand pourrons-nous te revoir ? demanda Sarah en saisissant avec ferveur une des mains de Mileva.

La femme pierre nous adressa un regard tendre.

— Revenez demain à minuit.

65

La première réponse

> Quand tu te retrouves à un croisement, demande-toi, ce chemin a-t-il du cœur ? S'il en a, il est bon, sinon, il ne sert à rien.
>
> Carlos CASTANEDA

Le crépuscule commençait à rafraîchir l'atmosphère de Carrizozo lorsque je me réveillai. Sarah était dans mes bras. Nous étions rentrés peu avant huit heures. Encore sous le choc de la rencontre avec Mileva, nous avions discuté quelque temps, étendus sur le lit.

Puis, nous nous étions endormis.

J'aurais voulu que cette étreinte, fruit d'une croisée de nos rêves, se prolonge à jamais. À cet instant, comme si un sixième sens l'avait prévenue que je l'observais, Sarah ouvrit aussi les yeux.

L'éclat bleu de son regard tranchant sur sa peau blanche fut comme une seconde aurore.

Elle se dégagea doucement.

— Quelle heure est-il ?

— Un peu plus de dix-huit heures.

Compte tenu de l'état piteux des draps et du dessus-de-lit, nous avions dormi dans nos vêtements couverts de la poussière du désert. Sarah passa la première sous la douche d'eau froide, pendant que je fouillais ma valise, en quête d'une tenue pour le rendez-vous de la nuit avec la femme pierre.

Bien sûr, elle nous avait prévenus qu'elle ne pourrait pas ouvrir la « dernière porte » qui protégeait l'ultime réponse d'Einstein, cependant, le moment était venu de lui poser quelques questions.

Stimulé par cette perspective, je réfléchissais à la grande théorie unifiée qui avait donné tant de fil à retordre à Einstein, tout en prêtant une oreille distraite à l'eau qui coulait de l'autre côté de la cloison. Dans *Une brève histoire de tout, ou presque...*, Bill Bryson met en exergue une des raisons qui a empêché sa découverte. Pendant le XXe siècle, la science était scindée en deux. Un corps de lois physiques pour le monde subatomique et un autre pour l'ensemble de l'Univers, où se passaient des choses très différentes.

Le divorce entre les deux n'avait pas facilité la tâche.

Par la suite, les scientifiques avaient conçu de complexes théories des cordes en travaillant sur dix, onze, voire vingt-six dimensions pour tenter d'expliquer l'inexplicable. Mais la réponse était peut-être plus simple. Comme d'autres grandes découvertes de la science, elle était peut-être si proche que nous étions incapables de la voir.

La question suivante était évidente. Quelle force avait le pouvoir de contenir toutes les forces connues ?

Une fois dans la Vallée de Feu, il nous fallut mobiliser tout notre sens de l'orientation pour retrouver la colline de la femme pierre. Depuis le terrain de camping désert, nous avions facilement localisé le sentier qui menait à la mer de lave, mais au bout de vingt minutes de marche, le doute s'installa.

Le paysage impossible resplendissait sous les étoiles, mais rien ne semblait familier, comme si chaque nuit, un nouveau territoire se déployait.

Par bonheur, Mileva avait allumé un feu devant sa grotte. La clarté nous apparut au moment où nous nous apprêtions à prendre un mauvais embranchement sur le sentier.

À notre arrivée dans la caverne, l'infusion était déjà servie dans trois bols sur la table de pierre. En regardant les cheveux blancs et soyeux de la petite-fille d'Einstein, je m'interrogeais sur la manière dont elle subvenait à ses besoins en eau. Moïse avait dit qu'on lui rendait parfois visite et que certains faisaient des choses pour elle très loin de là, mais il semblait difficile qu'elle parvienne à subsister dans ce Malpais, sans un puits à sa portée.

Pendant les premiers instants de la conversation, Mileva s'intéressa à notre périple.

Puis, elle répondit à nos questions sur les détails de cette habile machination, reconnut avoir organisé la rencontre chez Yoshimura en profitant d'un séjour dans la région de Barcelone pour connaître le refuge de son grand-père à Cadaqués. Elle s'était présentée dans la maison du Japonais sans révéler son identité, sous prétexte de lui transmettre un message du directeur de l'Institut des études avancées de Princeton. Puis, elle avait rencontré Jensen à Budapest et lui avait confié un brouillon de la formule secrète d'Einstein. Après avoir perdu le contact avec lui, elle avait regagné le Nouveau-Mexique.

Pour ne pas troubler sa retraite, nous préférâmes lui épargner le récit du triste sort de Jensen et de la fin de Pawel. Il y avait des choses plus urgentes à éclaircir.

— Que signifie cette formule ? lui demandai-je en montrant le tatouage sur mon bras. Nous avons besoin d'une réponse pour avancer.

— Si vous revenez demain à la même heure, je vous le dirai. Avant cela, vous devez apprendre un autre secret en relation avec ce qui est arrivé à mon grand-père après sa mort.

— Le vol de son cerveau par Harvey, c'est ça ?

Elle remplit de nouveau les bols.

— Exactement. J'ai fini par accepter de le rencontrer, parce que c'était un homme très obstiné pour tout ce qui se rapportait à mon grand-père. Il m'a même offert de me remettre une partie de sa relique, comme il l'avait fait avec Evelyn, et j'ai refusé. Mais le résultat produit par quarante années d'étude sur ces neurones morts revêt une grande importance à mes yeux.

Sarah s'inclina un peu plus vers Mileva.

— Qu'ont-ils trouvé ?

— Rien, par bonheur. Le cerveau d'Albert Einstein était exactement pareil à celui de n'importe qui. Par conséquent, si ce n'était pas à cet endroit que sa singularité trouvait son origine, c'était ailleurs. Et je sais où.

Sarah et moi soutenions en silence le regard de la femme pierre.

— Le secret se situe dans le cœur. C'est le cœur qu'ils auraient dû observer, analyser, parce que son énergie est celle qui abrite l'ultime réponse.

Ensuite, Mileva fit une démonstration de ses connaissances scientifiques en expliquant qu'au cours des années quatre-vingt-dix un groupe de neurocardiologues avait découvert un cerveau alternatif dans le cœur. Quarante mille cellules nerveuses et un réseau complexe de neurorécepteurs qui donnent à notre organe vital la capacité d'apprendre, de se souvenir et de réagir à n'importe quel stimulus.

— Voilà qui explique pourquoi le cœur du fœtus se développe avant le cerveau rationnel. Une autre preuve se trouve dans l'intensité du champ électromagnétique qu'il génère, cinq fois plus puissant que celui qu'émet l'encéphale. Les variations du champ électrique produit par le cœur en fonction de nos émotions peuvent se mesurer à une distance de trois mètres.

En tant que spécialiste de la vulgarisation scientifique, j'avais du mal à accepter ce que nous exposait la petite-fille d'Einstein et je n'hésitai pas à lui faire part de mes réserves.

La femme pierre me considéra avec sympathie.

— Je vais te donner la preuve définitive que ce n'est pas le cerveau qui régit notre destin. De tous les organes vitaux, sais-tu quel est le seul à ne pas être exposé au risque du cancer ?

— Le cœur, répondis-je, impressionné.

— Exactement. Et c'est sans doute pour une bonne raison.

66

La deuxième réponse

> Nous sommes modelés et guidés par ce que nous aimons.
>
> Johann Wolfgang von GOETHE

Après avoir passé une autre nuit en longues conversations avec la femme pierre, puis plus tard avec Sarah, jusqu'à ce que le sommeil nous rattrape, je consacrai la journée du mercredi à noter dans mon ordinateur tout ce que nous avions découvert.

La « première réponse » de Mileva avait été révélatrice et constituait peut-être l'antichambre de celle que nous recherchions. Depuis mon enfance, je me demandais d'où nous venait l'habitude de situer les sentiments dans un organe qui pompait et répartissait le sang à travers l'organisme. Pourquoi pas dans le cerveau qui génère théoriquement les idées et les émotions ?

Maintenant, je savais que nous abritions beaucoup plus dans notre poitrine que nous n'étions capables d'imaginer.

Sarah se souvenait d'avoir vu un documentaire sur la biologie qui l'avait particulièrement impressionnée. Une séquence montrait un jaune d'œuf sur lequel flottait un petit point de sang rouge. En l'observant au microscope, les chercheurs avaient découvert que le minuscule caillot battait, avant même la formation du cœur de l'oiseau.

Ceci démontrait que le désir de vie précédait l'organe qui nous permettait de vivre.

La femme pierre nous attendait déjà dans un coin de sa grotte. Après le rituel de l'infusion, cette fois, ce fut Sarah qui décida de demander la deuxième réponse qu'elle nous avait promise.

— Nous sommes confrontés à la formule $E = ac^2$ depuis pas mal de temps, expliqua-t-elle avec émotion. Nous y avons beaucoup réfléchi, mais nous ne sommes pas d'accord sur la signification de ce *a*.

Mileva baissa à demi les paupières avec un sourire, comme si elle se remémorait le moment exact où son grand-père lui avait confié cette formule.

— Si vous pensez au cœur d'Albert, vous trouverez facilement.

Je risquai une réponse.

— L'amour... Si on substitue l'amour multiplié par la vitesse de la lumière au carré à la masse. Qu'est-ce que ça pourrait signifier ?

Sarah m'adressa un regard admiratif. Pour une fois, j'avais donné dans le mille. De son côté, notre hôtesse se disposait à développer ma déduction.

— Avant tout, il convient de nuancer et de savoir à quel genre d'amour nous nous référons. Pour commencer, une formule ne peut comporter que des symboles universels. C'est-à-dire, une lettre acceptée par tous comme substitut à un élément. *a* peut figurer « amour » dans les langues latines, mais un germanophone comme Einstein ne l'aurait jamais utilisé.

— Ça me paraissait évident, dis-je honteux du peu de subtilité de mon raisonnement. Alors, il faut écarter l'amour comme moteur d'une nouvelle énergie.

— Au contraire, c'est une brillante déduction, mais d'abord nous devons savoir de quel genre d'amour nous parlons.

— Peux-tu nous expliquer ? lui demanda Sarah avec révérence, son bol serré entre les mains.

La femme pierre se leva et avança vers la sortie de la grotte. Elle contempla le ciel et ses étoiles diamantines. Puis, elle revint lentement vers nous, comme un vieux maître soucieux de transmettre son enseignement.

— Les anciens Grecs, qui étaient d'une grande sagesse, ont compris que l'amour n'est pas un concept unique, mais qu'il embrasse trois grandes dimensions. L'une est Éros, la dimension du désir. C'est grâce à elle que nous existons, parce que le désir conduit les corps à se rejoindre et, mus par la recherche égoïste du plaisir, à faire naître la vie. La deuxième dimension est Filia, l'amitié, fondée sur la complicité. On aime, sans espoir de recevoir beaucoup, mais avec le seul désir de partager. En amitié, nous donnons et nous recevons le meilleur du monde. Pour finir, il y a la forme d'amour la plus élevée, Agape, l'amour pur. Cet amour naît de celui qui donne tout sans rien attendre en retour : l'amour du dévouement, de la patience et du pardon, de la compassion et de la paix, l'amour qui unit tout. À la différence d'Éros, Agape n'est pas l'amour de la matière, mais celui de l'esprit.

Après ce discours, nous gardâmes le silence. Nous nous souviendrions de ces paroles longtemps après avoir quitté la grotte pour la dernière fois.

Je décidai de reprendre la question :

— Alors, « Agape » est un terme grec universel, et c'est ce que signifie le *a* dans la dernière formule d'Einstein.

— Oui, nous pouvons parler d'Agape ou d'amour inconditionnel. Si nous revenons à la formule, peut-être maintenant comprendrez-vous son sens. Dans la première formule de l'énergie, en mettant c^2 après la masse, c'est-à-dire la vitesse de la lumière au carré, mon grand-père cherchait à évoquer un nombre si grand qu'il se rapprocherait de notre idée de l'infini. Plus simplement, il voulait dire que toute masse a la capacité de se transformer en une énergie quasi illimitée. C'est pour cela qu'on dit que si la masse d'une simple prune se transformait totalement en énergie on pourrait incendier une ville entière.

À ce moment, Sarah prit la parole.

— En conséquence, la dernière formule d'Einstein nous apprend que l'amour, quand il est infini, se convertit en l'énergie la plus puissante de l'univers. Ou pour simplifier, l'amour peut tout.

Nous gardâmes tous les trois le silence. C'était un moment solennel. Nous n'avions peut-être résolu aucun des problèmes du monde, mais une voie s'ébauchait dans les ténèbres.

Cependant, l'idée était trop vague pour être scientifique, ce qui me poussa à adopter mon rôle le plus rationnel.

— C'est l'ultime réponse d'Einstein ?

— Pas exactement, dit Mileva. Disons qu'il s'agit d'une interprétation de la dernière formule léguée par mon grand-père. Il nous manque le développement qu'il a élaboré en trois feuillets, juste avant de mourir.

— Où se trouve ce document ? demandai-je.

— Malheureusement, il n'a jamais été retrouvé.

Dans la grotte, la seule clarté émanait de la faible lueur des braises, mais le regard de la vieille femme brillait d'enthousiasme.

Je regardai ma montre, il était deux heures du matin. Les yeux pénétrants de la femme pierre étaient marqués de cernes profonds.

— Nous pouvons nous rencontrer encore une nuit. Ensuite, vous devrez quitter cette partie du monde. Voilà le marché.

Sarah et moi nous levâmes du même geste, affligés par ce changement de ton. La femme pierre remarqua notre trouble.

— J'apprécie beaucoup votre compagnie, mais la situation a empiré. Ceux qui se proposent de voler l'ultime réponse, même si nul ne sait où elle se trouve, rôdent déjà du côté de Trinity. Ce n'est qu'une question de jours avant qu'ils ne parviennent jusqu'ici. Soyez sur vos gardes.

67

La troisième réponse

> Peu nombreux sont ceux qui voient avec leurs propres yeux et ressentent avec leur propre cœur.
>
> Albert EINSTEIN

Avoir effleuré l'ultime réponse sans l'avoir vraiment dévoilée, puisque nous n'en connaissions que la formule, donna une saveur douce-amère à notre retour au village.

D'ici vingt-quatre heures, il nous faudrait quitter le Nouveau-Mexique sans avoir atteint notre but. Nous nous étions approchés de la réponse, en avions frôlé les limites, nous avions même commencé à la comprendre. Cependant, il nous restait encore à pénétrer la signification que lui donnait Einstein et la manière dont il comptait appliquer la formule.

Pendant que Sarah se rafraîchissait dans la salle d'eau de notre déprimant refuge, je faisais un parallèle entre la relation qui nous liait et notre quête. Nous nous étions rapprochés et compris, nous nous étions enlacés et avions même échangé quelques baisers, mais nous n'avions abouti à rien.

L'aventure touchait à sa fin, et les chances de voir la situation tourner à notre avantage étaient minces. L'ultime réponse reposait encore dans sa cachette et mon amour pour Sarah avait crû jusqu'à devenir quasiment insoutenable. Je n'étais pas loin de souhaiter que notre ultime entrevue avec Mileva confirme notre échec et que nous rentrions à la maison.

Quand mon tour arriva d'utiliser le cabinet de toilette, le reflet de mon visage mal rasé dans le miroir m'effraya. Je ressemblais à un de ces étrangers qui errent sans but à travers le pays, à la recherche des débris du rêve américain.

Sous la douche, je calculai le montant du solde de mon compte. Des vingt-cinq mille dollars que m'avait versés le PQI, il n'en restait que onze mille. Voilà qui réduisait l'alternative. Soit nous arrivions au but, soit il valait mieux jeter l'éponge dans tous les domaines.

La dernière entrevue avec la femme pierre fut empreinte d'une atmosphère de tristesse. Mileva semblait affaiblie, comme si les nouvelles qui lui avaient été communiquées sur ses poursuivants avaient dissipé sa sérénité.

Je ne pus m'empêcher de l'interroger sur ce qui m'intriguait depuis des jours.

— Dans cette grotte, il n'y a pas de ligne téléphonique, ni d'électricité. Comment reçois-tu des nouvelles de l'extérieur ?

La petite-fille d'Einstein sourit pour la première fois cette nuit et s'approcha de l'étagère où s'alignaient les ustensiles de cuisine. Elle revint avec un mobile et un objet qui ressemblait à une dynamo. Après avoir connecté le câble du chargeur à l'artefact, elle fit tourner la manivelle, l'écran du téléphone s'alluma, indiquant que l'appareil était en cours de rechargement.

— C'est une manière rudimentaire mais efficace de fabriquer de l'énergie, dit Mileva. Lorsque le pétrole s'épuisera et que les panneaux solaires ne suffiront pas, ce genre de dispositif connaîtra probablement un nouvel âge d'or.

Son commentaire sur l'énergie me rappela le document de trois pages qui contenait la démonstration de $E = ac^2$.

La nuit était particulièrement chaude, et nous nous étions tous les trois installés à l'entrée de la grotte. Les cheveux blancs de la dame du désert luisaient sous la lune.

Une grosse étoile filante traversa la voûte céleste. Quand la poussière stellaire se dispersa, je me tournai vers Mileva.

— À quel moment a-t-on perdu l'ultime réponse de ton grand-père ?

Elle me fixa d'un air triste avant de répondre.

— On ne peut pas vraiment dire que ces trois feuillets soient perdus. Pour une raison étrange, mon grand-père les a glissés à l'intérieur d'un petit tube en aluminium et a demandé qu'on les remette à ma mère. Père et fille ne s'étant jamais vus, naturellement, elle a refusé le paquet. Elle a donné l'ordre au facteur de le retourner à l'expéditeur.

— Que s'est-il passé ensuite ?

— Je n'en suis pas très sûre. J'imagine que grand-père a caché les feuillets, ou les a fait parvenir à un de ses amis avec des instructions. Ça lui ressemblerait bien. Quelques jours avant de mourir, il m'a appelée au téléphone et m'a dit que l'humanité n'était pas encore prête à comprendre l'ultime réponse.

— C'est tout ?

— Eh bien, il a ajouté quelque chose, mais je n'y ai rien compris. Je n'étais qu'une enfant, à l'époque.

Sarah et moi insistâmes pour qu'elle nous raconte cette ultime conversation en détail. Aussi absurde que soit le message, même si ça ressemblait à une blague, il s'agissait peut-être d'un indice, d'une dernière piste.

La femme pierre soupira, puis reprit la parole.

— Il m'a parlé d'un philosophe allemand. Des années plus tard, j'ai compris qu'il se référait à Wittgenstein. Dans le

Tractatus, il a écrit que l'usage d'un mot ne compromet pas sa signification. Bien sûr, mon grand-père l'a exprimé d'une manière plus simple.

— J'espère bien, parce que moi non plus je ne comprends pas ce que voulait dire Wittgenstein, avouai-je.

— Alan Watts l'a peut-être expliqué plus clairement en disant que « le mot pluie ne mouille pas ». Ou encore, le fait de parler de quelque chose ne signifie pas que cette chose soit réelle. Le langage est une chose, et le fait en est une autre, même si, le plus souvent, nous confondons les deux.

— Permets-moi d'insister, il n'est pas étonnant que tu n'aies pas compris le message de ton grand-père.

— En réalité, il n'était pas d'accord avec cette affirmation. Ensuite, il m'a sorti tout un discours sur le langage et le monde qui m'a totalement échappé. Et en me quittant, il m'a dit quelque chose dont je me souviens en revanche très bien. « Sache, petite Mileva, que le nom des choses est parfois leur contenu. Ce sera notre secret. »

Le silence descendit, pendant qu'une nouvelle étoile filante, plus lointaine cette fois, traçait son sillage vers les confins de la galaxie.

— Toute ma vie j'ai pensé que la clé pour parvenir à l'ultime réponse se trouvait dans cette phrase, nous confia la vieille dame. C'est pour cette raison que je vous ai conduits jusqu'à moi grâce à des indices et des cryptogrammes comme les timbres d'Ève. Je me suis dit que quelqu'un qui serait capable d'arriver jusqu'ici de cette manière aurait les qualités nécessaires pour résoudre l'énigme. Ces paroles sont la troisième réponse, tout ce dont nous disposons pour découvrir le dernier legs d'Einstein.

68

Le contenu et la forme

Si Dieu n'est pas amour, inutile
qu'il prenne la peine d'exister.

Henry MILLER

Cette nuit-là, nous reprîmes la route 380, saisis d'un amer sentiment de défaite. Nous avions laissé un mot de remerciement à Moïse, accompagné d'un billet de cinq cents dollars pour l'eau et l'électricité, avec l'espoir qu'il en profiterait pour envoyer les draps et le couvre-lit à la blanchisserie.

À notre retour, en pleine nuit, les deux Mercedes neuves garées près de la station-service avaient achevé de nous convaincre qu'il était temps de quitter Carrizozo pour ne plus jamais y revenir.

À mesure que nous mettions de la distance entre nous et l'infâme Trinity, le danger diminuait exponentiellement, mais les espoirs de percer définitivement le mystère s'amenuisaient au même rythme.

Pour rompre la monotonie du trajet sur la voie déserte, je partageai mes réflexions avec Sarah.

— Ça ne sert pas à grand-chose de savoir que le contenu, c'est-à-dire la cachette, se trouve dans le nom si l'on ignore de quel mot il s'agit.

Il était quatre heures du matin et nous luttions tous les deux pour repousser la somnolence, histoire d'éviter de mettre un terme brutal et prématuré au voyage.

— C'est sans doute un nom très évident si Einstein l'a confié à une fillette, répondit Sarah en articulant avec effort. Si évident qu'il nous échappe.

Après plusieurs jours dans la désolation de Carrizozo, nous eûmes l'impression d'arriver à Las Vegas en apercevant les lumières de Socorro – huit mille cinq cents habitants. Il était déjà cinq heures du matin, et Albuquerque se trouvait encore à deux heures de route.

De là-bas, nous déciderions de la marche à suivre, même si nos options se réduisaient à une seule alternative : continuer notre périple américain, peut-être dans le Kansas de Harvey, ou suivre la piste d'Einstein à Prague et à Berlin, les villes européennes où il avait enseigné.

Lorsque nous passâmes devant le Holiday Inn, cette fois, c'est moi qui proposai d'y faire halte quelques heures et de repartir le lendemain matin. Sarah était d'accord, et nous retrouvâmes la réception, tenue par l'homme aux lunettes à monture d'écaille.

— Vous arrivez de Roswell ? demanda-t-il, manifestement toujours aussi branché extraterrestres.

— Plus ou moins, répondis-je.

N'ayant pas très envie d'engager la conversation, je lui remis nos passeports.

— Nous aimerions avoir deux chambres individuelles, continuai-je. Une seule nuit.

— Une suffira pour nous deux, merci, rectifia Sarah.

Elle m'adressa un clin d'œil.

— Je me suis habituée à dormir avec toi, me glissa-t-elle.

Après les formalités d'usage, le réceptionniste nous invita à monter nos valises au premier étage.

La chambre était aussi impersonnelle que celle que nous avions partagée trois jours plus tôt, meublée du même lit *king size* prévu pour les clients aux proportions exceptionnelles ou les couples de circonstance comme nous.

Comme d'habitude, je cédai la salle de bains à Sarah et je me vautrai sur le lit, télécommande en main. Je zappais sur les programmes télé, minables comme toujours. Le bruit de la douche indiquait que Sarah n'était pas prête à sortir.

J'étais couvert de poussière et je serais volontiers passé sous l'eau tiède avant de me coucher, mais mes yeux se fermaient irrémédiablement. J'improvisai donc une solution peu orthodoxe. Après m'être dénudé, j'enfilai des sous-vêtements propres et je me glissai entre les draps qui, en comparaison de la literie du père de Moïse, sentaient la rose.

Je me disposais à éteindre la lampe lorsque je remarquai deux livres posés sur la table de chevet. Le dernier client les avait sans doute oubliés. La curiosité me poussa à y jeter un œil.

Il s'agissait d'un guide allemand du Nouveau-Mexique et d'un dictionnaire espagnol-allemand/allemand-espagnol.

Tout en cherchant machinalement Carrizozo pour savoir ce qu'en disait le guide, je tentai de me représenter le client qui avait logé dans cette chambre. À notre premier séjour, le réceptionniste avait expliqué qu'il accueillait peu d'étrangers, la présence d'un visiteur en possession d'un guide acheté en Allemagne – première patrie d'Einstein – sur la route de Trinity n'augurait rien de bon.

Quelque chose me disait qu'un gros bonnet de la Fraternité avait dormi dans ce lit. Puisque Pawel était mort, il s'agissait probablement du chef en personne, sans doute accompagné du complice à la fourgonnette.

Soulagé par la perspective de quitter le Nouveau-Mexique après avoir pris un peu de repos, je reposai le guide sur la table de chevet et j'éteignis la lumière. Maintenant que le danger était un peu moins imminent, le fait de penser de nouveau à Einstein avait éveillé une étrange crispation au creux de mon estomac. Depuis mon départ de Barcelone, et même avant, le père de la relativité avait rarement quitté mon esprit, mais la sensation présente avait été particulière. Une intuition importante avait effleuré ma conscience et n'allait pas tarder à s'évanouir.

Avant de perdre complètement cette inspiration, je rallumai la lampe de chevet.

C'est alors que je compris.

Je me souvins de ce qu'avait dit Sarah à propos du nom contenant l'indice final qui menait à la réponse unique. « Si évident qu'il nous échappe. »

Le plus évident des noms était Einstein. Le peu d'allemand que j'avais appris me permettait de savoir que *ein* était l'article indéterminé « un » ou « une », puisque souvent le genre des substantifs allemands ne concordait pas avec leur équivalent espagnol. Restait encore à trouver la signification du mot *Stein*, si toutefois il en avait une.

Je me jetai sur le petit dictionnaire et feuilletai furieusement les pages de papier fin jusqu'à arriver à la lettre S. Une décharge d'excitation parcourut mon échine en constatant que *Stein* avait un sens : « pierre ». Donc, le nom d'Einstein se traduisait par « une pierre ».

Et je savais quelle pierre contenait le tube d'aluminium renfermant les trois feuilles de l'ultime réponse.

Dès que Sarah sortit de la douche en peignoir de bain, j'étais si exalté que je lui expliquai en hurlant ce que je venais de découvrir. À la pâleur qui envahit son visage, je compris qu'elle était arrivée à la même conclusion que moi.

L'ultime réponse d'Einstein se trouvait cachée à Cadaqués, à l'intérieur de la pierre du jardin d'or.

Il fallait partir là-bas immédiatement, avant que d'autres n'arrivent à des déductions analogues. S'ils nous précédaient, le document serait perdu pour toujours.

Aiguillonné par la nécessité d'agir sans plus de retard, je m'extirpai des draps.

— Nous devons partir tout de suite.

Sarah me regarda d'un air surpris, puis laissa échapper un rire bref.

— Si l'ultime réponse d'Einstein a passé la moitié du siècle dans ce jardin, elle peut encore attendre quelques heures avant d'être révélée.

Puis, elle laissa glisser le peignoir et se jeta dans mes bras.

69

Deux ou trois révélations

Celui qui vit plus d'une existence devrait avoir plus d'une mort.

Oscar WILDE

Avant d'entamer notre parcours vers un aéroport national pour y prendre un vol transatlantique, nous avions dû patienter six heures dans le petit aérodrome d'Albuquerque.

Après cette nuit d'amour impromptue qui m'avait profondément bouleversé, Sarah dormait, les cheveux emmêlés, sur un siège du terminal. Assis près d'elle, je sortis mon portable de ma valise pour tenter de me changer les idées. Après avoir payé dix dollars avec ma carte, je me connectai au *hotspot* local pour consulter ma messagerie électronique.

Entre la marée de communiqués de ma banque, exclusivement des avis de paiement, et les spams, je trouvai à ma grande surprise un courrier de la mère de mon ex. Elle m'apprenait que Diana avait été internée dans un hôpital psychiatrique de Grande Canarie après une ingestion massive d'anxiolytiques. Elle était hors de danger, mais le médecin avait conseillé de prolonger son séjour dans l'établissement jusqu'à la stabilisation de son état psychologique. Le courrier était accompagné des coordonnées bancaires de la mère. C'était désormais sur son compte que je devais continuer à verser les six cents euros mensuels.

Cette nouvelle noya d'amertume le miracle de l'Holiday Inn. L'enchantement avait bien peu duré.

Je ne pus m'empêcher de me remémorer l'épisode qui avait précédé ma séparation définitive d'avec Diana. Après six mois de tiède cohabitation, où les aspirations de chacun avaient été mises à mal, Diana avait commencé à alterner les séjours à Barcelone avec des escapades chaque fois plus longues dans son île.

Elle vivait de la traduction de livres à partir du russe, son bureau était donc à l'endroit où elle posait son portable. De toute évidence, le pesant Toshiba préférait le climat africain de Lanzarote à notre appartement, sis dans une ruelle abandonnée, urinoir favori des chiens de passage.

Chacune de ses visites était plus brève que la précédente. Une nuit, elle m'appela de l'île un peu avant l'aube.

— C'est fini. Je viens de comprendre que je ne t'aime plus.

La nouvelle était un peu trop fracassante pour être délivrée un dimanche à trois heures du matin.

— Et tu me réveilles pour me dire ça, de but en blanc ?

— Oui. Parce que je refuse d'entretenir ce mensonge une minute de plus. C'est pour cette raison que j'ai décidé de ne pas attendre pour t'appeler.

— Puisque nous sommes encore mariés, nous devrions peut-être en discuter face à face. Je suis un peu juste financièrement, mais je peux prendre un billet avec ma carte et arriver demain...

— Décidément, tu es toujours aussi obsédé par l'argent ! Mais ne te donne pas cette peine. Inutile que tu viennes, ça ne changerait rien.

— Comment peux-tu en être aussi certaine ? lui avais-je demandé, abasourdi par son détachement.

— Parce que je suis arrivée à la conclusion que je ne t'ai aimé que pendant cet hiver en Russie. C'était un endroit particulier pour chacun d'entre nous, surtout pour toi. Du coup, nous nous sommes comportés comme si nous étions des personnes spéciales. Mais la magie s'est dissipée dès que nous avons mis le pied dans ta maudite ville. Là, nous n'avons pas pu continuer à faire semblant, les masques sont tombés. Nous n'avons rien en commun, Javier, mais je te souhaite tout le bonheur du monde.

Ainsi s'était achevée notre dernière conversation. Le divorce fut prononcé en toute discrétion, lors d'un jugement où nous ne nous étions pas croisés. La maison d'édition qui employait Diana à Lanzarote fit faillite, et elle perdit sa source de revenus. Je commençai à lui envoyer une pension mensuelle.

D'après ce que je venais de lire, le retour dans son village natal avait constitué un changement trop brutal en regard de la *dolce vita* de Moscou et des disputes de Barcelone. La nouvelle me peina malgré tout.

Je profitai des dernières minutes de charge de la batterie de mon ordinateur pour vérifier quelque chose que j'avais négligé depuis que je m'étais lancé dans cette aventure.

Dans la fenêtre du moteur de recherche, j'inscrivis « Sarah Brunet » et « Complutense ».

Aucun résultat. C'était assez étrange, étant donné que les étudiants en doctorat avaient l'habitude de publier des articles, d'assister à des symposiums, ce genre de chose.

Je réitérai ma requête en me limitant cette fois à entrer son nom et son prénom. Aucun des résultats proposés ne lui correspondait.

Je commençai à cultiver des doutes raisonnables sur sa véritable identité, ce qui débouchait sur une énigme encore plus considérable. Si on ne connaissait aucune Sarah Brunet à la Complutense, comment Jensen avait-il obtenu son numéro de téléphone ?

J'attendis que nous soyons assis, ceintures attachées, dans le premier avion de notre périple pour dévoiler le pot aux roses.

Par manque de sommeil ou parce qu'elle regrettait ce qui s'était passé entre nous, Sarah paraissait distraite et d'assez mauvaise humeur. Mais je n'étais plus disposé à faire profil bas.

J'abordai le sujet par la bande.

— Jensen appartenait-il à la Quintessence ou à la Fraternité ?

En m'entendant soulever à nouveau cette question, Sarah ne dissimula pas son agacement.

— À aucune des deux.

— Alors, c'était un franc-tireur, comme Lorelei.

— Disons plutôt que c'était un rêveur qui voulait atteindre la célébrité qu'il n'avait jamais connue à travers une grande découverte. Après avoir souffert pendant des années du mépris des cercles scientifiques, il cherchait la gloire médiatique et a trouvé la mort. Voilà tout.

Sa froide franchise me consterna. C'était comme si le disparu n'était plus qu'une ombre sans importance. Je revins à l'attaque pendant que le Boeing manœuvrait sur la piste, attendant l'autorisation de décoller.

— Tu connaissais Jensen avant Cadaqués, affirmai-je.

Cette fois non plus, elle ne chercha pas à cacher quoi que ce soit.

— C'est vrai.

— Mais comment ? Qu'est-ce qu'une étudiante de doctorat a de commun avec le directeur d'une revue ésotérique d'Alicante ?

— Plus que tu n'aimerais le savoir, se contenta-t-elle de dire.

— Mais encore… ?

— Bon, il a été mon amant, d'accord ? C'était un homme pur, sa capacité d'émerveillement n'avait pas de limites. Au début, cette ingénuité me plaisait, et puis cela a fini par me lasser. Nous nous sommes éloignés l'un de l'autre.

— Je connais cette sensation.

À en juger par l'éloquent silence qui suivit ma remarque, Sarah ne semblait pas le moins du monde sensible à un éventuel parallèle entre mon drame personnel et celui de Jensen.

— Une dernière chose. Je sais que tu caches ta véritable identité, ajoutai-je, meurtri.

— Je m'appelle Sarah, se défendit-elle.

Je ne me laissai pas fléchir par sa bouche frémissante.

— Possible. Mais ton nom de famille n'est pas Brunet.

L'avion leva le nez. Elle ferma les yeux comme si elle se forçait à dormir.

« Qui ne dit mot consent », me dis-je. Puis, j'ouvris le guide du Nouveau-Mexique en allemand trouvé à l'hôtel.

En songeant que, si mes déductions étaient exactes, il appartenait peut-être au chef de la Fraternité, j'étais saisi d'une étrange excitation.

Avant d'essayer de m'endormir, je regardai les photos des paysages désolés du Nouveau-Mexique. Puis je passai quelques minutes à suivre les circuits conseillés dans la partie centrale. Mais le meilleur était pour la fin. À la dernière page, je découvris un reçu de carte de crédit portant le nom du propriétaire de l'ouvrage. Juanjo Bonnín, l'auteur de *Einstein relativement clair*.

Le cercle s'était refermé.

70

La cachette d'or

> Chère madame, je vous conseille de renoncer à enseigner la physique à votre fils. Là n'est pas l'essentiel. L'essentiel est l'amour. Avec mes meilleurs sentiments, R. F.
>
> Richard FEYNMAN

Selon la théorie la plus célèbre d'Einstein, la relativité s'applique lors de chacun de nos déplacements. D'après certains calculs, en traversant les États-Unis en avion, un passager finit un dix millionième de seconde plus jeune que ceux qui sont restés au sol.

Après avoir pris quatre avions de ligne, avec leurs escales correspondantes pour rejoindre Gérone, nous avions probablement dû ralentir notre vieillissement de quelques dix millionièmes de seconde.

À vrai dire, le véritable élixir de jeunesse avait été cette nuit d'amour avec Sarah, même si ensuite elle avait été d'humeur maussade.

Comme le disait Leonard Cohen : « Il n'y a pas de remède à l'amour, mais l'amour est le remède à tous les maux. »

Je réfléchissais à tout cela dans le taxi qui nous transportait du petit aéroport de Gérone-Costa Brava à Cadaqués. Pour cette ultime étape, nous avions décollé de Dublin et non d'El Prat, gagnant ainsi une heure et demie.

Durant ces derniers jours, nous n'avions presque pas dormi. Cependant, malgré nos nuits de veille successives, l'adrénaline maintenait tous nos sens en éveil à l'approche de l'épreuve finale. Le moment de vérité était imminent.

Alors que le taxi entamait la série de virages serrés qui annonçait Cadaqués, Sarah me posa une question déroutante :

— Que comptes-tu faire après tout ça ?

Je lui pris doucement la main.

— J'ai l'intention de terminer le manuscrit de Yoshimura avec toutes les informations que j'ai recueillies, en complétant par un peu de documentation. Si notre intuition à propos de la pierre s'avère juste, la biographie comprendra un scoop. Ensuite, j'enverrai l'ouvrage achevé à cet institut fantôme et j'attendrai le deuxième versement prévu au contrat.

— Je ne parlais pas de ton travail. Qu'envisages-tu de faire de ta vie une fois que tu auras ton argent ? Comment vois-tu ton avenir ?

Je suivis du regard les évolutions de deux oiseaux de mer qui semblaient danser au-dessus des récifs du cap de Creus.

— Mon avenir se trouve là où tu es, avouai-je.

— Ne dis pas de sottises. Tu me connais à peine !

— Je te connais assez pour savoir que je suis amoureux de toi et que je veux vivre près de toi. Je n'ai pas besoin d'en savoir plus.

Sarah écouta cette déclaration d'un air las.

— Ton amour, c'est seulement celui d'Éros. Je te plais, tu me plais, et nous avons couché ensemble. Une nuit merveilleuse, d'ailleurs. Mais nous ne nous connaissons même pas assez pour être amis, Filia. Et il s'en faut de beaucoup pour que notre amour soit Agape, inconditionnel.

— Et si nous avancions par étapes, dis-je, agacé par son manque de romantisme. Si tu vois les choses comme ça, profitons du sexe jusqu'à ce que nous soyons assez amis pour atteindre l'amour inconditionnel.

— Je ne sais pas encore ce que je veux. J'ai besoin de temps. Peu importe ce qui se passe chez Yoshimura, je m'en irai ensuite. Je partirai à Paris dès que possible et je ne reviendrai probablement pas de sitôt.

Nous étions arrivés. Toujours sous le choc de notre conversation, je descendis du taxi le cœur lourd. J'étais si consterné à l'idée de perdre Sarah que j'avais oublié un problème aussi pratique qu'essentiel. Comment allions-nous entrer chez Yoshimura ?

Si l'enquête policière n'était pas terminée, ce qui paraissait probable, la maison serait sous scellés. Pour y accéder, même en invoquant des raisons académiques, je devrais m'identifier auprès des autorités locales. Dans ce cas, j'avais toutes les chances d'être immédiatement arrêté.

Laissant de côté le coup de poignard que je venais de recevoir en plein cœur, je fis part de mes inquiétudes à Sarah.

— Je ne vois pas de scellés, se limita-t-elle à dire.

— Et maintenant, que faisons-nous ?

— Sonnons, nous verrons bien ce qui se passe.

D'un œil sceptique, je la regardai presser le bouton d'aluminium. À mon grand étonnement, la porte de la maison de lierre s'ouvrit quelques secondes plus tard. Mais nous n'étions pas au bout de nos surprises.

Lorelei.

La petite sœur rebelle portait ses habituelles couettes bleues, mais son bronzage et sa robe de plage la mettaient en valeur.

L'étonnement de Sarah céda rapidement la place à la colère.

— Qu'est-ce que tu fiches ici ?

— J'ai acheté la maison.

Sarah et moi échangeâmes un regard abasourdi.

— Bon, en vérité, je l'ai louée au propriétaire. C'est bien ici que tout a commencé, non ? Je suis un peu fétichiste, tu sais bien. Tu vois, je me disais que cette baraque me plaisait bien et que j'allais convaincre ma mère de l'acheter.

— Tu as changé quelque chose dans le jardin ? lui demanda sa sœur d'un air inquiet.

— Ouais. J'y ai mis deux chats. Vous voulez les voir ?

D'un seul coup, la Lorelei violente et grossière se comportait comme une gamine friquée qui s'offrait quelques vacances dans le coin le plus branché de la Costa Brava.

L'intérieur élégant de Yoshimura était envahi d'un chaos de sous-vêtements traînant dans tous les coins, au milieu de CD, de romans policiers et de boîtes de vitamines.

Les deux sœurs avaient au moins un point en commun.

En arrivant dans le jardin, nous pûmes constater avec soulagement que la pierre était toujours à sa place. Dans la petite zone d'ombre qu'elle projetait, deux chatons tigrés sommeillaient à l'abri du soleil.

— Je vais dans une crique nudiste, annonça Lorelei, une serviette sur l'épaule. Ça vous dit ?

— Nous avons besoin de dormir un peu, répondit Sarah. On vient de passer deux jours en avion.

— D'accord, mais laissez-moi mon lit.

— Ne t'inquiète pas...

Quand la porte métallique se referma, Sarah et moi échangeâmes un regard euphorique. Avant de sortir dans le jardin, elle me tendit la main.

— Désolée d'avoir été si dure avec toi. Alors, amis ?

Il me fut presque plus pénible d'accepter sa poignée de main que de recevoir le baquet d'eau froide qu'elle m'avait renversé sur la tête dans le taxi. Heureusement, la pierre réclamait à présent toute mon attention.

À notre première tentative pour la déplacer, les chats décampèrent à l'autre bout du jardin, comme c'était prévisible. Mais la pierre ne bougea pas d'un iota. Elle garda une fermeté orgueilleuse, reine et maîtresse de la spirale d'or.

— On va être obligés de la briser, dis-je, le front couvert de sueur.

Après avoir exploré la maison, notre choix se porta sur l'objet le plus pesant que nous ayons trouvé, une enclume ancienne qui décorait le premier étage. Elle était extrêmement lourde. Après l'avoir transportée tous les deux à l'extérieur, nous la balançâmes légèrement et la laissâmes tomber sur la pierre.

Le fracas fit déguerpir les chats, qui désertèrent le jardin pour se précipiter au premier étage.

Quant à la pierre, la partie supérieure s'était détachée, laissant une coupure nette. Un orifice creusait le centre de la masse restante.

— *Eurêka* ! m'exclamai-je, euphorique. Ce bon Albert avait des outils de précision pour découper cette calotte et forer le trou. Allez, je te cède l'honneur de sortir le trésor.

— Comme si tu pouvais faire autrement, dit-elle en souriant. Parce que ça m'étonnerait que tes grosses pattes rentrent là-dedans.

Sur ce, elle introduisit trois de ses doigts fins dans l'orifice. La cavité n'était pas plus profonde que nécessaire, car Sarah sortit avec facilité un tube d'aluminium. Une inscription en anglais y était gravée : THE LAST ANSWER, « l'ultime réponse ».

71

L'ultime réponse

> L'amour de la force ne vaut rien, la force sans amour est de l'énergie gâchée en vain.
>
> Albert EINSTEIN

Lieserl chérie,

Je n'ai jamais été auprès de toi, mais avant de partir définitivement, je veux remettre entre tes mains la découverte la plus précieuse de ma vie.

Ta venue au monde a été un événement inattendu, mon sens des responsabilités en a été aveuglé de terreur. Quand j'ai été de nouveau en mesure de réagir, il était déjà trop tard. Ce n'est qu'à présent, à l'heure de ma mort, que je me suis rendu compte de l'importance qu'avait eue ta naissance, même si, paradoxalement, tu n'auras connu de moi que l'abandon et l'oubli.

Mais je ne t'ai jamais oubliée et chaque nuit de ma vie, les yeux ouverts dans l'obscurité, j'imaginais l'aspect que pouvait avoir ton visage. Malheureusement, quand les erreurs se prolongent, elles deviennent définitives et mortelles. Durant de nombreuses années, la honte que m'inspirait mon attitude m'a empêché d'entrer en contact avec toi. Et ensuite, il a été trop tard.

Tu sais que j'ai la réputation d'être un génie un peu excentrique. Certains m'accusent d'avoir été un personnage insensible, pas très tendre et dénué d'empathie. Mais je peux t'assurer qu'avec le temps je suis devenu sensible à la douleur d'autrui, justement parce qu'une simple formule, $E = mc^2$, *a eu des conséquences catastrophiques que je n'avais pas imaginées dans mes pires cauchemars.*

Sans en être directement responsable, j'ai l'impression d'avoir participé à l'initiation d'une voie atroce et absurde conduisant l'humanité à sa destruction. Je n'ai jamais projeté, ni désiré ces événements, mais ma formule a permis de libérer une énergie hautement dévastatrice et c'est là que s'est placé le point d'inflexion de ma pensée.

Par les nombreuses interviews qui ont été publiées, tu sais sans doute que j'ai longtemps cherché une ultime réponse, une variable qui permette d'expliquer sous une forme unifiée toutes les forces qui opèrent dans l'Univers. Je voulais découvrir la force première qui gouverne tout ce que nous connaissons : la physique, la métaphysique, la psychologie et la biologie, la gravité et la lumière... Durant de nombreuses années, je me suis efforcé de mettre au point la théorie du champ unifié.

Maintenant, je peux dire que je suis parvenu à certaines conclusions. Je sais que ce que je vais te confier n'a pas l'air scientifique. Je sais aussi que cette dernière lettre, mon legs dont je te fais dépositaire, surprendra de nombreuses personnes et en incitera d'autres à penser que je suis devenu complètement fou. J'ai peur que cela n'aille jusqu'à remettre en question les découvertes qui m'ont permis non seulement d'obtenir le Nobel, mais aussi d'atteindre la prodigieuse célébrité qui a suivi la publication de la théorie générale de la relativité et de la théorie spéciale. Pourtant, ce dont je m'apprête à te parler n'est rien moins que la grande matière négligée de la physique et de la science en général.

Tu as dû entendre dire que j'étais quelqu'un de très exigeant et rigoureux quand il s'agissait de développer mes hypothèses. C'est pour cela que je considère avoir eu très peu de bonnes idées tout au long de ma vie. Et même celles-ci procèdent d'éclairs, d'intuitions, que je tente ensuite de traduire sur papier. Ce travail exige une rigueur et une discipline sans failles. Je dois ces vertus en grande partie à ta mère, Mileva. C'est elle qui m'a aidé à trouver le langage capable d'exprimer mes intuitions en chiffres et formules.

Quand j'ai proposé la théorie de la relativité, peu de gens l'ont comprise. Ce que je m'apprête à te révéler maintenant pour que tu le transmettes à l'humanité se heurtera aussi à l'incompréhension et aux préjugés du monde. Je te demande malgré tout de conserver cette information le temps nécessaire, années ou décennies s'il le faut, jusqu'à ce que la société ait assez progressé pour accepter ce que je vais t'expliquer.

Il existe une force extrêmement puissante dont jusqu'à présent la science n'a su déterminer la nature de manière formelle. Cette force embrasse et gouverne toutes les autres, se trouve derrière tout phénomène opérant dans l'Univers. Pourtant, nous ne l'avons pas encore identifiée. Cette force universelle est l'amour.

Lorsque les scientifiques cherchaient une théorie unifiée de l'Univers, ils ont oublié la plus invisible et la plus puissante des énergies.

L'amour est lumière, étant donné qu'il illumine celui qui le donne et le reçoit. L'amour est gravité, puisqu'il entraîne certaines personnes vers d'autres. L'amour est puissance, car il multiplie ce que nous avons de meilleur et permet à l'humanité de ne pas s'éteindre dans son égoïsme aveugle. L'amour révèle et dévoile. Par amour, on vit et on meurt. L'amour est Dieu, Dieu est amour.

Cette force explique tout et donne un sens majeur à la vie. C'est la variable que nous avons trop longtemps évitée, peut-être parce que l'amour éveille nos craintes, en tant qu'unique énergie de l'Univers que l'être humain n'a pas appris à manipuler à sa guise.
Pour donner de la visibilité à l'amour, j'ai effectué une simple substitution dans ma plus célèbre équation. Au lieu de $E = mc^2$, *nous devrions accepter la loi selon laquelle l'énergie propre à soigner le monde peut s'obtenir à travers l'amour multiplié par la vitesse de la lumière au carré. Ainsi, nous arriverions à la conclusion que l'amour est la force la plus puissante qui existe, parce qu'il n'a pas de limites.*

L'humanité a échoué dans l'usage et le contrôle des autres forces de l'Univers, qui se sont retournées contre nous, il est urgent que nous nous alimentions à une nouvelle source. Si nous souhaitons que notre espèce survive, si nous cherchons un sens à la vie, si nous voulons sauver le monde et chaque être vivant qui y vit, l'amour est l'unique et ultime réponse.

Nous ne sommes peut-être pas encore prêts à fabriquer une bombe d'amour, un artefact assez puissant pour détruire toute la haine, l'égoïsme et l'avidité qui ravagent la planète. Cependant, chaque individu porte en lui un générateur d'amour petit mais puissant dont l'énergie attend d'être libérée.

Quand nous apprendrons à donner et à recevoir cette énergie universelle, Lieserl chérie, nous pourrons vérifier que l'amour est plus fort que tout, transcende tout et peut tout, car l'amour est la quintessence de la vie.

Je regrette profondément de ne pas avoir su t'ouvrir mon cœur, qui a battu silencieusement pour toi toute ma vie. Il est peut-être trop tard pour demander pardon, mais comme le temps est relatif, j'ai besoin de te dire que je t'aime et que c'est grâce à toi que je suis parvenu à l'ultime réponse.

Ton père,
Albert Einstein

72

Trois questions et un silence

Il est très difficile de faire des prédictions, en particulier en ce qui concerne l'avenir.

Niels BOHR

Les derniers rayons du soleil de l'après-midi projetaient l'ombre lourde des édifices modernes sur les pavés du Paseo de Gracia. Je m'étais arrêté devant la librairie Jaimes, où un virtuose jouait *Perfect Day* sur un piano fixé à une bicyclette.

Tout en écoutant la mélodie de Lou Reed, je pensais aux trois mois écoulés depuis la conclusion de cette étrange affaire. L'automne s'imposait déjà, et l'aventure qui m'avait entraîné de l'autre côté du monde se réduisait peu à peu à une nébuleuse de souvenirs isolés.

Je n'avais jamais reçu le deuxième versement. Je n'avais eu aucune nouvelle de Müller ou de qui que ce soit en rapport avec l'ultime réponse. En revanche, j'avais appris dans les journaux la mort de l'essayiste Juanjo Bonnín dans des circonstances mal élucidées.

La lettre d'Einstein n'avait toujours pas été divulguée, mais de toute évidence la guerre souterraine se poursuivait.

À la fin de la chanson, je laissai un euro dans le petit plat du pianiste et je me disposais à continuer mon chemin vers le métro. Il n'y avait pas de temps à perdre. Après un ajustement subit de personnel, j'étais redevenu l'unique auteur de

La Red et, ce soir, je devais préparer une émission consacrée au bruit de fond de l'univers. Je me servirais sans doute d'un exemple qui avait toujours fonctionné : la neige qui apparaît sur un téléviseur entre deux canaux serait en réalité les vestiges du big bang. Ou, du moins, c'est ce qui se disait.

J'étais sur le point de m'engouffrer dans l'escalier du métro, quand un taxi s'arrêta près de moi. Une dame en descendit, vêtue d'une vaporeuse robe bleue, du même ton que ses yeux.

Je me pétrifiai. Un grand sourire illumina son visage. Elle semblait contente de me voir.

Je fis un pas vers elle, hésitant sur la conduite à tenir. Comme avant, Sarah prit l'initiative, et nous tombâmes dans les bras l'un de l'autre. Puis, je l'invitai pour un café au Torino, tout proche.

— D'accord, mais pas plus d'une demi-heure. J'ai un vol pour Paris ce soir.

Installé face à elle dans une salle bondée de touristes, je la mis au courant du déroulement de ma vie, de ma pénurie financière et de mon étonnement que personne ne se soit intéressé à moi depuis que j'avais terminé l'enquête, pas même la police.

— C'est normal, répondit-elle. Maintenant, la partie se joue à un autre niveau.

Ce commentaire n'était pas très flatteur pour moi, mais j'étais trop heureux de la voir pour me vexer. J'en profitai pour lui soumettre quelques-unes des suppositions que j'avais échafaudées sur tout ce qui s'était passé.

— Quand Jakob Suter, notre guide de Berne, parlait de deux messieurs qui avaient pris rendez-vous pour la visite, il se référait à Pawel et à son complice à la fourgonnette. Ce sont eux qui l'ont jeté dans la fosse aux ours et qui nous ont poursuivis au Monkey Town. Heureusement que ta sœur nous a prévenus.

Sarah acquiesça d'un léger hochement de tête.

— Quand Pawel, le principal agent de la Fraternité, est mort, son chef, Bonnín, a pris sa place pour terminer la quête de l'ultime réponse. Qu'est-il arrivé à Mileva ?

— Rien, dit-elle après avoir vidé sa tasse de café. Je me suis chargée personnellement de la mettre à l'abri jusqu'à ce que Bonnín et son acolyte reconnaissent leur défaite. À leur retour, ils sont tombés tous les deux comme des petits oiseaux.

— Si je comprends bien, les vôtres non plus n'y vont pas avec le dos de la cuillère.

Elle se contenta de me fixer en silence. Manifestement, elle ne pouvait pas m'en dire plus. Puis, elle consulta l'horloge. Avant qu'elle se lève pour sortir de ma vie, peut-être pour toujours, je voulus lui poser trois ultimes questions. Elle me donna son accord, et je me lançai.

— Il y a quelque chose que je ne comprends pas. Étant donné que l'ultime réponse est une provocation philosophique, pourquoi les gens de la Fraternité sont-ils allés aussi loin pour empêcher qu'elle soit rendue publique ?

— Pour plusieurs raisons. La première est qu'ils ont toujours pensé qu'il s'agissait d'une formule qui permettrait de concevoir une nouvelle énergie avec des applications industrielles civiles ou militaires. Mais, même lorsqu'ils ont su que cela n'avait rien à voir, ils n'ont pas abandonné l'idée de détruire le document.

— J'avoue que ça m'échappe.

— La Fraternité est un mouvement fondamentalement antisémite. Bonnín, Pawel et les leurs ne toléraient pas que la science du XXe siècle soit issue du cerveau d'un juif, ni que les États-Unis et Israël aient le contrôle de la bombe. Ils n'étaient pas disposés à voir le XXIe siècle encore influencé par un juif, grâce à l'ultime réponse.

Je soupirai en mesurant de plus haut les implications de toute cette affaire. J'eus la tentation de consacrer ma deuxième question au destin final de la lettre, mais je préférai éclaircir un doute plus personnel.

— Pourquoi m'as-tu choisi pour t'accompagner dans cette mission ?

Sarah m'adressa un regard tendre avant de répondre.

— Tu m'as fait l'impression d'être un bon garçon qui, de plus, n'hésitait pas à prendre des raccourcis de temps à autre. Ton intervention à la radio a achevé de me convaincre que tu étais la personne adéquate. Sous ton cœur de pierre, palpitait une sensibilité d'enfant. Exactement ce dont nous avions besoin. Au bout de notre quête, nous avons brisé deux pierres, l'une plus dure que l'autre.

De toute évidence, la première de ces pierres était mon cœur, même si le sien n'était pas précisément un jardin accueillant.

Il me restait une dernière question à formuler avant qu'elle ne se perde à nouveau dans l'espace et le temps. Je jetai un regard furtif au tatouage sur mon bras et je pensai à la Quintessence, pendant que je sentais se raviver en moi la flamme de mon amour pour Sarah.

L'ultime cercle de cette histoire était sur le point de se refermer.

— Qui est ta mère ?

Sarah prit une profonde inspiration, puis se mit à parler à voix basse.

— Je l'ai connue en même temps que toi, même si je ne lui ai pas fait savoir que je l'avais retrouvée. Nous étions condamnées à nous aimer à distance. C'est l'habitude chez les Einstein.

Elle ébaucha un geste pour se lever et je la retins.

— Attends. Un moment. Vous m'avez complètement mené en bateau, et en plus, la Quintessence n'a pas soldé sa dette envers moi. En tout cas, pas entièrement.

L'expression de Sarah Einstein, fille de Mileva, se durcit.

— Je veillerai personnellement à ce que ton compte soit crédité cette semaine.

— Je ne parle pas d'argent, protestai-je.

— Que veux-tu, alors ?

Avant qu'elle puisse réagir, j'approchai mes lèvres des siennes et je l'embrassai en fermant les yeux. Lorsque j'ouvris les paupières, je croisai son regard bleu serein.

— Quand te reverrai-je ? lui demandai-je.

Elle prit mes mains entre les siennes et les serra doucement. Et ce fut tout. Ensuite, elle se leva et traversa le café avec l'élégance d'une comète qui entraînait dans son sillage un désir immortel.

LA QUINTESSENCE

Les quatre éléments, Terre, Air, Eau et Feu,
représentent quatre formes sous lesquelles se manifeste
l'énergie, quatre expressions du tout, depuis sa forme
la plus dense et la plus lourde à la plus immatérielle.

Mais il manque le plus pur, le plus parfait des éléments,
celui qui réunit les autres et leur donne la vie.

De quoi est constituée la matière noire de l'Univers,
qui l'occupe presque dans son entier ?
Qu'y a-t-il dans l'espace subatomique,
entre les particules fondamentales de la matière ?

C'est la Quintessence, l'élément invisible
qui emplit l'Univers, celui qui permet à la vie de se déployer
en harmonie à l'intérieur de l'espace-temps.
C'est celui qui abrite tous les autres et contient
de plus l'intelligence essentielle d'où émergent la beauté
et l'harmonie du Cosmos.
C'est la Conscience ou l'Intelligence supérieure
d'où émane la vie et qui fait danser le reste des éléments
dans toutes les combinaisons possibles.

Si le mot « essence » nous renvoie à la véritable nature
des choses, la Quintessence nous renvoie à l'essence
de cette « essence ».

Certains scientifiques soutiennent que c'est l'ingrédient
principal du Cosmos, dix fois plus abondant
que la somme du reste des atomes.
Mais il continue à être intangible et indétectable,
même si sa présence est totale et sa puissance absolue,
car c'est d'elle que tout procède
et c'est à elle que tout revient.

La Quintessence est, en définitive, l'Amour.
L'Amour qui peut tout et qui est plus fort que tout,
celui qui combine le reste des éléments
pour donner lieu aux univers.
C'est la plus puissante des énergies, l'essence du Cosmos.
C'est ce que tu es par-dessus tout.
C'est ton essence.

Remerciements

À Sonia Fernández, Jordi Pigem et Gabriel Rovira Bonfill, pour nous avoir montré la lumière et appris à aimer la science. Leurs commentaires et contributions sur certaines questions scientifiques furent fondamentaux pour l'élaboration de ce livre.

À Franzi Rosés et Isabel del Río pour leur aide inestimable en matière de documentation historique.

À Maru de Montserrat et Sandra Bruna, car sans elles, nous ne serions pas ici.

À Albert Einstein pour nous avoir donné un monde nouveau.

Et à Mileva Marić pour avoir tant donné à Albert.

Dans la même collection aux Éditions First

Will Adams
Le Tombeau d'Alexandre
L'Énigme de l'exode
Le Secret d'Éleusis

Jeffrey Archer
Seul contre tous
Le Sentier de la gloire
Kane et Abel

James Becker
Le Dernier Apôtre
Les Tables du prophète

Chris Carter
La Marque du tueur

Inger Frimansson
Bonne nuit, mon amour
L'Ombre dans l'eau

David Gibbins
Le Dernier Évangile
Tigres de guerre

Titania Hardie
Le Labyrinthe de la rose

Lauren Jillian
Mes nuits au harem

Josef Ladik
Les Engagés
Jéricho

Florian Lafani, Gautier Renault
Une partie en enfer

P.J. Lambert
Les Murmures du tombeau

Stephen Leather
Tu iras en enfer

Carlo A. Martigli
L'Ultime Gardien

Michael Ridpath
Là où s'étendent les ombres

Mary Doria Russell
L'Aube des rêveurs

Anne-Solange Tardy
La Double Vie de Pénélope B.
Very Important Pénélope B.

AB Winter
La Grande Mascarade
L'Ode à la joie

CET OUVRAGE
A ÉTÉ COMPOSÉ PAR NORD COMPO
À VILLENEUVE-D'ASCQ
ET ACHEVÉ D'IMPRIMER
SUR ROTO-PAGE
PAR L'IMPRIMERIE FLOCH
À MAYENNE EN NOVEMBRE 2010

N° d'impr. : 78121
D.L. : décembre 2010
(Imprimé en France)